COZY MYSTERY

T0203555

MENTIRAS
ENCUBIERTAS

ALMA

Título original: *The Lies that Bind*

© 2010, Kathleen Beaver
Edición original: Obsidian, sello editorial de New American Library,
división de Penguin Group (USA) Inc.
Publicado de acuerddo con Jane Rotrosen Agency, LLC, a través de la agencia
literaria International Editors & Yáñez'Co S.L.

© de esta edición:
Editorial Alma
Anders Producciones S.L., 2023
www.editorialalma.com

© de la traducción: Vicente Campos, 2023
© Ilustración de cubierta y contra: Joy Laforme

Diseño de la colección: lookatcia.com
Diseño de cubierta: lookatcia.com
Maquetación y revisión: LocTeam, S.L.

ISBN: 978-84-19599-37-7
Depósito legal: B-16774-2023

Impreso en España
Printed in Spain

El papel de este libro proviene de bosques gestionados de manera sostenible.

KATE CARLISLE

MENTIRAS ENCUBIERTAS

Un misterio bibliófilo de Brooklyn Wainwright

ALMA

Este libro está dedicado con todo mi cariño, afecto y gratitud a mi hermano, James Carlisle Beaver. Jimmy, mis recuerdos favoritos de San Francisco son las veces que he estado allí contigo.

CAPÍTULO UNO

Layla Fontaine, directora artística ejecutiva del Bay Area Book Arts Center, era alta, rubia y asombrosamente bella, y tenía un temperamento irritable y reputación de cruel. En la comunidad libresca, algunos la llamaban tiburón. A otros no les hacía gracia el apodo; consideraban que solo servía para mancillar la reputación de los escualos decentes que había en todo el mundo.

Dado que tenía una relación laboral con ella, llegué temprano al centro del libro y aparqué el coche en el aparcamiento contiguo. Cogí el pequeño paquete que había traído, me apeé y al instante empecé a temblar. Anochecía y el aire de marzo en San Francisco era implacablemente frío. Me encaminé hacia un viento brioso que soplaba veloz desde la bahía, por encima del AT&T Park, y ascendía por Potrero Hill. Envuelta en mi chaleco de plumas sin mangas, me apresuré hasta la entrada principal del centro del libro y subí las escaleras.

Casi gemía cuando entré en el cálido interior frotándome los brazos para que se me pasaran los escalofríos. Pero al mirar a mi alrededor, sonreí con incontenible emoción. Era la primera noche de mi último curso de encuadernación, y yo, la superencuadernadora Brooklyn Wainwright, me sentía como una niña en su primer día de escuela. Una niña empollona, claro, una que de verdad esperaba con ganas pasar el día en la escuela. No podía evitarlo. Ese lugar era un auténtico templo del papel, de los libros y de las artes de la encuadernación, y tenía que admitir, a regañadientes, que todo se debía a Layla Fontaine.

Como responsable de la recaudación de fondos e imagen pública del Bay Area Book Arts Center, o BABA, como lo llamaban algunos afectuosamente, Layla siempre tenía un dedo —y otras partes del cuerpo— tomando el pulso de toda persona adinerada del área de la bahía de San Francisco. Digamos que estaba dispuesta a hacer o a prometer cualquier cosa para que el centro estuviera bien financiado, sin importarle la legalidad del asunto. Afirmaba que la suya era una causa superior, a la misma altura que las de Médicos Sin Fronteras y Save The Children, y que la ausencia de intereses particulares todo lo justificaba. Y aunque eso fuera cierto, no quitaba que Layla Fontaine fuera una zorra manipuladora, agresiva, tramposa y tristemente retorcida.

Pero Layla tenía algo que la redimía: su amor puro y perdurable, su devoción, a los libros. Poseía una extensa colección de tesoros de anticuario que exhibía regularmente en la galería principal del BABA. Y, milagro increíble, había conseguido convertir el BABA en una empresa rentable y un espacio prestigioso que visitar y al que dedicar tiempo y también dinero.

Más importante si cabe, me había contratado para impartir clases de encuadernación en el centro, y también me había contratado en privado para realizar trabajos de restauración de sus propios libros. A cambio, supongo que yo estaba dispuesta a concederle el beneficio de la duda en cuanto a su más que cuestionable comportamiento. Sí, se me podía comprar. No me avergüenza admitirlo. Después de todo, una chica tiene que ganarse la vida.

Atravesé el vestíbulo, donde se apilaban folletos, postales y *flyers* de artistas y todas las publicaciones locales gratuitas, y entré en la galería principal. La sala era grande y tenía un techo con claraboyas de una altura de vértigo. Dos rampas conducían a la galería inferior, donde unas vitrinas exhibían las mejores piezas de los artistas y encuadernadores visitantes. En el centro había una excepcional combinación de arte antiguo y nueva tecnología, incluidas una prensa antigua y una gran guillotina de pie de hierro colado del siglo XVIII con una hoja de setenta y cinco centímetros. A su lado estaba la última adquisición del BABA: una guillotina digital capaz de cortar limpiamente un mazo de papel de quince centímetros de grosor.

La galería inferior estaba rodeada por la planta superior, que recibía el acertado nombre de galería superior y recorría el perímetro de la sala. Ahí se encontraban las paredes de exposición principales, así como dos grandes huecos llenos de estanterías y unas cómodas zonas para sentarse.

Paseando por la galería superior, atisbé a Naomi Fontaine, la sobrina de Layla y coordinadora de las instalaciones del BABA, que estaba ocupada organizando una nueva exposición de antiguos libros infantiles desplegables.

A mi izquierda, en la pared principal de exposición, había colgadas varias xilografías oscuras y dramáticas de estilo *steampunk*. En otra pared, unas altas estanterías ofrecían libros bellamente encuadernados para su estudio o compra.

De la sala principal arrancaban tres largos pasillos repartidos como radios de una rueda de bicicleta. A lo largo de esos pasillos había aulas, despachos, vestidores, talleres individuales, la sala de la imprenta y galerías más pequeñas.

—Hola, Naomi —la saludé—. ¿Está Layla en su despacho?

Me enseñó los dientes.

—Sí, y hoy está que muerde. Buena suerte.

—Gracias por el aviso —dije, preguntándome, y no por primera vez, por qué Naomi Fontaine seguía en el BABA. Su tía Layla nunca la iba a tratar con el respeto que merecía, y ella siempre iba a estar a su sombra. Naomi era una verdadera amante de la cultura que, en otra época, habría sido feliz como monja de clausura. Era bonita de un modo poco llamativo, y poseía bastante talento, pero era como un ratón. Tímida y un poco servil, carecía de la personalidad dinámica que se requería para atraer a la gente de clase alta con la que se codeaba su tía Layla.

Pese a todo, convenía caer bien a Naomi. Era la persona con la que había que hablar si querías hacer algo aquí. Si Layla era la cabeza pensante del BABA, Naomi era su corazón y su alma. Tenía sus defectos, pero todo funcionaba razonablemente bien gracias a ella.

Crucé la galería y recorrí el pasillo norte hacia el despacho de Layla. Estaba ansiosa por enseñarle mi última restauración: un ejemplar carcomido de una edición ilustrada del siglo xix de *Oliver Twist*, de Charles Dickens. Me había dado aquel decrépito libro viejo para que lo devolviera a la vida, y tengo que decir que había hecho un trabajo fabuloso.

Layla pensaba utilizar el libro como pieza principal de la celebración del 175 aniversario de la publicación de *Oliver Twist*, al que el BABA iba a dedicar un festival de dos semanas de duración que habían bautizado como «Twisted». Layla siempre estaba organizando fastuosas fiestas para celebrar oscuros aniversarios como ese, lo que hiciera falta para atraer a patrocinadores y visitantes al BABA.

Yo estaba agradecida por el trabajo, e imaginaba que mientras Layla estuviera dispuesta a proporcionarme libros para restaurar, no tendría problemas para creer que tenía un corazón oculto en alguna parte de su pecho descomunal.

Al acercarme al final del largo pasillo que llevaba al despacho de Layla, oí voces, las voces de una discusión muy acalorada. La puerta estaba cerrada, pero los gritos atravesaban su gruesa madera. Estaba a punto de llamar cuando la puerta se abrió de golpe. Retrocedí de un salto y me libré por los pelos de que me arrollaran.

—¡Esto lo lamentarás! —exclamó un hombre enfurecido, que seguidamente salió a toda prisa del despacho de Layla. Permanecí pegada a la pared mientras un asiático apuesto y bien vestido pasaba a grandes zancadas por delante de mí, recorría el pasillo, atravesaba la galería y salía por la puerta principal.

Me tomé un instante para recuperar el aliento, luego me asomé por la puerta para asegurarme de que Layla estaba bien. La vi sentada a su mesa, aplicándose tranquilamente lápiz de labios con todo el aspecto de que nada la preocupara en el mundo.

—¿Estás bien? —pregunté.

Me miró por encima del espejito.

—Claro, ¿por qué no iba a estarlo?

—Ese tipo sonaba como si quisiera retorcerte el pescuezo.

—Hombres. —Quitó importancia al asunto con un gesto de la mano, guardó los cosméticos en el cajón superior de su escritorio, se levantó y rodeó la mesa. Iba vestida con una minifalda negra increíblemente corta y ceñida y una blusa de un blanco reluciente desabotonada para dejar bien visible su impresionante escote. Con sus zapatos de cuero negro con tacones de aguja de doce centímetros parecía una dominatriz con título universitario.

—Dame el libro —me ordenó.

Titubeé. Me sentía como una madre que debe entregar a su querido hijo a una severa niñera de Alemania Oriental. Sí, la mujer se encargaría de alimentar a la criatura, pero no le gustaría hacerlo.

—Brooklyn. —Chasqueó los dedos.

No sé por qué vacilé. Al fin y al cabo, el libro pertenecía a Layla, quien además era mi empleadora. Lancé un resoplido y con cuidado se lo entregué. Tuve que ver cómo hacía tiras el papel de estraza que lo envolvía hasta sacar el *Oliver Twist*.

—Oh, es perfecto —dijo con avidez mientras le daba la vuelta—. Has hecho un buen trabajo.

—Gracias. —«¿Cómo que "un buen trabajo"? He hecho un trabajo espléndido», me dije para mis adentros. Ella me lo había dado deshecho y yo se lo devolvía convertido en una asombrosa obra de arte.

Contempló el elegante lomo, estudiando mi trabajo; entonces miró el libro por dentro y se fijó en las guardas. Al volver la página de títulos, murmuró:

—Nadie sospechará jamás que no es una primera edición.

Me reí.

—A no ser que sepa de libros.

Me fulminó con la mirada.

—Nadie sabe tanto de libros. Si yo digo que es una primera edición, lo creerán.

—Seguramente —concedí.

Entonces clavó el dedo en la fecha que aparecía en la portada. Intenté no hacer una mueca, pero pude ver la marca que había dejado en la gruesa vitela.

—Ahí dice: «Impreso en 1838». El año en que lo escribió.

—Es verdad —dije despacio—, pero eso no significa nada. Las dos sabemos que no es una primera edición.

Su ojo izquierdo empezó a sufrir espasmos. Apoyó la cadera en el filo de la mesa y se frotó la sien.

—Es cierto, pero nadie sabrá la verdadera historia, ¿verdad, Brooklyn?

Su tono era vagamente amenazador. ¿Se me había pasado algo por alto?

—¿Me estás diciendo que tengo que mentir sobre el libro? —pregunté.

—Lo que digo es que debes mantener la boca cerrada.

—Pero ¿a santo de qué? El festival va a girar alrededor de este libro, que ya tiene una historia interesante.

Para mí, al menos. La historia contaba que, en 1838, a Charles Dickens le iba tan bien la serialización de *Oliver Twist* que su editor publicó el manuscrito sin su conocimiento bajo el seudónimo «Boz». Aquella primera edición incluía todos los dibujos del ilustrador Cruikshank.

Dickens, que pretendía utilizar su verdadero nombre cuando el libro se publicara, no se lo tomó bien. Tampoco le gustaba uno de los dibujos de Cruikshank, que, según algunas versiones, consideraba demasiado sentimental. Insistió en que el editor retirase esa edición y la revisase siguiendo sus indicaciones, lo que se hizo en una semana.

Una verdadera primera edición de *Oliver Twist*, firmada con el seudónimo Boz y con los dibujos no aprobados de Cruikshank, era una rareza absoluta.

En la portada del libro de Layla constaba Charles Dickens como autor, y la ilustración de Cruikshank había desaparecido. Era un volumen valioso, pero no una primera edición oficial.

—No quiero que vayas por ahí hablando con la gente de este libro, ¿me has oído? —Layla se apartó de la mesa, se irguió tan alta como era y volvió a fulminarme con la mirada. Apenas medía dos centímetros más que yo, pero me intimidó—. Por lo que respecta al festival, esta es una primera edición, ¿lo entiendes? Quiero buenas ofertas por este pequeño.

La miré de soslayo.

—Así que quieres que mienta.

—¿No es lo que acabo de decir?

—Creo que la historia verdadera interesará más a la gente.

—Dios santo, ¿es que no cedes nunca? —preguntó—. A nadie le importan tus estúpidas teorías sobre lo que le gusta a la gente y, si quieres seguir trabajando, dirás lo que yo te ordene. *Capice?*

Me sorbí las mejillas, algo que tendía a hacer cada vez que me entraban ganas de despellejar verbalmente a alguien, pero tenía que morderme la lengua. Tras un largo momento, apreté los dientes y dije:

—Entendido.

—Eso pensaba que responderías —replicó mientras daba una palmada despreocupada al exquisito volumen decimonónico.

—¿Sabes qué? —Me di la vuelta hacia la puerta—. Tengo que preparar mi clase.

Me señaló con el dedo como si fuera una pistola y acabara de apretar el gatillo.

—Buena idea.

Salí precipitadamente de su despacho y regresé a la galería central antes de que se adueñara de mí la necesidad irreprimible de estrangularla.

Naomi me vio la cara al pasar y resopló.

—Me alegra ver que no soy la única a la que atormenta hoy.

—Sí, menuda suerte la mía. —Mientras me dirigía hacia el aula, no sabía qué me irritaba más, el hecho de que Layla no me hubiera felicitado como debía por mi trabajo o la idea de tener que mentir sobre el asunto de la primera edición. La falta de felicitaciones acabó imponiéndose. Había hecho un trabajo de restauración espectacular, pero ella estaba demasiado amargada y era demasiado engreída para reconocerlo más allá del lamentable «buen trabajo» que me había concedido a regañadientes. Tendría que pensármelo dos veces si me ofrecía otra restauración.

Pero Layla cayó en el olvido en cuanto se abatió sobre mí un repentino escalofrío que sentí hasta los huesos, como si alguien acabara de caminar sobre mi tumba. Mi madre solía decir eso, pero yo nunca lo había comprendido hasta ese momento.

—Vaya, si tenemos aquí a la viuda negra en persona —dijo una mujer con un tono de voz agudo y familiar que hacía que a los perros les sangraran las orejas—. Allá donde va, alguien muere.

Minka LaBoeuf.

Mi peor pesadilla. Y pensar que me había sentido tan feliz de estar aquí hacía solo unos minutos.

Me di la vuelta y le clavé la mirada.

—En ese caso más valdría que te fueras por donde has venido y te pusieras a salvo.

—Muy graciosa —dijo, echándose hacia atrás su cabello negro demasiado tratado y estropajoso—. Si conocieran tus antecedentes, les inquietaría haberte dejado entrar aquí.

Pasé por alto ese comentario, igual que ignoré su velludo y barato suéter negro de angora, que le dejaba unos pelos diminutos y muy poco atractivos pegados en la cara y el cuello.

—¿Qué haces aquí?

—Ahora soy profesora —dijo, elevando con arrogancia su barbilla puntiaguda—. Me crucé con Layla en la Feria del Libro de Edimburgo y me ofreció el cargo.

—¿¡Qué!? —Debí de lanzar un chillido al hacer la pregunta. No pude evitarlo. Minka era la peor encuadernadora del mundo: destruía los libros, era la peste bubónica de los libros. ¿Cómo podían contratarla para enseñar encuadernación?—. Debes de estar de broma.

Pero ella ya no me miraba. Me di la vuelta al oír unas pisadas arrastrándose a mis espaldas y vi a Ned, el encargado de la prensa, mirándonos con el ceño fruncido. Y cuando Ned fruncía el ceño, la poca frente que tenía desaparecía por completo. No es que fuera feo del todo, sobre todo si te gustaba ese aspecto confuso y turbado en un hombre. Y ese parecía ser el caso de Minka.

—Hola, Ned —le saludó Minka, cuyas pestañas se agitaron rápidamente.

—Eh... —dijo él a la vez que se rascaba un brazo blancuzco y sin músculos.

¿De verdad Minka estaba coqueteando con Ned? Llevaba años impartiendo clases ahí y había visto a Ned cuatro veces como mucho. En todas ellas me había dirigido una sola palabra: «eh». Hasta ahí llegaba su vocabulario.

Ned podía hacer magia con la antigua prensa que se utilizaba en el BABA, pero ahí acababan sus habilidades sociales. Seguramente era un encanto de hombre, pero a mí me preocupaba. Hoy llevaba puesta una camiseta con un texto que rezaba: «No puedo dormir. Me come el payaso». Eso podría haber sido gracioso, pero estoy convencida de que Ned se lo creía.

—Me gusta tu camiseta —dijo Minka con una sonrisa forzada.

—Eh... —dijo él, que se dio la vuelta y se alejó, desapareciendo por el pasillo.

—Me alegro de haber hablado contigo, Ned —dije, pero no estaba segura de que me hubiera oído.

Minka volvió a resoplar, indicio de que estaba preparada para librar el segundo asalto contra mí. Pero no iba a poder ser.

—Minka, querida —exclamó Layla mientras corría hacia ella y le daba un fuerte abrazo—. Me ha parecido oír tu voz.

Lo cual no era sorprendente: unos cachorros que aullaran en el condado contiguo también la habrían oído.

—No sabes cuánto me alegro de que hayas podido unirte a nuestro profesorado —dijo Layla con entusiasmo, entrelazando sus brazos con los de Minka. Entonces se volvió hacia mí y sus ojos verdes centellearon divertidos—. ¿No me digáis que ya os conocéis? ¿No es perfecto? Brooklyn, ¿podrías enseñarle las instalaciones a Minka? Sé que harás que se sienta cómoda y bienvenida.

Minka sonrió con suficiencia ante su victoria. Por encima de su hombro, vi cómo Naomi alzaba la mirada al techo. Me alegraba saber que no era la única que sabía que eso distaba de ser una buena idea.

Lancé a Minka una mirada que dejaba claro que el infierno se congelaría antes de que yo le enseñara algo más que la puerta de salida. Mi buen humor previo se vino todavía más abajo al darme cuenta de que tendría que pasar las tres semanas siguientes intentando evitar tanto los malos modos de Layla como la estupidez tóxica de Minka.

Me acordé de lo primero que había dicho Minka hacía apenas un minuto, acerca de que moría gente siempre que yo andaba cerca. Esperaba que esas palabras no se confirmaran como una maldición, pero con personalidades tan inestables con las que tratar, no me quedaba otra que preguntarme cuánto tiempo iba a pasar antes de que una de nosotras apareciera muerta.

Solo esperaba no ser yo.

CAPÍTULO DOS

Evité la mirada de Minka, me volví hacia Layla e intenté sonreír.

—Habrá que posponer ese paseo por el centro. Ahora mismo tengo que preparar mi clase. Hasta luego.

Atravesé la galería con resolución y seguí por el pasillo sur. Esperaba poder evitar a Minka durante las tres semanas siguientes, pero esa chica era como una nube tóxica. Lo digo en serio. Si me encontraba a menos de cien metros de ella, tendía a sufrir síntomas parecidos a los de la gripe. Supuse que, a partir de ese momento, me vería obligada a esconderme como una cobarde.

Me detuve ante la vitrina que había fuera de mi aula, donde estaba expuesto el horario de clases. Como era de esperar, habían tachado el nombre de Karalee Pines, ahora sustituido por el de Minka, quien a lo largo del mes siguiente iba a impartir una clase de encuadernación flexible de tres horas de duración dos noches a la semana. Yo iba a dar mi curso de encuadernación general cuatro noches a la semana durante tres semanas. La posibilidad de cruzarme con ella seis veces en un mes me provocó una punzada en el corazón.

A salvo en mi aula, desempaqueté mis utensilios y coloqué en la mesa lateral las pilas de tela decorativa que había llevado conmigo. Había encontrado un precioso papel impreso en la Feria del Libro de Edimburgo, en el puesto de un vendedor especializado en grabados japoneses confeccionados a mano. Mis estudiantes lo utilizarían para hacer cubiertas y guardas de libros.

Miré a mi alrededor e hice un rápido inventario de las prensas de libros y las plantillas de perforación. Las plantillas eran unos artilugios ingeniosos, hechos a mano, compuestos por dos piezas de madera atornilladas entre sí para formar una cuna en forma de V. El espacio estrecho en el vértice de la uve facilitaba el uso de un punzón afilado para agujerear pliegos y coserlos.

Había seis prensas de mesa estándar de hierro colado, además de pilas de veinte o treinta pesas de diferentes tamaños y formas. Los estudiantes tendrían que compartir el equipo, pero eso no suponía un gran problema dado que cada uno iba a trabajar a su ritmo.

La puerta se abrió y entró Karalee, que la cerró. Era la gestora de artes del libro del BABA y, junto a Mark Mayberry, alias Marky May, el gestor de artes de impresión, formaba parte del reducido grupo de personal permanente del BABA. Ambos diseñaban y dirigían los dos cursos principales que ofrecía la institución.

—Hola, Karalee —la saludé con una sonrisa tensa. No la conocía mucho, pero siempre habíamos mantenido una buena relación de trabajo. Hasta esa noche, al menos.

—Brooklyn, lo siento mucho —dijo—. No he sabido que Layla había contratado a Minka hasta esta mañana. Se suponía que yo iba a dar la clase de encuadernación flexible, pero parece que Layla se la había prometido a Minka. Te lo juro, si tuviera la menor autoridad real, le diría que cogiera este empleo y se lo metiera donde le cupiera.

—No puedes hacer eso, Karalee —dije—. No pasa nada.

—Bueno, si lo hubiera sabido antes habría intentado convencerla para que cambiara de opinión. —Se encogió de hombros en un gesto de impotencia—. He trabajado antes con Minka y es una incompetente.

—Eso es decir poco. —Pero agradecí saber que no era la única que lo pensaba. Limpié un manojo de pinceles de pegamento en el fregadero y los ordené en botes de cristal mientras hablábamos.

Toqueteó la mesa de trabajo con las uñas, visiblemente incómoda.

—Me preocupa que perdamos alumnos por su culpa.

Me atraganté al reprimir una risa.

—Me perderías a mí si tuviera que darme clase.

—A ti y a mí, nos perderían a las dos —reconoció—. Maldita sea. Bueno, a ti no quiero perderte, así que ya me dirás si puedo hacer algo para que las cosas te resulten más fáciles.

—No te preocupes por eso —dije—. Permaneceré cerca de mi aula e intentaré evitarla.

—Es muy injusto —dijo, ordenando nerviosa la pila de papeles de colores que yo había desplegado sobre la mesa lateral hacía un momento—. Pero escucha, lo digo muy en serio: quiero verte contenta. Así que ven a verme corriendo si necesitas cualquier cosa.

Le sonreí.

—Gracias, Karalee.

Salió y yo seguí limpiando; luego comprobé la cantidad de acetato de polivinilo, o cola blanca APV, que había en el aula. Era el tipo de pegamento que preferían la mayoría de los encuadernadores porque era fuerte, soluble en agua y flexible, lo que permitía hacer los ajustes necesarios antes de que se secara completamente.

—Miau.

Bajé la mirada, sorprendida al ver a un gran gato amarillo levantando la mirada hacia mí.

—Hola, Baba, ¿cómo has entrado?

—Miau.

Me arrodillé y le acaricié el agradable y tupido pelaje, mientras él se frotaba contra mis tobillos. Baba Ram Dass era su nombre completo. El gato era la mascota oficial del BABA, donde residía por lo menos desde que yo me había incorporado.

—Eres bienvenido y puedes quedarte hasta que alguien empiece a estornudar —dije.

—Miau. —Pero su mirada decía: «Me quedaré tanto tiempo como me dé la gana».

—Me parece que hemos hecho un trato —dije levantándome. Cogí una esponja y la pasé por el mármol del fregadero mientras mis primeros alumnos empezaban a entrar. Me saludaban y luego elegían sus asientos alrededor de la amplia y alta mesa de trabajo que dominaba el centro del aula.

Al cabo de diez minutos, la mesa estaba ocupada por una docena de estudiantes parlanchines que jugueteaban con los utensilios que les había dejado preparados.

Me presenté y les resumí brevemente mi trayectoria profesional.

—Muy bien, esa soy yo. Ahora presentaos por turnos y contad a qué os dedicáis. Y de paso explicad qué esperáis sacar de esta clase.

Cinco de los alumnos eran artistas gráficos: Sylvia, Tessa, Kylie, Bobby y Dale. Conocía a Tessa y Kylie de cursos anteriores que habían hecho conmigo.

Había tres bibliotecarios: Marianne y Jennifer, que trabajaban juntas en la biblioteca principal de Daly City, y Mitchell, un musculoso y tatuado veterano de la Tormenta del Desierto que tras volver de la guerra había decidido hacerse bibliotecario porque, como dijo encogiéndose de hombros: «Me gustan los libros».

—Pues has venido al lugar adecuado —dije, riéndome entre dientes.

Mitchell añadió que su hermana era bibliotecaria y que ella creía que los libros y la encuadernación serían una buena terapia para él después de la guerra.

—Tenía razón —dijo—. Ya conozco la parte de los libros. Ahora me gustaría probar con la encuadernación.

La siguiente fue Cynthia Hardesty, una morena exuberante y alta que se presentó tanto a sí misma como a su marido, Tom.

—Formamos parte de la junta directiva del BABA desde hace tres años —dijo—. Layla insistió en que asistiéramos a tu clase. Te tiene en muy alta consideración.

—Sí, querida, cree que eres una joya —dijo Tom. Era un hombre alto y delgado, aunque no tan alto como su esposa, con un pelo que le raleaba y un cierto aire de aristócrata del viejo mundo. Me lo imaginé con una corbata ascot y un batín, bebiendo coñac con lord Peter Wimsey o Jay Gatsby.[1]

—Es un placer oírlo —dije, aunque mi medidor de tonterías interno había empezado a pitar, indicio indudable de una sobrecarga de pamplinas, lo que no era de extrañar viniendo de Layla. ¿Y por qué no me habían avisado de que tendría a dos miembros de la junta directiva en mi clase? Eso implicaba que tendría que comportarme con formalidad, lo que nunca resultaba muy divertido.

---

1 Respectivamente, el detective de ficción creado por D. L. Sayers, que vestía como un dandi, y el personaje de *El gran Gatsby* de Scott Fitzgerald. *[N. del T.]*

Las últimas en presentarse fueron dos amigas íntimas, Whitney y Gina, quienes no dejaron de hablar entre ellas mientras nos contaban que siempre buscaban cosas interesantes que hacer juntas.

—Somos novatas, pero intentaremos estar a la altura —dijo Gina.

—Creo que será divertido —añadió Whitney con ilusión.

—Espero que todos lo pasemos muy bien —dije, y entonces empecé a explicar cómo se desarrollarían las clases cada semana.

Los lunes empezaríamos con una muy breve explicación del tipo de encuadernación que íbamos a hacer. Cada alumno crearía una versión en miniatura de un libro real. Sostuve en alto algunos ejemplos de libros diminutos de poco más de siete centímetros, que fueron recibidos con «oohs» y «aahs» por parte de las mujeres. Esos libritos eran siempre un verdadero éxito. El jueves por la noche, cada alumno ya tendría un diario acabado más grande del mismo estilo. Al final del curso de tres semanas, todos habrían hecho seis libros artesanales.

—Qué emocionante —dijo Whitney.

—Estoy entusiasmada —añadió Gina asintiendo vigorosamente.

—Bien. —Les sonreí, agradeciendo su visión fresca de las cosas. Motivaría a los demás, incluyéndome a mí—. Esta semana haremos un libro de diez secciones de hojas que coseremos por sus pliegues en tres cintas de lino y encuadernaremos en cartón gris tapizado con tela. ¿Alguna pregunta?

—Sí —dijo Whitney—, ¿nos lo puedes explicar con dibujos?

Todos nos reímos. Tiendo a olvidar que la gran mayoría de la gente no está familiarizada con este oficio.

—Intentaré traerlos preparados la próxima clase. Por el momento, y solo por si acaso, he incluido un glosario de términos en cada uno de vuestros paquetes de material. Seguramente querréis tenerlo cerca cuando empiece a hablar sobre la cama para punzonar cuadernillos, o cuando abordemos las guardas de colores de folio doble y las encuadernaciones de media tela. Todo eso tan divertido.

Entre alguna que otra risa esporádica (por la que yo me sentía patéticamente agradecida), empecé a repasar los utensilios que les había dado, explicando cómo encajaban en el proceso de creación de un libro. Busqué uno esencial y lo sostuve en alto para enseñárselo. Pesaba poco, medía unos veinte centímetros de largo, era plano y blanco y parecía un depresor lingual de diseño.

—Muy bien, esto que veis aquí —señalé— se llama plegadera de hueso.

Siguieron las previsibles risitas tontas y disimuladas.

—Anda, reíos, sacadlo fuera —dije, esperando a que la reacción se fuera apagando—. Es un nombre raro, pero tiene sentido. El utensilio suele ser de hueso, y gracias a eso es ligero y duradero. Y se utiliza para hacer pliegues. Hueso, pliegue. Se explica solo. Si lo repetís unas cuantas veces, dejará de sonaros gracioso.

Cuando las risas desaparecieron, pasé a explicar las ventajas de las reglas de filo metálico sobre las de madera, luego di mi fascinante charla sobre los riesgos del pegamento y terminé con la importancia de reconocer las fibras de papel y tener en cuenta la dirección de las vetas. La veta siempre debe discurrir en paralelo al lomo del libro; de otro modo, los pliegues tomarían formas irregulares en lugar de la lisa y redondeada que se busca.

—En serio —dije—, la alineación de la fibra puede ser muy sexi. Este tema me produce escalofríos de placer.

Hubo nuevas risas y todo el mundo pareció relajarse un poco más. Me percaté de que el gato Baba se había acomodado en el mostrador delantero formando un ovillo junto a mi bolsa de ante con utensilios.

Como el aula tenía su propia guillotina de hierro colado en el rincón del fondo, reuní a todos alrededor de la máquina para hacer una demostración. Dependiendo de la forma en que se cortara el papel, un encuadernador podía obtener un filo liso o uno mellado e irregular en función del tipo de libro que quisiera crear.

Cuando todo el mundo volvió a ocupar sus asientos alrededor de la mesa de trabajo, llamaron a la puerta.

—Toc, toc —dijo Layla en voz alta, y luego entró en el aula. La seguía una rubia chiquita que no había visto nunca—. Lamento interrumpir la clase, pero te he traído otra alumna.

Aseguré la hoja pesada y afilada como una navaja de la guillotina y me acerqué a la parte delantera del aula. No sabía que nadie más se hubiera matriculado en mi clase, pero cuantos más fuéramos, mejor nos lo pasaríamos.

—Brooklyn Wainwright —me presentó Layla con tono formal—, esta es mi querida amiga y socia Alice Fairchild.

¿Una querida amiga de Layla? Eso resultaba preocupante. Pero, aun así, sonreí y le estreché la mano.

Su mano era pequeña y suave, y yo me sentí como una giganta torpe a su lado.

—Me alegro de conocerte, Alice.

—Alice lleva con nosotros más de un mes —dijo Layla con un tono bajo y respetuoso—. Es nuestra ayudante de dirección, está encargada de la recaudación de fondos. No sé cómo saldríamos adelante sin ella. Hace un trabajo fabuloso.

—Felicitaciones —dije.

—Gracias. —La cara de Alice estaba llamativamente más pálida que hacía unos segundos. Siguió estrechándome la mano con fuerza hasta que se dio cuenta de lo que hacía y la apartó—. Encantada de conocerte. Lamento haberte sacudido la mano de ese modo. Tengo el estómago revuelto por culpa de los nervios.

—Oh, no te preocupes por la clase —la tranquilicé—. Aquí cada cual avanza a su ritmo.

—Oh, no es eso. Estoy entusiasmada con la clase, nunca he hecho un libro. No, en realidad estoy nerviosa por un nuevo patrocinio para el centro que mañana tengo que negociar. Puede ser de gran ayuda para cuadrar cuentas y todo lo demás. —Miró rápidamente a su alrededor, buscando primero a Layla y luego a mí—. ¿Por qué nunca sé callarme? Ya le dije a Layla que hablaría más de lo debido.

Layla sonrió.

—No lo estás haciendo.

Alice negó con la cabeza.

—Eres muy amable, pero Stuart dice que hablo demasiado cuando me pongo nerviosa, y tiene razón, claro. Stuart es mi prometido. —Levantó la mano moviendo el dedo anular, y un inmenso y deslumbrante anillo de diamantes centelleó.

—Guau, es un anillo precioso —dije.

—Gracias —respondió Alice, mirando su anillo casi con afecto—. Stuart sigue en Atlanta, cerrando su oficina. Se instalará aquí el mes que viene. Es un hombre genial. Y muy inteligente. Y cuando dice que hablo demasiado, tiene razón. Yo, bueno... Lo estoy haciendo otra vez. —dijo entre risas.

Layla la miró con indulgencia.

—Lo estás haciendo muy bien.

Me pregunté si mis ojos serían tan grandes y redondos como los sentía en ese momento. Nunca había visto a Layla mimar a nadie de ese modo. Pero no podía culparla: Alice era adorable, pese a ser amiga de Layla.

—Nada de preocupaciones —dije, y lo dije sinceramente—. Estamos encantados de tenerte con nosotros.

—Procuraré no matar a nadie de aburrimiento con mi cháchara —dijo Alice con semblante serio—. Pero mis nervios, buf.

Me reí. No pude evitarlo. Era un encanto. Me entraron ganas de llevarla de compras e invitarla a una taza de cacao caliente. Y, por raro que parezca, sentía el impulso de rescatarla de la influencia de Layla, del mismo modo que antes quise rescatar el *Oliver Twist* de sus garras avariciosas.

Layla, a la que se veía alegre y animada, dijo:

—No sabría explicaros lo emocionados que estamos de tener a Alice trabajando en el BABA. Ya es muy respetada en el mundillo de la recaudación de fondos para el arte, así que ahora quiero que aprenda todos los secretos del mundo del libro y el lugar que ocupa el BABA en él. Ha conocido a algunos de los profesores, pero esta será su primera experiencia en un aula. Me pareció que lo mejor para ella sería empezar por lo más alto, con tu excelente clase magistral.

—Gracias, Layla —dije; mi medidor de tonterías seguía pitando a la máxima potencia—. Es un comentario muy amable por tu parte.

Layla resplandeció ante mi humilde agradecimiento de sus palabras. Supuse, o eso esperaba al menos, que ese era su modo de presentar una oferta de paz. No me quedaba otra que seguirle la corriente, visto que firmaba mis cheques.

—En ese caso, dejaré a Alice en tus buenas manos —dijo Layla, y antes de salir del aula se despidió de todos con un gesto regio de la mano.

Al cerrarse la puerta, vi por casualidad que Tom Hardesty miraba fijamente la espalda de Layla. ¿Le brillaban los ojos? Parecía un adolescente a punto de desmayarse ante una estrella del rock.

Lancé una mirada furtiva a Cynthia, cuya expresión de absoluto desprecio fue rápidamente reemplazada por una de leve interés.

Vaya, eso me intrigó. A Cynthia no parecía caerle nada bien Layla. No era de extrañar, visto que su marido casi babeaba por aquella mujer. Muy interesante, pensé. No, espera, no tenía el menor interés. Lo último que quería era verme mezclada en un vodevil con miembros de la sala de juntas o en la política del BABA. Que Tom o Cynthia sospecharan siquiera que me había fijado en sus reacciones a Layla podía suponer mi suicidio laboral.

Alice me miró.

—Muchas gracias por permitirme asistir a tu clase.

—El placer es mío. Siempre queda sitio para uno más.

—Oh, no sé si lo dices en serio, aunque te lo agradezco igual. Layla puede ser un poco como un buldócer, pero te prometo que no ralentizaré la clase. Estudié arte y amo los libros, y siempre quiero aprender más sobre el tema.

—Estupendo —dije asintiendo con la cabeza—. Este es el lugar ideal para aprender más. Estoy segura de que lo harás muy bien.

—Gracias —dijo, y se inclinó hacia mí para hablar en voz más baja—. Pero para dejar las cosas claras, debo advertirte de que desde que me mudé aquí, mi estómago está como loco. Me han hecho todo tipo de pruebas, pero los médicos no saben qué me pasa. —Se frotó el vientre para subrayar sus palabras—. Te lo digo porque tiendo a salir corriendo al servicio de señoras con alarmante regularidad. Procuraré no perturbar la clase con mis idas y venidas.

—Es bueno saberlo —dije reprimiendo una sonrisa. Al menos era sincera, y yo agradecía su ingenio autocrítico. Ahora que había tenido un momento para estudiarla más de cerca, me di cuenta de que su recatada blusa blanca, su pelo rubio y liso y su cinta de terciopelo para el cabello hacían que el nombre de Alice le sentara a la perfección.

Su teléfono móvil sonó y ella se sobresaltó. Comprobó la pantalla, negó con la cabeza y me miró nerviosa.

—Lo siento, Stuart y yo no paramos de mandarnos mensajes de texto. Tenemos problemas con la boda.

—Lo comprendo muy bien —dije dándole unas palmadas en el hombro. Le pasé un juego de utensilios y señalé una silla vacía—. ¿Por qué no te sientas ahí, al lado de Tom, y empezamos con el cosido de los pliegos?

Una hora más tarde, caminaba por el perímetro del aula para ayudar a aquellos que parecían pelearse con las cadenetas, la intrincada puntada del siglo XIX empleada para coser cintas de lino a los pliegos. Para algunos, la dificultad radicaba en pasar el hilo a través del papel sin llegar a perforar las tiras de lino que mantenían el conjunto unido. Para otros, en mantener la tensión del hilo uniforme cuando añadían un nuevo conjunto de pliegos al anterior.

—¡Ah! —exclamó Gina—. Nunca lo haré bien.

—Sí, sí que lo harás —dije intentando no mostrar mi horror ante la poca maña de sus puntadas—. Ahora es un poco difícil porque el libro que estamos haciendo es muy pequeño. Cuando empecemos con los diarios, te será más fácil.

—Eso espero —dijo sin mucho convencimiento.

—Y no lo olvides: tienes que enlazar cada nueva puntada con las puntadas de la sección anterior.

—Ay Dios, no te entiendo —se quejó ella.

Fui hasta mi bolsa y saqué un grueso archivador manila con material de referencia. Tras hojearlo rápidamente, di con lo que buscaba: una fotografía en primer plano de la mano de alguien dando la puntada.

—¡Oh! —exclamó cuando le enseñé la foto—. Entonces, ¿se supone que debe quedar así?

—Sí —dije, tal y como ya se lo había enseñado a todos hacía veinte minutos, pero eso me lo callé. Para mucha gente, era un trabajo complicado. Le pasé la foto para que la utilizara como guía.

—Es bonita. —Miró la imagen fijamente—. Ayuda mucho.

—Bien. Quédate con ella mientras la necesites.

—Gracias.

Se oyó un zumbido y Cynthia Hardesty cogió su móvil.

—Tengo que salir un momento —dijo mirando fijamente el teléfono mientras pasaba el dedo por la pantalla—. Debo ocuparme de un tema personal.

Pero en realidad no dijo «tema», sino «temita». Quizá pensaba que así sonaba más interesante, pero la verdad era que no. Algo que me molestaba de ella era que no parecía tomarse la clase en serio. Estaba demasiado ocupada con sus temitas.

—¿Te importa si salgo también un minuto? —dijo Alice—. He acabado de coser y me temo que Stuart se quede dormido si tardo mucho más en responderle.

—No pasa nada —dije, echando un vistazo rápido a sus puntadas—. Lo estás haciendo muy bien.

—Gracias —dijo con una pizca de orgullo—. Enseguida vuelvo.

—Oh, ¿puedo salir yo también? —preguntó Whitney levantando el brazo como si fuera una colegiala ansiosa. Le dio un codazo a Gina—. Tengo que hacer esas reservas, ¿te acuerdas?

—Ah, sí —dijo Gina guiñándome un ojo—. El viernes por la noche tiene una cita con un guapazo.

—Chiss, me vas a dar mala suerte —dijo Whitney.

—Anda, ve —dije, comprobando la hora en mi reloj—. Tengo que hablar con alguien en el pasillo, pero volveré pronto.

—¿Nos tomamos un descanso? —preguntó Marianne, levantando la mirada de la mesa por primera vez.

—Haremos un descanso oficial de media hora para cenar dentro de un rato, pero si alguien necesita un momento ahora, que lo aproveche. Los que os quedéis, por favor, seguid trabajando en coser vuestros pliegos.

—Antes de que te vayas —dijo Jennifer—, ¿podrías volver a explicarme cómo se hace ese nudo tan complicado? Soy muy torpe.

—Sí, claro. —Me detuve junto a su sitio y volví a hacer una demostración del nudo del tejedor, subrayando la importancia de retorcer el hilo de lino. Entonces di una vuelta por la sala enseñando a cada estudiante cómo se retorcía, solo para asegurarme de que todos lo habían entendido.

Después de que Jennifer me asegurara que podía hacerlo sola, salí del aula y me encaminé al despacho de Layla. Durante la hora anterior, mi cabeza no había parado de darle vueltas a nuestra discusión sobre el *Oliver Twist*. Agradecía que hubiera sido amable cuando trajo a Alice a la clase, pero seguía angustiada.

Había urdido un plan: le preguntaría si podía comprarle el libro. Si eso no le interesaba, podía llamar a Ian McCullough, conservador jefe de la Biblioteca Covington y viejo amigo de la universidad de mi hermano Austin, además de mi exprometido. Y cuando digo prometido, quiero decir que nos queríamos mucho y fingíamos que eso era amor, pero ambos sabíamos que no. Todavía somos grandes amigos. Ian podía tener los medios para dar con una verdadera primera edición de *Oliver Twist*. Si la encontraba, la Covington tal vez considerara que donar el libro a la subasta del festival Twisted sería una buena forma de publicidad. No me apetecía ayudar a Layla Fontaine, pero lo último que necesitaba era que me excluyera de la comunidad de las artes del libro porque, vaya por Dios, yo tenía demasiados escrúpulos.

Escrúpulos. ¡Menudo aburrimiento!

Caminé por el borde la galería, que estaba a oscuras con la excepción de unos pequeños focos que iluminaban las xilografías y un débil haz de luz de luna que se filtraba por la claraboya.

Al otro lado del amplio espacio abierto, vi una figura recortada contra la ventana de la puerta de la fachada. Seguramente era alguna de mis alumnas, que había salido a hacer una llamada, pero no sabría decir cuál. No vi a ninguna otra de las que se habían tomado un descanso. Podrían haber salido del edificio o bajado al vestíbulo en busca de privacidad. Todo estaba tan silencioso que producía escalofríos, incluso con dos clases en marcha. La exposición de libros desplegables de Naomi proyectaba extrañas sombras en la pared de la galería inferior. Me estremecí y me pregunté por qué no encendían la calefacción, aunque solo fuera un poco.

El largo pasillo norte que llevaba al despacho de Layla estaba todavía más a oscuras que la galería. Se habían apagado las luces, lo cual era raro. Algún miembro del personal siempre se quedaba trabajando hasta tarde cuando había clase, pero los despachos de Karalee y Marky estaban a oscuras. Tuve que palpar las paredes para seguir avanzando.

Pensé en Ned, que se encargaba de la prensa y la mantenía. No parecía irse nunca de allí y con frecuencia era quien cerraba las noches que había clases. ¿Viviría en una de las habitaciones oscuras que había a lo largo del pasillo? Tal vez fuera la falta de luz lo que me ponía nerviosa, pero no pude evitar pensar en Ned como en uno de esos tipos que salen en las noticias: «Era callado y cuidaba de su jardín. ¿Quién podía imaginar que almacenaba los cadáveres de seis exesposas en el congelador?». Una nunca podía estar tranquila con tipos como Ned.

Eso no era justo. Ned era un buen hombre. Lo que pasaba es que aquello estaba demasiado oscuro y mis pensamientos se volvían morbosos.

Al acercarme al despacho de Layla, vi una delgada franja de luz bajo su puerta cerrada. Esperaba que eso implicara que seguía trabajando. Tal vez no se percató de que las luces del pasillo estaban apagadas.

—¿Layla? —la llamé.

No hubo respuesta. A lo mejor ya se había marchado a casa. Di un paso más y casi me caigo al tropezar con algo que había en el suelo.

Abrí los brazos y los agité para recuperar el equilibrio; entonces toqué la pared y me apoyé en ella.

—Maldita sea. ¿Quién deja cosas en medio del pasillo?

No sabía lo que era, pero sin duda se trataba de algo grande. Un fardo de ropa para la colada, tal vez. Me agaché para intentar apartarlo y oí un gemido.

No era un fardo de nada. Era un cuerpo.

CAPÍTULO TRES

—A y Dios mío —saqué mi móvil del bolsillo y marqué el 911. Cuando respondió la operadora, exclamé:

—Hay alguien herido o..., o...

«Muerto».

No lo dije en voz alta. Había oído un gemido. Tenía que estar vivo.

—Tiene que darme su ubicación, señora —dijo la mujer.

Se la di.

—¿Respira? —preguntó.

—Hasta ahora diría que sí. Lo comprobaré para asegurarme.

—Claro, buena idea. Todo seguía muy oscuro, apenas veía mis propias manos, pero mis ojos empezaban a acostumbrarse a la falta de luz. Me agaché y palpé un brazo cubierto con un suéter de lana suave. Seguramente era una mujer. Desplacé una mano por su brazo y le palpé el hombro y el cuello. Noté un pulso débil. Todavía respiraba.

—Está viva, pero el pulso es muy débil —dije—. Dense prisa, por favor.

—Tenemos un coche patrulla en la zona —dijo la operadora—. Por favor, no se deje llevar por el pánico. Está a menos de dos minutos de ahí.

—No lo hago —dije poniéndome de pie—. Es que no veo nada. ¿Enviarán también una ambulancia?

—Sí, señora. Permaneceré al teléfono hasta que llegue la policía.

—Gracias.

La puerta de otro despacho se abrió de repente. Naomi se asomó al pasillo.

—¿Qué ocurre?

La luz de la lámpara de su mesa proyectó su sombra en el pasillo pero no sirvió para iluminarlo.

—¿Qué estás haciendo aquí? —pregunté.

—Intentaba trabajar un poco —dijo con tono malhumorado.

—Pues lamento mucho molestarte, pero resulta que alguien se ha desmayado. —Eh, que yo también podía enfadarme. Ella no era la única cuya paz y tranquilidad se había visto perturbada—. ¿Puedes encender más luces? No veo nada.

Naomi no se movió y se quedó mirando fijamente el cuerpo.

—¿Qué ha pasado?

—¿Y cómo quieres que lo sepa? Enciende algunas luces, parece que esta mujer se ha desmayado. —Mi mal humor iba en aumento. Detestaba tropezar con cuerpos.

—Ay Dios mío —Naomi buscó a tientas el interruptor que había en el pasillo junto a la puerta de su despacho, pero no pasó nada—. Lo siento, parece que la luz está fundida. Tendré que pedir que la arreglen.

Encendió la luz de su despacho y abrió completamente la puerta para iluminar el pasillo. Intentó abrir también el despacho de Layla, pero estaba cerrado. Pasó junto al cuerpo y probó suerte con el despacho de Karalee. No estaba cerrado con llave, así que empujó la puerta y encendió la luz.

—¿Qué tal ahora?

—Mucho mejor. —Mientras lo decía, oí una sirena ululando a lo lejos—. La policía estará aquí en cualquier momento.

—¿Respira? —preguntó Naomi, que seguía mirando fijamente al cuerpo.

—Apenas —dije.

—Es una suerte que la encontraras. Seguramente le has salvado la vida —dijo Naomi con nerviosismo.

—Pasaba por aquí... —dije con humildad, cogiéndome las manos. Las noté pegajosas. Las acerqué a la luz y al instante deseé no haberlo hecho.

Sangre. Se me revolvió el estómago y la cabeza empezó a darme vueltas. Odiaba la sangre. «Idiota», murmuré para mis adentros. Pero no podía evitarlo. La visión de la sangre me ponía enferma. Respiré hondo varias veces sin dejar de mirar a la mujer que estaba en el suelo. Debía de haberse golpeado la cabeza contra algo afilado o lo bastante duro como para hacerla sangrar.

Mientras la miraba de cerca, mi estómago se revolvió todavía más. Ese suéter negro de angora me resultaba alarmantemente familiar.

—Oh, no —retrocedí hasta que mi trasero tocó la pared.

—¿Qué pasa? —preguntó Naomi.

Los escalofríos más intensos que había sentido nunca recorrieron mi columna. Que Dios me ayudara. Acababa de salvarle la vida a Minka LaBoeuf.

El ruido de las sirenas hizo que todo el mundo saliera de las aulas. Me las arreglé para mantener el pasillo vacío mientras Naomi corría a la puerta principal y guiaba a los dos agentes por la galería. Uno examinó el lugar mientras el otro se arrodilló para tomarle el pulso a Minka.

—Tenga cuidado —dije en voz baja—. Hay sangre.

El agente que estaba arrodillado levantó entonces la mirada hacia mí.

—¿La ha encontrado usted?

Asentí. Entonces me estremecí y aparté la mirada.

—Muy bien, buen trabajo. —Cogió su *walkie-talkie* y pidió una ambulancia. Sonó un crujido y la operadora contestó:

—Ambulancia en camino.

—Esperaré ahí delante —dije, y volví andando a la galería donde ahora las luces resplandecían con toda su fuerza. Alice se me acercó corriendo.

—¿Qué ha pasado? —preguntó susurrando. Parecía todavía más pálida que cuando se había presentado en clase—. ¿Hay alguien enfermo?

—Hay alguien herido —dije.

Tom, Cynthia y Gina se agolparon detrás de Alice.

—¿Quién es? —preguntó Tom, mirando más allá de mí, al pasillo.

—Otra profesora —dije, incapaz de pronunciar en voz alta el nombre de Minka.

—Es Minka LaBoeuf —anunció Naomi a mis espaldas—. Brooklyn le ha salvado la vida.

Hice una mueca.

—No, yo no.

—Sí, tú la has salvado —insistió Naomi, que añadió—: Brooklyn la ha encontrado y ha llamado a emergencias. Mirad, tiene las manos manchadas de la sangre de Minka.

Vaya, genial. Yo sabía que ella lo había dicho con buena intención, pero sonó bastante mal.

—Yo... tengo que lavarme las manos —susurré mirándome las manchas de sangre seca.

—¿Cómo te las has manchado? —preguntó Cynthia, que observaba fijamente mis manos abiertas.

Su tono insinuaba una clara acusación. Estaba a punto de responder cuando Alice me agarró del brazo y dijo con amabilidad:

—Vamos a lavarte las manos.

En ese momento, el agente hispano alto y apuesto cuya insignia rezaba «Ortiz» se fijó en mí.

—¿Usted encontró a la víctima?

—Sí, fui yo —dije. No te rindas, Wainwright, pensé, aspirando hondo y soltando el aire despacio—. Estaba desmayada en el pasillo. Tropecé con el cuerpo cuando me dirigía al despacho de Layla Fontaine, y llamé a la policía.

—¿Quién es Layla Fontaine?

—La directora del centro —dije—. Su oficina está al final del pasillo, pero ya se habrá ido a casa.

—¿Qué hace usted aquí? —me preguntó mientras escribía.

—Solo soy una de las profesoras. —Señalé a Naomi con la mano—: es Naomi Fontaine, la coordinadora de las instalaciones del centro.

—Pero..., bueno, yo no hice nada —afirmó Naomi, cuyos grandes ojos se movían nerviosos entre el agente Ortiz y yo—. Abrí la puerta de mi despacho y Minka estaba ahí tirada, con Brooklyn arrodillada junto a ella.

Le clavé la mirada.

—Eso ya lo saben.

—Está bien, señora —dijo Ortiz con calma.

No, no lo estaba. ¿Intentaba Naomi ponerme a los pies de los caballos? ¿Iba a salirme caro salvar la vida de Minka? Una ya no podía fiarse de nadie.

—¿Dónde está Layla? —preguntó Tom mirando a su alrededor.

—Se ha ido a casa —contestó Cynthia apretando los dientes—. Brooklyn acaba de decirlo. Procura estar un poco más atento.

Había alguien más tensa que yo.

—¿Pueden encender la luz del pasillo? —preguntó el policía que atendía a Minka.

—No funciona —le explicó Naomi a Ortiz.

El agente recorrió unos metros, levantó el brazo y giró una bombilla. El pasillo se llenó de luz.

—Vaya, qué raro —dijo Gina con los ojos abiertos de par en par.

Cynthia frunció el ceño en señal de acuerdo.

El sonido de una sirena anunció la llegada de la ambulancia. Dos técnicos de emergencias cruzaron precipitadamente la galería cargados con mochilas de equipo. Me las apañé para apartar a los curiosos del pasillo y dejar espacio suficiente para que pasaran.

Whitney se acercó y se unió a los demás.

—¿Qué está pasando? Me pareció oír una sirena. ¿Estamos en un descanso?

Gina la agarró del brazo.

—Chica, ¿dónde te habías metido?

—Estaba al teléfono —respondió Whitney a la defensiva; bajó la voz y añadió—: ese hombre delgado me ha dejado utilizar uno de los almacenes que hay al final del pasillo para hablar en privado.

¿Se refería a Ned? Miré por la galería, pero no lo vi por ningún lado.

—Han atacado a alguien mientras tú has estado desaparecida —susurró Gina con nerviosismo.

—Eso no lo sabemos —me apresuré a decir.

El agente Ortiz me señaló.

—Necesitaremos que todos se reúnan en algún sitio para hacer unas cuantas preguntas.

—Puede utilizar mi aula —dije, y me volví a Gina y Whitney—: ¿os importa llevaros a todos de vuelta al aula?

—Claro —dijo Gina. Reunió a mis alumnos mientras Naomi convocaba a los estudiantes de Minka y los mandaba de vuelta a su aula. Al cabo de cinco minutos, la zona estaba despejada.

—Tendrías que lavarte las manos —murmuró Alice.

Las levanté mientras fruncía el ceño.

—Me había olvidado por completo.

—¿Quieres que te acompañe?

Sonreí agradecida.

—No hace falta. Estaré bien.

En el pequeño lavabo, dejé correr el agua caliente, que se tiñó de rojo al mezclarse con la sangre de Minka. El estómago se me revolvió otra vez. No estaba segura de qué me hacía sentir peor, la sangre o el hecho de que fuera de Minka.

¿No era un pensamiento horroroso e insensible? Pese a todo, utilicé una gran cantidad de jabón y toallas de papel para limpiarme y secarme las manos a fondo; luego lo tiré todo al cubo de la basura.

Y no, no me pareció que estuviera destruyendo pruebas. No le había hecho nada a Minka, aparte de salvarle la vida, o algo parecido.

De vuelta en el aula, el agente Ortiz intentaba mantener el orden.

—Si alguien vio u oyó algo —dijo—, quiero hablar primero con él.

Todos empezaron a hablar a la vez.

—¡Basta! —gritó el agente—. ¿Alguien presenció algo en concreto relacionado con la agresión a la señora LaBoeuf? De ser así, que levante la mano.

Me impresionó que pronunciara correctamente el apellido de Minka, aunque yo prefería que se refirieran a ella como La Beef.[2] Quizá hubiese debido lamentar más la agresión, pero lo cierto es que estaba casi entusiasmada; no de una forma alegre, era más bien un sentimiento de excitación o vértigo. Tal vez estaba conmocionada. Tardé un poco en darme cuenta de que habían atacado a una persona en un lugar que yo misma había recorrido pocos minutos después.

Nadie en el aula podía ofrecer ninguna ayuda real. Ortiz se rindió, sacó una hoja de papel y pidió a todos que anotasen sus datos de contacto.

Mientras los alumnos atendían a su petición por turnos, le pregunté adónde llevaría la ambulancia a Minka. Él mencionó el San Francisco General Hospital, que está apenas a kilómetro y medio de allí.

Por alguna razón, el nombre del hospital hizo que la herida de Minka sonase incluso más peligrosa para su vida.

—No creo que simplemente se desmayara y se golpeara la cabeza.

Me pareció un comentario muy obvio, incluso proviniendo de mí.

—No se desmayó —dijo Ortiz sin rodeos.

—¿La agredieron? —preguntó Whitney.

—¿Corremos todos peligro? —preguntó Marianne.

—Todavía no lo sabemos —dijo Ortiz—. Hasta que lo averigüemos, les ruego encarecidamente que salgan de aquí por

---

2   *Beef*, en inglés, carne de res, ternera. *[N. del T.]*

parejas o en grupos. No dejen que nadie vaya andando solo hasta su coche.

—Por descontado que no —le tranquilicé.

—¿La clase queda cancelada? —preguntó Dale.

Miré a Ortiz, que se encogió de hombros.

—A mí me da igual. Estaremos aquí un rato más, haciendo preguntas y revisando el recinto.

Miré a mi alrededor.

—¿Quién quiere seguir trabajando?

Me sorprendió ver que todos los presentes en el aula levantaban las manos.

—Me parece que seguiremos —dije.

En el trayecto de vuelta a casa, busqué infructuosamente alguna relación entre los extraños sucesos de esa noche.

Primero el asiático que había gritado y salido precipitadamente del despacho de Layla, a lo que siguieron las exigencias de esta sobre el origen del *Oliver Twist*.

Tras eso había aparecido Minka para arruinarme el día. Y al poco de comenzar mi clase, una Layla muy amable había entrado en el aula para presentarme a Alice Fairchild. Fue entonces cuando me fijé en la lastimosa expresión de adoración en el rostro de Tom Hardesty, quien solo parecía tener ojos para Layla. Aquello no le había pasado inadvertido a su esposa, a juzgar por su expresión de absoluto desprecio.

Luego la agresión a Minka, seguida del lastimoso intento de Naomi de echarme la culpa.

Y, maldita sea, ¿por qué tuve que encontrarla yo?

Los hombros me temblaron de miedo al recordar lo que había afirmado aquella misma noche: «Allá donde va, alguien muere».

Y, como era de esperar... Vale, no había muerto, pero la agresión que había sufrido estuvo demasiado cerca de matarla como para resultar tranquilizadora.

Ese hilo de pensamiento tenía que interrumpirse de inmediato. Lo sucedido no era culpa mía y me negaba a sentirme responsable. Y, eh, para empezar, Minka era una arpía maleducada que hablaba con muy mala intención.

Con todo, me preguntaba qué iba a pasar con ella. ¿Cuál era la gravedad de las heridas? No parecía buena señal que siguiera inconsciente cuando los de emergencias se la llevaron al hospital.

Es verdad: no me caía bien. Para ser sincera, más bien la despreciaba. Había sido un incordio desde el día que nos conocimos en la universidad, donde desarrolló una enfermiza obsesión por mi novio e intentó hacerme el suficiente daño físico como para obligarme a dejar la facultad. Hubo otros sucesos extraños y escalofriantes por aquella época: un gato muerto en mi porche; los neumáticos de mi coche rajados. Yo sabía que Minka era la responsable, pero nunca la atraparon.

Así que, por lo que a mí respecta, Minka no era una buena persona. Y sí, de vez en cuando deseaba que le pasara algo malo.

Pero eso «malo» en lo que pensaba tenía más que ver con un gran escarabajo de la patata subiendo por su cara y depositando huevos dentro de su nariz. Nunca le había deseado la muerte ni nada que se le acercara. Básicamente, lo que quería es que desapareciera y me dejara en paz.

Avancé por la Séptima y giré en Brannan, donde esperé a que se despejara el tráfico y la puerta de seguridad de mi edificio se abriera. Entré rápidamente y aparqué.

Tenía menos material que subir por las escaleras del que me había llevado. Naomi me había dado una llave de mi aula, de manera que podía dejar parte de mis utensilios y herramientas, los más baratos y menos peligrosos, en el BABA. Había decidido mantener los más caros y letales en mi posesión en todo momento. Debido a mis recientes desventuras en Escocia, evitaba dejar las herramientas que se podían usar para causar daño en un lugar no del todo seguro.

El edificio de ladrillo en el que vivía ocupaba toda la manzana. Lo habían construido para acoger una fábrica de corsés en la década de 1920, y conservaba algunas curiosidades de aquellos tiempos. Uno de mis armarios había sido un montacargas con cuerdas y poleas empleado para subir y bajar mercancías. Por descontado, ahora estaba sellado, pero conservaba las paredes de acero, y yo lo utilizaba para almacenar documentos importantes y algún esporádico libro raro.

La mayoría de las ventanas de mi apartamento también eran las originales, y estaban reforzadas con una anticuada malla de gallinero. Los conductos de la calefacción se encontraban al descubierto. Esos detalles, junto con las paredes interiores de ladrillo, daban al espacio habitable, al estilo de un gran loft, el aspecto y el aire de la vieja fábrica.

Me encantaba mi apartamento y me encantaba el South Market, que era una combinación de lofts remodelados como el mío, pequeños restaurantes y comercios étnicos, así como tiendas de decoración donde vendían azulejos, ladrillos usados y puertas de hierro forjado. Podías comprar y comer a todo lujo y luego doblar la esquina y encontrar una fábrica casi en ruinas a la espera de que la adquirieran y remodelaran. La recesión había ralentizado un poco el crecimiento de la zona, pero yo esperaba que volviera a activarse cualquier día de estos.

Entré en el ascensor de servicio y pulsé el botón de mi planta. El ascensor, también original, era lo bastante amplio para cargar maquinaria de tamaño industrial, con un suelo de tablas de madera de diez centímetros de grosor y una puerta de hierro que se plegaba hacia dentro para dejar entrar y salir a los pasajeros.

Cuando el ascensor cobró vida ruidosamente, recordé las palabras enfurecidas del hombre asiático que había salido del despacho de Layla esa noche. ¿Tendría algo que ver con la agresión a Minka? Debería habérselo mencionado a la policía. ¿Es posible que volviera para amenazar a Layla y Minka hubiese aparecido en ese momento? Yo no sabía quién era, pero Layla sí. Y si ella era su objetivo real, supuse que se alegraría mucho de dar su nombre a la policía.

Cuando el ascensor se detuvo y la puerta se abrió, vi a mi vecina Vinamra Patel asomada a su puerta. Todos los vecinos del edificio podíamos oír el anticuado ascensor industrial cuando se ponía en movimiento, y solíamos echar un ojo para vigilar los pisos de los demás.

—Ah, Brooklyn —dijo Vinnie haciéndome un gesto para que me acercara. Llevaba un mono y unas Converse All Stars de caña alta, y su cabello oscuro y lustroso formaba una trenza que le caía por la espalda—. Esperaba que fueras tú.

—Pues yo soy —dije—. ¿Qué pasa?

—Adivina quiénes han salido a cenar esta noche —dijo con voz seductora.

—¿De verdad? —Se me debieron de iluminar los ojos porque rio y me agarró del brazo.

—Sí. Anda, pasa. Tengo unas sobras empaquetadas listas para ti.

La seguí como una mascota.

—Chicas, no tenéis que darme de comer todas las noches, ya lo sabéis.

Vinnie sonrió con malicia.

—Pero es que siempre te muestras tan lastimosamente agradecida que nos divierte.

—Eh, que me gusta comer —dije en defensa propia.

Y mis vecinas favoritas lo sabían. Vinnie y su novia, Suzie Stein, hacían tallas de madera. Trabajaban en casa, como yo misma solía hacer, y su loft estaba lleno de enormes pedazos de madera y ramas de formas extrañas. Sus herramientas preferidas para esculpir eran las motosierras, y había varias apoyadas en las paredes. Eran una obra artística en sí mismas.

Dado el serrín y todo el lío que montaban al trabajar, preferían salir a cenar la mayoría de las noches. Y sistemáticamente se traían a casa las sobras para su hambrienta vecina. Yo.

Mientras contemplaba su última escultura, una inmensa pirámide de madera con alas, se me acercaron dos gatos ronroneando ruidosamente para frotarse contra mis espinillas. Me agaché para rascarles los cuellos.

—Hola, Pookie. Hola, Splinters.

—Te quieren mucho —dijo Vinnie sonriendo afectuosamente a los gatos—. Los cuidas muy bien.

Mi mirada se cruzó con la de Pookie y la gata ladeó la cabeza como si preguntara: «¿No te alegra que no pueda hablar?».

Le mandé un mensaje telepático: «Sí, señora. Me alegro».

La última vez que Suzie y Vinnie se fueron de la ciudad, me dejaron a cargo de sus amadas mascotas. Una mañana salí de casa sin haberles dado de comer. Me acordé cuando llegué al garaje y corrí escaleras arriba para ponerles la comida y el agua. Pero durante un instante..., bueno, vale, durante cinco o seis segundos me planteé si aquello importaba lo más mínimo y no podía esperar hasta la noche. Al final, el sentimiento de culpabilidad sacó lo mejor de mí y corrí al loft a satisfacer sus necesidades.

De manera que, en efecto, estaba eternamente agradecida por que los gatos no supieran hablar: esos dos lo habrían largado todo sobre mis abúlicas habilidades como cuidadora. Y Vinnie y Suzie, que querían a sus mascotas con locura, no habrían vuelto a darme otra bolsa con sobras.

No podría vivir con eso.

—¿Has visto a nuestros nuevos vecinos? —preguntó Vinnie, sacándome de mi viaje inculpatorio.

—No —dije irguiéndome—. Pero sí los oí cuando se instalaron. ¿Son una familia?

—No, dos hombres encantadores —dijo con ojos centelleantes—. Un chef y un peluquero. ¿No somos afortunadas?

Me reí.

—Los vecinos perfectos.

—¿Y qué tal tu nueva clase? —preguntó Vinnie mientras me conducía hacia la amplia barra que separaba su inmenso espacio de trabajo y sala de estar de la cocina—. ¿Te está gustando?

—Oh, está bien —dije—. Pero nunca adivinarías lo que ha pasado esta noche.

En ese momento, Suzie entró en la sala haciendo crujir los nudillos.

—Déjame probar: alguien murió.

Me dejó de piedra.

—¿Por qué dices eso?

Se dejó caer en el sofá y estiró los brazos. Su pelo de punta color platino seguía húmedo por la ducha que se había dado. Llevaba un pijama de franela y unas zapatillas con un dibujo del alce Bullwinkle. Seguramente era el conjunto más femenino que le había visto nunca.

—Porque diría que cada vez que te dejas ver por alguna parte, aparece un fiambre.

—Suzie, basta —dijo Vinnie—. Se burla de ti, Brooklyn.

—No pasa nada —murmuré—. Minka dijo lo mismo.

—¿Minka? —Vinnie frunció el ceño—. ¿No es esa la chica que nos cae gorda?

—La misma. Pero esta noche, en el BABA, la han agredido y dejado inconsciente. Parece que alguien la golpeó en la cabeza.

Suzie esbozó una mueca.

—Buf.

—Pues sí —dije, dando unos pasos mientras hablaba—. Y lo raro es que Minka me dijo lo mismo antes de que pasara nada, que cada vez que aparezco, alguien muere.

—Pobrecita —dijo Vinnie—. Suzie, no seas mala.

—Eh, que soy un encanto —protestó Suzie.

—Vale, lo eres —susurró Vinnie—, pero estas cosas afectan a Brooklyn porque es verdad que la gente tiene una rara tendencia a morirse cuando anda cerca.

—Eh, que estoy aquí —le recordé.

Suzie bufó.

—Así es, Vinnie. Me parece que puede oírte.

Vinnie lanzó un gruñido.

—Vaya, ahora soy yo la maleducada.

—No, tú nunca eres maleducada —dije.

—A diferencia de mí —dijo Suzie—, que soy una bruta y una ordinaria.

Me reí, como ella había pretendido que hiciera, pero la alegría se desvaneció mientras explicaba lo sucedido.

—Yo la encontré. Casi me caigo encima del cuerpo. Todavía estaba inconsciente cuando los técnicos de emergencias se la llevaron al hospital.

—Por todos los santos —dijo Vinnie.

—Qué mal rollo —dijo Suzie.

—Sí —asentí, luego me estremecí—. Había sangre, así que alguien debió de agredirla. He intentado averiguar quién.

Les conté lo del asiático iracundo y luego mencioné lo desagradable que había sido Layla conmigo.

—Esa mujer parece espantosa —dijo Vinnie mientras entraba en la zona de cocina—. Apostaría a que ella es la culpable.

—Sí, es muy desagradable —dije—. Pero me da trabajo, así que no puedo criticarla demasiado. En fin, sí puedo, pero no debería. Ya me entiendes.

—Oh, claro —dijo Vinnie con sensatez. Abrió la nevera y sacó una bolsa de la compra.

—El caso es que tropecé con el cuerpo de Minka cuando iba a ver a Layla para disculparme por nuestro desacuerdo. No quería que se enfadara.

—Que la zurzan —dio Suzie—. ¿Y por qué debería importarte? No es más que una zorra.

—Esa lengua —la regañó Vinnie—. Pero, Brooklyn, Suzie tiene su parte de razón. ¿Por qué tienes que ser tú la que se disculpe ante esa mujer tan repugnante?

—Solo quiero que todo el mundo esté a gusto —dije. Entonces vi que los ojos de Suzie se dilataban horrorizados, así que analicé lo que acababa de decir—. Ay Dios, hablo como mi madre.

Vinnie asintió.

—Sí, pero tu madre es una mujer encantadora.

Sacudí la cabeza e intenté retomar el hilo.

—Lo que quería decir es que intentaba ser agradable con Layla para que se sintiera cómoda y me siguiera dando trabajo.

Suzie se encogió de hombros.

—No voy a culparte por eso.

Me senté en el borde de una silla almohadillada delante de Suzie.

—Pero Layla ni siquiera estaba en su despacho, y así acabé salvándole la vida a Minka.

—Buf —resopló Suzie—. Qué mala suerte. Para ella, me refiero. Porque mira, ahora te debe mucho.

—No me debe nada.

—Sí, Brooklyn, ahora te debe la vida —explicó Vinnie—. Y eso no la va a poner muy contenta.

Hice una mueca.

—No me fastidies.

—Ninguna buena obra acaba sin castigo —me advirtió Suzie—. Ella está a punto de convertir tu vida en un auténtico infierno.

Vinnie me dio unas palmadas comprensivas en el hombro.

—Que los dioses se compadezcan de tu alma.

Me froté la frente, donde empezaba a cobrar vida un dolor de cabeza.

—Sí, gracias por los buenos deseos.

CAPÍTULO CUATRO

L a noche siguiente llegué temprano al BABA, resuelta a reunirme con Layla antes que nada. Seguía preocupada por ella y no había dormido bien. Me preguntaba qué pensaría de mi idea de comprarle el *Oliver Twist*. Podría reírse en mi cara. Tal vez debía mantener la boca cerrada: Layla podía arruinar la reputación de cualquiera con solo levantar una de sus cejas perfectamente perfiladas en el momento oportuno.

Pero yo sabía que no podría mantener la boca cerrada sobre el libro.

Tuve que dar dos vueltas al edificio antes de encontrar una plaza de aparcamiento a tres manzanas. Cuando entré en el BABA, descubrí por qué la zona estaba atestada.

Era la «hora feliz». En la galería central se estaba celebrando una fiesta, con gente riendo y bebiendo. Habían instalado una barra en la pared del fondo, y los asistentes se apoderaban de las copas de vino en cuanto los dos camareros las llenaban.

Era el cóctel de inauguración del festival Twisted. Me había olvidado por completo. Se trataba de un evento exclusivo, solo para invitados, organizado en honor de los donantes más importantes del BABA, los peces gordos que contribuían tan generosamente a las arcas de Layla durante todo el año.

Yo sabía que la fiesta llevaba meses programada, pero aun así me parecía poco elegante celebrarla la noche siguiente a una agresión salvaje. Me pregunté, y no era la primera vez, si Minka seguía en el hospital o si ya la habían mandado de vuelta a casa.

Los altavoces del equipo de sonido emitían música rock a un volumen estridente. ¿Era mi imaginación o todos los hombres y mujeres del salón iban vestidos de negro? Todos parecían artistas, ricos y delgados. Resultaba extraño ser la persona con el atuendo más colorido en la galería, con mis vaqueros azul marino, mi camiseta blanca y mi chaqueta verde musgo.

Reconocí algunas caras. Eran la *crème de la crème* de San Francisco, la misma gente que había visto hacía apenas dos meses en la gala de inauguración de la Exposición Winslow en la Biblioteca Covington. Esa noche asesinaron a mi viejo amigo Abraham Karastovsky.

Tenía sentido que las mismas personas que apoyaban la Covington fueran donantes y mecenas del BABA. Todos eran amantes de los libros. Ojalá me hubiera acordado de que esa noche se celebraba la fiesta. Habría vestido un poco mejor.

Miré a mi alrededor y me pregunté cuántas personas en la sala sabían que habían agredido a una mujer hacía solo veinticuatro horas. Suponía que no mucha.

No me cabía la menor duda de que ese era otro tema sobre el que Layla prefería que mantuviera la boca cerrada.

—¡Yuju, Brooklyn! —gritó alguien.

Me di la vuelta y recibí un gran abrazo de Doris Bondurant, una vieja amiga de Abraham.

—Doris —dije envuelta en el sutil aroma de su Chanel N.º 5—, me alegro de verte.

Me agarró de la mano.

—¿Cómo estás, querida? No te había visto desde el funeral de Abraham. Un día muy triste, tengo que decir.

—Sí, lo fue. Pero me alegré de verte allí.

—Era un buen amigo. —Me estrujó la mano con más fuerza y la soltó—. Y desde entonces debo admitir que he estado muy distraída. No he encontrado el momento para darte los libros que quiero que me restaures.

—No pasa nada —dije—. ¿Por qué no te llamo la semana que viene y acordamos una cita?

—Buena chica —dijo dándome unas palmadas en el brazo—. Y ahora, cuéntame: ¿cómo te van las cosas?

Doris era una octogenaria pequeña, arrugada pero vigorosa, que estrechaba la mano con más fuerza que un camionero. Era una de las mujeres más ricas de la ciudad, pero mantenía los pies en la tierra y seguía siendo accesible, aunque yo la había visto comportarse como una diva cuando la situación lo requería. Se rio con mi resumen de treinta segundos de mis magníficas aventuras en Escocia, pero frunció el ceño cuando las luces empezaron a atenuarse tras de mí.

—Ay Dios, ¿qué pasa ahora? —murmuró Doris.

Me di la vuelta y seguí su mirada hasta el centro de la galería, donde un foco puntual iluminaba un estrado con micrófono.

Layla subió al estrado ataviada con un top de licra muy sexi que le dejaba los hombros al descubierto, unos pantalones negros de torero muy ceñidos y unos botines con unos tacones de aguja de diez centímetros. Llevaba el cabello rubio semirecogido, con algunos mechones sueltos rizándose con coquetería alrededor del cuello.

La gente se aglomeró a su alrededor impidiéndonos la visión.

—Es demasiado vieja para vestir así —censuró Doris—. Y yo soy demasiado baja. Toda esta gente no me deja ver nada. ¿Qué está pasando, Brooklyn?

Reprimí una sonrisa ante tanta queja.

—Creo que Layla va a hablar.

—Eso me temía —lamentó.

Dos hombres flanqueaban a Layla, pero ambos quedaban entre las sombras y no les veía las caras. Ella les aferraba los brazos con fuerza y los miraba como si los conociera íntimamente. Entonces alguien se movió delante de mí y vislumbré al hombre que estaba a la derecha de Layla. Era alto y de complexión robusta, con una tez rubicunda y pelo rubio. Ahora también veía mejor a Layla. Suerte la mía. Se acercó al micrófono y la gente guardó silencio.

—Siento un cosquilleo de emoción —dijo con voz sensual mientras se frotaba contra el hombre de pelo rubio. Fingió que se estremecía de placer, lo que hizo que algunos asistentes se rieran y la vitorearan.

—Oh, es una mujer imposible —murmuró Doris.

No soy ninguna mojigata, pero esta vez coincidía plenamente con Doris. Detestaba que recurriese al sexo para animar a los invitados, y detestaba a los invitados que le daban coba. Conseguía que todo pareciera repugnante. Y esta era gente del mundo del libro. ¿No se suponía más inteligente que el público general? Estaba muy decepcionada.

—Es para mí un enorme placer —prosiguió Layla— dar la bienvenida al Bay Area Book Arts Center al incomparable Gunther Schnaubel.

Mientras estallaba una ovación, tengo que admitir que me emocioné. Gunther Schnaubel era un artista austriaco de fama mundial encargado de crear una serie de litografías para conmemorar el aniversario de *Oliver Twist*. Las litografías tenían que subastarse en la gran fiesta de clausura del Twisted, que iba a alargarse dos semanas. No me había dado cuenta de que el artista en persona estaría disponible toda una semana. Tal vez Layla le había hecho una oferta que no pudo rechazar.

No me apetecía acercarme. Yo era una admiradora de Gunther, pero si Layla seguía frotándose contra él, es posible que cambiara de opinión.

Schnaubel agradeció la ovación con una breve sonrisa y un guiño para Layla, luego saludó con la mano al público. No pude evitar fijarme en que tenía unas manos enormes. Era una interesante contradicción que muchos de los artistas masculinos que hacían un trabajo delicado y fino tuvieran manos tan grandes. Una vez vi una exquisita exposición de retratos en miniatura realizados al estilo regencia, y cuando conocí al artista, me quedé embobada mirando sus grandes manos. Una mujer que estaba cerca de mí me guiñó un ojo y me confirmó furtivamente que el tamaño de los demás miembros del hombre estaba a la altura.

En el caso de Gunther, la teoría también parecía confirmarse. Era más alto que Layla y aparentaba estar hecho de músculo sólido.

Mientras tanto, Layla seguía hablando, explicando al público cómo la subasta silenciosa beneficiaría al Book Arts Center y posibilitaría que se dieran varias becas a estudiantes de secundaria de origen humilde con talento artístico.

Dio una lista de algunos de los objetos donados para la subasta, tanto por contribuyentes adinerados como por proveedores de papel y materiales al BABA. Entonces volvió al tema de Gunther Schnaubel.

—No pretendo adular a nadie, pero si pudieran ver a Gunther en acción..., trabajando en sus litografías, quiero decir... —Lanzó otra mirada lasciva al cuerpo bien tonificado del artista—. Bueno, lo único que puedo decir es... ¡este hombre sabe lo que hace!

Por encima del bramido de la divertida multitud, oí a Doris chasquear con la lengua mientras sacudía la cabeza. Convine con ella en que ese era un momento chasqueable.

Pero Layla estaba lanzada.

—Nos sentimos doble o triplemente honrados de que Gunther haya aceptado realizar tres demostraciones prácticas manuales de su técnica litográfica patentada, que permitirán a los asistentes salir con su propia obra de arte. Y, señoras, hablo de demostraciones «manuales» muy prácticas.

Las señoras y unos pocos hombres se rieron con nerviosismo.

Miré la hora en mi reloj y le di a Doris un toque en el brazo.

—Más vale que intente llegar al otro lado. Esta noche tengo que dar una clase.

—Buena suerte, querida —dijo ella mientras observaba el muro de gente apelotonada—. Me recuerda la vez que cruzamos el Serengueti. Creo que preferiría aventurarme a caminar entre unos ñus.

Me reí y le prometí llamarla la semana siguiente para hablar de sus libros. Mientras me abría paso entre los invitados, Layla seguía hablando, describiendo los actos principales de la semana, en especial la fiesta de la noche de clausura. Citó al famoso chef que se encargaría del menú, al dueño de una galardonada viña que seleccionaría los vinos y las muchas y espectaculares piezas por las que se podría pujar en la subasta silenciosa esa noche.

—Por ejemplo —dijo Layla—, y solo para que vayan abriendo boca. Tenemos una primera edición en cuarto de 1922 del

Ulises de James Joyce, objetos raros de Hemingway aportados por nuestro Zachariah Mason; y, por descontado, la joya de la corona y la razón de ser de nuestro festival Twisted: una primera edición sumamente rara y exquisitamente encuadernada de 1838 del *Oliver Twist* de Charles Dickens.

Me paré en seco, torciendo el gesto ante el anuncio. Aunque yo le había dado a entender que le seguiría el juego, escocía oír cómo mentía ante tanta gente. Por un instante, sentí una urgencia irreprimible de subir al estrado y llamarla farsante. Por descontado, con eso podía despedirme de mi empleo, pero había en juego algo más: si desafiaba a Layla, también podía despedirme de mi buena reputación.

La odiaba por eso.

Hubo otra salva de aplausos; entonces Layla levantó un dedo y el ruido se desvaneció.

—Y sé que a algunos de ustedes les fascinará un travieso cuaderno fotográfico que contiene escandalosos desnudos de miembros del Parlamento retozando con las damas de la corte de la reina Victoria. Así es. Llamamos a nuestro festival Twisted por alguna razón, y esperamos que sean muy generosos en las pujas.

Las risas y silbidos de los congregados parecieron darle renovadas fuerzas y se lamió los labios. Se oyeron más vítores y carcajadas. Todo el mundo parecía entusiasmado y feliz.

Bueno, casi todo el mundo. Por casualidad, atisbé a Naomi y Karalee mirándose entre ellas con una evidente expresión de desagrado. No podía culparlas, pero seguramente necesitaban que alguien les recordara que debían ser más discretas en medio de tanta gente.

¿Sonaba como una antigua ama de llaves? A veces odiaba a la gobernanta que llevaba dentro.

Mientras buscaba a mi alrededor una vía por donde atravesar aquella apretada multitud que tenía delante, vi a mis tres alumnos bibliotecarios cerca de la puerta principal. Parecían atascados y confusos, hasta que Marianne me vio saludándolos con la mano. Me devolvió el saludo y supe que acabarían saliendo de allí.

Mientras esquivaba otro grupo de asistentes a la fiesta, escuché el final del discurso. Layla expresó su agradecimiento a unos pocos de los patrocinadores más importantes, y entonces presentó a Alice Fairchild.

—Alice, ¿estás por ahí? —Layla recorrió al público con la mirada, buscando a su protegida—. Alice es la nueva ayudante de dirección del BABA, y estoy encantada de que esté con nosotros. ¿Alice?

Examiné la sala, pero no la vi. A lo mejor estaba en el lavabo de señoras.

—Sí, aquí estoy —respondió Alice finalmente, con tono de voz resignado.

Estiré el cuello y pude verla junto a un ficus en un rincón. Me pregunté si se había planteado esconderse detrás. Sonó muy agobiada. Tuve que sonreír comprensiva. ¿Habría alguna medicación que pudiera tomar para calmar los nervios?

—Alice es un poco tímida —dijo Layla, con un tono sorprendentemente maternal—. Pero estoy convencida de que hará un trabajo fantástico.

Mientras la gente aplaudía con educación, me abrí camino a través de un grupo que estaba entre mí y el pasillo sur. Desde ahí, me volví para observar cómo Layla cerraba su discurso. Y fue entonces cuando vi a Cynthia Hardesty tirando de su marido, Tom, hacia una de las aulas vacías. Ella parecía a punto de echar sapos y culebras por la boca, y él parecía perdido cuando su mujer cerró la puerta de un golpazo. ¿Lo había pillado embobado otra vez con Layla?

Mientras miraba a Layla desde mi atalaya en el pasillo, pude ver por fin al otro hombre, el que estaba a la izquierda de Layla, cuando este se dio la vuelta para examinar al público.

Me quedé boquiabierta.

La multitud estalló en una ovación, de manera que nadie me oyó resollar mientras me apresuraba a entrar en mi aula, cerraba la puerta de golpe y me desplomaba en una silla.

No podía recuperar el aliento. Los oídos me zumbaban y el estómago se me revolvía peligrosamente. A ese paso iba a vomitar. Tenía que moverme, salir de ahí, pero estaba paralizada en el aula. Empecé a sentir pánico y tuve que hacer un esfuerzo para no desmayarme.

Conocía al hombre que estaba junto a Layla Fontaine. O eso me había parecido. Ahora ya no estaba tan segura. Estaban tan juntos que Layla había podido pasar sus garras de halcón por la manga del abrigo de mil dólares del hombre, tan cerca que había metido su pierna entre las de él, tan pegados el uno al otro que, mientras los miraba, ella había alargado una mano y le había apretado su magnífico trasero.

El hombre del magnífico trasero era Derek Stone.

CAPÍTULO CINCO

Sí, ese Derek Stone. ¿Acaso había otro?

Dios, sí que tenía buen aspecto. Parecía incluso más alto de lo que recordaba, y su pelo oscuro le había crecido un poco en las últimas cuatro semanas. Cuatro semanas y tres días, para ser exactos. Ese era el tiempo que había transcurrido desde la última vez que lo había visto, en la Feria del Libro de Edimburgo.

Pese a nuestras mejores intenciones, entre nosotros no había sucedido nada de una naturaleza física romántica aquella última noche en Edimburgo. Simplemente, pasaron muchas otras cosas al mismo tiempo: mis padres estaban allí, y también mi mejor amiga, Robin; yo acababa de ganar un prestigioso premio; esa misma tarde, un perverso asesino me había secuestrado, y la policía había resuelto la investigación de un doble asesinato.

Para que luego hablen de distracciones.

A la mañana siguiente, Derek y yo desayunamos un café juntos; entonces lo convocaron a Holyroodhouse Palace y yo salí hacia el aeropuerto.

Esa fue la última vez que lo vi. Entonces pensé que era lo mejor. Sí, era de lejos el hombre más apuesto que había conocido, pero ¿para qué iba a empezar una relación con alguien a quien tal vez no volvería a ver? Esa era una buena pregunta, una pregunta a la que estuve dando muchas vueltas durante largas noches después de volver a casa.

Lo cierto era que lo echaba en falta todos los días. Echaba en falta su mordaz sentido del humor y su inteligencia, y echaba en falta lo que sentía cuando me envolvía entre sus brazos. ¿Habría estado tan mal pasar una noche juntos, aunque no volviéramos a vernos?

Y ahora aquí estaba, en San Francisco, sin previo aviso. ¿No podría haber llamado? ¿O escrito? ¿No le funcionaba el correo electrónico? No es que él me debiera nada, pero creía que estábamos... cerca. ¿Cerca en qué sentido? No sabría decir. ¿Amigos?, ¿colegas?, ¿amantes? No, amantes no, por desgracia. Por lo menos, todavía no. Y viéndolo ahora arrimado a Layla, me convencí de que nunca lo seríamos.

Enterré la cabeza entre las manos. Me resistía a llorar, pero estaba triste, muy triste. Y sentí nacer otra jaqueca.

¿Qué estaba haciendo aquí? Me refiero, claro, al margen de permitir que Layla Fontaine se frotara contra él.

¿Derek Stone y Layla Fontaine?

—Oh, Dios, no.

Se me revolvió el estómago y gemí en alto. Solo pronunciar sus nombres juntos me daba ganas de vomitar. Estaba claro que se conocían, pero ¿qué pintaba mi agente de seguridad británico favorito con alguien como Layla? Ella era puro veneno, ¿eso Derek no lo veía?

No quería pensar sobre eso, pero no podía evitarlo. La imagen de ella apretándose contra él no se me iba de la cabeza.

Ahora sabía cómo se sentía Alice con sus nervios tan sensibles. No estaba segura de que los míos sobrevivieran a esa noche. Y mi corazón tampoco iba muy bien.

Me levanté y caminé por el aula. Sabía que, tarde o temprano, tendría que enfrentarme a Derek; quiero decir que él estaba aquí, en el BABA, y la idea de que estuviera con Layla me resultaba insoportable. Tendría que dejar mi clase. Era de lo más deprimente. Y confuso. Y exasperante.

—Maldita sea. —Le di un puñetazo al mostrador. Sí, estaba furiosa. Y también me había hecho daño. Golpear superficies duras con partes del cuerpo es doloroso. Pero estaba demasiado enfadada. Enfadada con Derek, que no había tenido la decencia de llamarme, ni una sola vez, desde que me había ido de Edimburgo. Y enfadada con Layla, quien ni siquiera en un día bueno constaba precisamente en mi lista de personas favoritas.

Dejé escapar un pequeño grito y examiné el aula con atención. Era una situación imposible. Mis alumnos estarían aquí pronto. Tenía que prepararme para la clase.

Me agarré al borde de la mesa de trabajo e intenté recuperar el equilibrio. Me resistía a que me dominara el pánico, pero hacía mucho tiempo que no me sentía tan nerviosa y desesperada.

No, tengo que retractarme. Me había sentido casi exactamente igual hacía unas pocas semanas, cuando me acusaron de asesinato. Por segunda vez.

Para ser franca, esto era peor. La última vez sabía que no había asesinado a nadie, así que estaba segura de que era cuestión de tiempo que se descubriera la verdad. Esta vez era distinto, algo vomitivo: se trataba de celos. Y era una mierda. Dolía. Me hacía sentir estúpida. Hacía que quisiera encontrar el agujero en la capa de ozono, atravesarlo y desaparecer. O, mejor todavía, empujar a Derek por ese agujero y resolver todos mis problemas.

La puerta se abrió y yo me di la vuelta rápidamente, casi esperando que fuera Derek el que entrara. Pero, a Dios gracias, solo eran Cynthia, Gina y Whitney. Me sentí ridículamente decepcionada. Menuda idiota.

—Hola, Brooklyn —dijo Gina con alegría—. Una buena fiesta, ¿verdad?

—Me pareció verte entrar —dijo Cynthia dejando caer su bolso y su chaqueta en la silla. Estaba despeinada y llevaba el suéter y la camisa levantados por la espalda. Me pregunté si habría estado tonteando con su marido en otra aula.

—Iba a salir y servirme una copa de vino —dijo Whitney—. Pero si estás lista para empezar la clase, nosotras también.

Mientras Cynthia se retocaba la ropa me miró atentamente y frunció el ceño.

—¿Estás bien?

—Claro —dije con tono despreocupado—. Tengo el estómago un poco revuelto, pero estoy bien. Será algo que he comido.

—Guau —dio Gina, que se fijó en mí por primera vez—. Es verdad, no tienes buen aspecto.

—Eso es lo que anhela escuchar toda mujer —dije forzando una sonrisa—. Estoy bien. Tengo que lavarme las manos.

—¿Quieres que te acompañe?

—No, iré dentro de un momento. Pero antes quiero asegurarme de que todo el mundo llega.

—Querida, aquí todas somos adultas —dijo Cynthia—. Estaremos estupendamente solas durante unos minutos.

—Sí, Brooklyn —dijo Gina—. Anda, ve a lavarte la cara.

Lo cierto era que no quería salir del aula por temor a cruzarme con Derek. Pero todas me estaban mirando, así que les dediqué una sonrisa de agradecimiento y corrí al servicio de señoras sin cruzarme con nadie.

Mientras me lavaba las manos, me miré fijamente al espejo. Estaba un poco pálida, pero no tenía tan mal aspecto. Algo aturdida, tal vez, pero si pasabas por alto la mirada perdida y una palidez cadavérica, tenía el aspecto de siempre. O así lo veía yo. Me pellizqué las mejillas unas cuantas veces para recuperar algo de color, pero no funcionó.

Me puse una toallita fría en la frente y cerré los ojos. Lo superaría. Además, había muchas probabilidades de que no me topara con Derek. Él no sabía que yo trabajaba aquí, aunque sería muy tonto si no lo imaginaba. Y no era ningún tonto. Salvo, según parecía, cuando se trataba del tipo de mujeres que le gustaban. En mi opinión, Layla solo podía ser la elección de un tonto.

Pero eso no importaba. Lo que contaba era que él no se había molestado en llamarme para avisarme de que venía a la ciudad.

—Bueno, fue bonito mientras duró —susurré. Pero se había acabado. Si tenía que ser sincera, en realidad nunca había empezado. Sí, coqueteamos, nos dimos unos pocos besos. Bueno, muchos besos a decir verdad, y compartimos algunos momentos intensos. Él era un maestro besando. Tuve suerte. Pero ahora estaba con Layla, así que la suerte la tenía ella. Si ella era lo que él deseaba, entonces, ¿quién lo necesitaba? Yo no. Ni por asomo.

Menuda mentira.

Mientras me secaba las manos, probé el viejo truco de mi madre de sonreírse a sí misma ante el espejo. Si te miras fijamente sonriendo como una boba, acababas riendo. Aquello siempre conseguía animarme.

Pero ahora no estaba animada. Apenas pude esbozar una mueca trémula. Cuando las lágrimas se asomaron a mis ojos, aparté la mirada y parpadeé con cuidado hasta que la humedad se evaporó. Entonces intenté una sonrisa neutra.

—Esta tendrá que servirme —murmuré filosóficamente. Dentro de un año o así, recordaría ese momento y me reiría de mí misma por haberme equivocado tanto, una vez más, en la elección de un hombre.

Tiré la toallita de papel en el cubo de la basura y abrí la puerta de un empujón.

—Hola, Brooklyn.

Derek se apoyó despreocupadamente en la pared frente al servicio. Parecía un anuncio de hombres altos, morenos y peligrosos. Oh, y apuestos. Eso era imposible pasarlo por alto.

Me quedé sin respiración un instante, pero me resistí a desmayarme. Me resistí incluso a parecer más boba de lo que me sentía.

—Oh, hola, Derek —dije, maravillándome de que la voz me sonara tan firme—. Qué sorpresa tan agradable.

Se apartó de la pared y me abrazó. Casi gemí.

—Esperaba tener la suerte de verte aquí esta noche. —Su aliento causó estragos en la piel sensible de debajo de mis oídos—. Y entonces te he visto entre la multitud. Está claro que soy un hombre con suerte.

Hasta ahí llegó el esquivarlo.

Me estremecí; no pude evitarlo. El sonido de su voz grave combinado con su lánguido acento británico hizo que el caos se extendiera sin control por todo mi cuerpo. Su inconfundible aroma almizclado de cuero con toques de cítrico y bosque tropical resultaba embriagador. El ligero roce de sus labios contra mi oreja fue casi orgásmica.

Y yo reaccioné de forma lastimosa.

Me aparté cuidadosamente de él y disimulé la sonrisa que asomaba en mi cara.

—Sí, ambos somos afortunados. Qué sorpresa más agradable. ¿Cómo estás, Derek?

Esbozó una mueca.

—Debería haberte llamado, pero...

—No seas tonto —dije, interrumpiendo sus palabras con un gesto de la mano—. No me debes ninguna...

Me agarró con fuerza de los brazos.

—Brooklyn, te lo digo sinceramente, no sabía que vendría hasta que me subí al avión.

—Lo entiendo —dije—. No podía hacerse otra cosa.

—Estás enfadada —dijo estudiándome con atención—. No te echo la culpa.

—¿Enfadada? ¿Yo? —¿Soné tan dolida como me sentía?—. ¿Solo porque has venido a San Francisco y no me has llamado? Eso es ridículo. No tiene ninguna importancia.

—Sí la tiene, toda la importancia —dijo apartándome el pelo de la cara con suavidad—. Soy un completo idiota.

Intenté reírme.

—De ningún modo. No pasa nada.

—Sí, sí pasa. —Frunció el ceño—. ¿Cómo puedo compensarte?

—No hace falta. —Enderecé los hombros y sonreí con seguridad—. ¿Y tú cómo estás? No sabía que conocieras a Layla.

«Oh, Dios, no he dicho lo que acabo de decir». Solo supliqué haber sonado indiferente.

—He tratado con ella —dijo inexpresivo—, pero no la conozco.

Levanté las cejas.

—No me digas.

—Sí te digo. Apenas conozco a esa mujer.

—Vaya, pues no lo parecía desde donde estaba yo. —«¡Ay! ¿Qué me está pasando?».

—Ya —dijo él, y en su rostro apareció una leve sonrisa.

—¿Ya? —Hasta ahí llegó la indiferencia. Me quedé lívida—. ¿Qué se supone que significa ese «ya»?

A medida que su sonrisa se hacía más evidente, me entraron ganas de morderme la lengua. Y de pegarle. Con fuerza. Tal vez de darle un puñetazo en la nariz.

—Significa, cariño, que...

—¡Dejadme pasar, por favor! —gritó una mujer.

Me di la vuelta y vi a Alice corriendo por el pasillo hacia nosotros. Derek me apartó de su camino de un tirón justo a tiempo. Alice nos dejó atrás a la carrera y desapareció tras la puerta del servicio de señoras. Le pasara lo que le pasara, me identificaba con ella.

—Bueno, ha sido un placer cruzarme contigo, Derek. —Le palmeé el pecho, un poco más fuerte de lo necesario, aunque intentaba parecer afable—. Pero tengo que dar una clase, así que...

Él me agarró de la mano.

—Tranquila, cariño.

—Lo siento —aparté la mano.

—Quiero verte.

—Eso estaría bien —dije de forma vaga, evasiva. Maldita sea, qué bien me salió—. Estoy muy ocupada, pero si andas por el BABA cualquier noche, podríamos...

—Brooklyn, por favor —su tono bordeaba la frustración—. Escucha, no tenía previsto formar parte de esta misión.

Hice una pausa.

—¿Estás en una misión?

—Sí.

—¿Y en qué consiste?

Él también hizo una pausa.

—Confío en que no se lo cuentes a nadie.

—Claro que no.

Hizo un gesto de asentimiento.

—Por supuesto que no. Eres digna de toda confianza. —Dio un paso adelante y me susurró al oído—: Gunther Schnaubel ha recibido amenazas de muerte. Mi equipo lo protege.

—¿Corre peligro?, ¿aquí?

—Sí.

Miré a mi alrededor, poniéndome en guardia al instante. Entonces me acordé de Minka.

—¿Corremos todos peligro?

—No.

—¿Estás seguro? —Le hice un breve resumen de la agresión a Minka. Pensé que había muchas razones para que alguien quisiera quitarla de en medio, aunque ninguna de ellas tenía nada que ver con Gunther—. La policía nos advirtió que estuviéramos alerta y no saliéramos de aquí solos.

—Eso es siempre una buena idea —dijo, como el experto en seguridad que era—. Pero las amenazas a Gunther proceden de un marido sumamente celoso. Dudo que el hombre venga por aquí y empiece a agredir a mujeres.

—Eso diría la teoría —contesté, decepcionada porque todavía no teníamos ninguna pista sobre quién había agredido a Minka—. Pero me cuesta creer que hayas traído un equipo entero hasta aquí solo para proteger a un artista.

—Por desgracia, a ese artista en cuestión lo sorprendieron en flagrante delito con la hija del primer ministro de una pequeña nación europea cuyo nombre no se me permite revelar. El asunto ha tomado unos tintes muy sórdidos y políticos, y no me sorprendería que mandaran un batallón de su ejército para acabar con él.

—Entiendo. —La verdad es que no entendía nada, pero tampoco tenía tiempo para discutirlo. Ya llegaba tarde a clase. Además, todavía estaba enfadada. De acuerdo, él no supo que venía a San Francisco hasta que estuvo en el avión. Pero ¿cuál era la excusa para no haber llamado durante las otras cuatro semanas? ¿Eran aquellos pensamientos inquisitivos?—. Tengo que irme.

—Espera. —Apretó la mandíbula—. Maldita sea, Brooklyn, no tenía previsto venir a San Francisco.

Fruncí el ceño.

—Eso ya lo has dicho.

—Sí, supongo que sí. —Empezó a caminar delante de mí, gesticulando mientras se explicaba con énfasis pero sin alzar la voz—: Gunther Schnaubel es insoportable. Hace lo que le viene en gana. Está buscándose problemas y va a conseguir que lo maten si no tiene más cuidado.

—Así que necesitabas traer a todos esos hombres.

—Exacto. —Pareció aliviado—. Sabía que lo entenderías.

—Claro. —Aunque lo cierto era que no. Quiero decir que me hacía una idea de por qué estaba aquí, pero aún no entendía por qué no me había llamado. Oh, supongo que podría haberlo llamado yo, pero la estrategia de llamar a hombres nunca me había salido bien. Me temo que era una chica anticuada cuando se trataba de ese tipo de cosas. Pero nada de eso importaba ahora. Tenía que dar una clase.

—Me alegro de que hayamos hablado —miré la hora en mi reloj—, pero tengo que volver a clase, de verdad.

—Todavía no hemos terminado de hablar.

—No, claro que no, pero tengo que irme.

La puerta del lavabo se abrió de golpe, y Alice salió al pasillo.

—Oh —dijo, y su mirada fue de Derek a mí y viceversa—. Seguís aquí.

—Solo tardaré un momento. —Sentí cómo se me enrojecían las mejillas—. ¿Puedes avisar a los demás?

—Claro —dijo sonriendo mientras se alejaba.

—¿A qué hora acaba tu clase? —preguntó Derek.

—A las diez.

—Te estaré esperando.

—No hace falta.

—Te estaré esperando.

Inhalé hondo y espiré despacio. El primer arrebato de rabia se iba desvaneciendo mientras lo miraba. Después de todo, no éramos una pareja. Éramos amigos con derecho a roce... ocasional. Eso no nos convertía en una pareja.

—Esto es una locura, Derek. No me debes ninguna explicación. No somos...

—Por favor —se pasó la mano por el pelo con exasperación—, cómo detesto esto.

—Vaaale. —Yo no tenía muy claro qué era exactamente lo que detestaba.

—No me estoy disculpando —dijo apretando los dientes.

—¿Y por qué ibas a hacerlo?

—Eso es —dijo señalándome—, precisamente eso. Lo estás haciendo otra vez.

Lo miré de soslayo.

—¿Que estoy haciendo qué?

—Haciéndome sentir como si hubiera atropellado a tu perro.

—No tengo perro. —Ahora sí que me había perdido del todo—. ¿De qué estás hablando?

Se rio.

—Tienes razón. Me he vuelto loco. Pero la culpa es tuya.

—¿Mía?

—Sí.

—Deja de intentar enredarme —me quejé.

Volvió a reírse.

—Maldita sea, te he echado de menos. No quería... Estaba decidido a no volver a verte.

—Vaya, gracias. Eso es muy halagador. Me alegro mucho de haber mantenido esta conversación. —Crucé los brazos sobre el pecho—. ¿Y sabes una cosa? No tienes por qué volver a verme.

—Ya, pero parece que lo haré. —Me rodeó con sus brazos y yo casi gemí. Aquello no era justo. Me besó el cuello, el hombro—. Maldita sea, eres incluso más encantadora de lo que recordaba. ¿En qué estaba pensando?

—No tengo ni idea.

Se rio, y el sonido de su risa fue suficiente para refrescarme el espíritu.

—Dios, me estás matando. Ve a dar tu clase. Te estaré esperando.

Me alejé corriendo sin aliento, pero cometí el error de darme la vuelta. Derek seguía en el mismo sitio, mirándome con sus ojos negros como el cobalto, sus labios esbozando una sonrisa burlona. Aquello era tan desconcertante como excitante. Una parte de mí quería volver corriendo y besarlo, y otra parte quería abofetearlo hasta que se me durmiera la mano.

No podía creer que le hubiera mencionado a Layla. Para empezar, había sonado como una gata celosa. Pero también estaba irritada conmigo misma por haber revelado qué era lo que me enojaba. Se suponía que las mujeres nunca debían contarle a un hombre qué las molestaba, ¿no? Estaba escrito en el manual oficial de las reglas de pareja: si un hombre desconoce lo que te preocupa, ¿por qué vas a contárselo tú?

Recorrí a paso ligero el pasillo, pero aminoré la velocidad cuando oí a dos mujeres discutiendo en una de las aulas vacías cerca de la mía.

—No le pongas las manos encima a mi marido.

—Querida, no son mis manos las que deberían preocuparte.

—Sé lo que estás haciendo, y eso se va a terminar.

—¿Sí?

—Pues sí —dijo, y entonces bajó la voz para añadir—: o lo lamentarás.

—Vaya, ¿amenazas? —La mujer rio y entonces me di cuenta de que era Layla. Su tono de voz denotaba un placer cínico.

—Sí. Aparta tus manos de él o date por muerta.

La puerta se abrió de golpe y pegué mi espalda a la pared. Fue un intento ridículo de esconderme en un lugar abierto, pero no importó porque Cynthia Hardesty no miró en mi dirección. Layla la siguió un poco después, atusándose un mechón de pelo mientras volvía tranquilamente a la fiesta.

Una vez en mi aula, pensé en la escena que acababa de oír. No podía dejar que Cynthia se enterara de que yo había sido testigo de la discusión, pero sentía un gran deseo de consolarla. Me hacía cargo de su dolor, acababa de experimentar un gran disgusto ante la posibilidad de que Layla y Derek estuvieran juntos.

Hice una pausa y guardé mentalmente a Derek Stone en una caja para poder dar la clase sin volverme loca.

Pasada media hora, el ruido de la fiesta con barra libre de Layla menguó. Finalmente, todo volvió a la calma y mis alumnos pudieron concentrarse en practicar la puntada de cadeneta que habían aprendido la noche anterior.

Era tan solo la segunda clase, pero la dinámica de grupo empezaba a marchar bien. El trabajo hizo que las personalidades de algunos de los alumnos empezaran a revelarse. Me gustaría pensar que todos se estaban acostumbrando a las rarezas y manías de los demás, pero unos se adaptaban con mayor facilidad que otros.

Cynthia y Tom, por ejemplo, tendían a reñir en silencio casi sobre cualquier cosa. El tema de discusión podía ser tan trivial como la elección de las cubiertas de los libros que estaban confeccionando. Pero yo había oído la discusión con Layla, y el trasfondo no tenía nada de trivial. Tom tendría que haber sido más inteligente y prestar más atención a su mujer.

A Gina y Whitney también les gustaba hablar, pero al menos eran divertidas. Ambas eran fanáticas de la cultura popular y se enorgullecían de ello. Me contaron lo que habían visto en TMZ la noche anterior; luego Gina enseñó a todos la aplicación de GoFugYourself.com que tenía en su teléfono. Kylie y Marianne le suplicaron ver los últimos desastres en la alfombra roja.

Mitchell era un hombre jovial, alegre e interesado en las vidas ajenas. Por su parte, Dale, Bobby y Jennifer trabajaban en silencio y se mostraban reservados.

Cuando Alice no estaba enviando mensajes de texto a su novio, Stuart, o corriendo al lavabo, se frotaba distraídamente el estómago mientras trabajaba. Por suerte, había sido agraciada con un sentido del humor autocrítico, así que a la mayoría de los alumnos les parecía encantadora, pese a sus problemas de salud.

Cuando volvió de su última carrera al lavabo, la abordé y le pregunté si estaba bien.

Suspiró y susurró:

—A veces creo que he nacido sin intestinos. Los alimentos y los líquidos parecen viajar directamente desde mi estómago a..., bueno, seguramente no necesitas que entre en detalles.

—¿Eso crees? —susurró Gina en voz alta, y todos los que estaban cerca rieron, incluida Alice.

—A lo mejor es tu dieta —sugirió amablemente Whitney—. Mi primo es intolerante al gluten y tuvo que cambiar de arriba abajo su forma de comer. Pero ahora está bien.

—Oh, mañana me hacen pruebas para ver si soy celíaca —dijo Alice—. Stuart leyó sobre el tema y se empeñó en que consultara con mi médico.

—Buena idea —dijo Gina.

Alice suspiró.

—Lamento haber interrumpido la clase.

Eché una mirada al aula. Casi todos parecían concentrados en encolar correctamente sus libros.

—Diría que no interrumpes a nadie.

—Claro que no, Alice, no te preocupes por eso —dijo Whitney, quitando importancia a las preocupaciones de su compañera de clase—. Solo queremos verte sana.

Alice parpadeó, visiblemente sorprendida.

—Sois muy amables.

En ese momento descubrí a Tom Hardesty lanzando una mirada de fastidio a Alice. No era la primera vez que lo veía poner esa cara, pero solo entonces me percaté de que se dirigía a ella. Dado que era miembro del consejo, no tenía forma de pedirle que se contuviera, pero no me gustaba que los alumnos se faltaran al respeto. Me pregunté si a Tom le caía mal Alice porque era buena amiga de Layla.

Me fijé en que Cynthia Hardesty salía del aula casi con tanta frecuencia como Alice para hacer y devolver llamadas. «Un temita», susurraba en voz alta, y salía.

Tom nunca miraba con desdén a su esposa cuando esta salía, seguramente porque temía que Cynthia se percatara y le diera unos azotes. Esa es una imagen que preferiría que no volviera a cruzarse por mi mente.

Eran casi las diez y media cuando todos acabaron por esa noche. Siguiendo las órdenes del agente Ortiz, encargué a Mitchell que se asegurara de que nadie se iba solo. Mientras los alumnos recogían sus cosas, dio una vuelta al aula asignando un acompañante a cada uno.

Entonces se volvió hacia mí.

—¿Y tú?

Recordé la promesa de Derek de que nos veríamos después de clase.

—Tengo que limpiar un poco, y alguien me espera. No me quedaré sola.

—¿Estás segura?

—Sí. Un amigo mío llegará en cualquier momento, si no me está esperando ya en la galería.

—Vale, no saldremos hasta que no se presente.

—Muy bien, vamos. —Agarré mi bolso y cerré la puerta, luego seguí a Mitchell, Sylvia, Kylie y Alice hasta la galería. Miré alrededor buscando a Derek, pero no estaba allí. Lo primero que pensé es que estaría en el despacho de Layla. Esperaba que no.

—Dadme treinta segundos —les dije, y eché a correr por el pasillo para comprobarlo. El despacho de Layla estaba vacío, pero Naomi seguía trabajando. Levantó la mirada cuando llamé a su puerta.

—¿Has visto a Derek Stone? —le pregunté.

—No —respondió irritada.

—¿Sabes quién es?

—Sí —dijo escuetamente.

—Muy bien, gracias. Buenas noches.

Murmuró algo que no oí y me pregunté qué la había puesto de tan mal humor. Entonces me acordé de que trabajaba para Layla y me lo quité de la cabeza.

De vuelta a la galería, decidí no mostrar que estaba dolida porque Derek no se había presentado.

—Vámonos —dije.

—¿Cambio de planes? —preguntó Mitchell.

—Sí —respondí, y lo dejé ahí.

Tal vez Derek y Layla habían salido un momento a tomar una copa. O él había tenido que irse a toda prisa para proteger a Gunther. Sí, Gunther. Esa era mi posibilidad favorita.

Pero aun así seguía dolida. Otra vez. Me convenía mucho dejar de preocuparme por ese hombre.

Fuera me recibió una gélida neblina. Encogí los hombros y me acurruqué en mi chaqueta de plumas mientras todos nos dirigíamos apresuradamente a nuestros coches. El de Alice estaba aparcado casi delante del BABA, y bromeamos con ella por haber logrado la mejor plaza de aparcamiento. Los demás habíamos aparcado más lejos debido a la fiesta.

La densa niebla imposibilitaba la vista de Potrero Hill, pero yo sabía que estaba ahí. Pensé en desviarme hasta el Goat Hill Pizza para ahogar mis penas en comida para llevar y la boca se me hizo agua con solo pensar en el queso de cabra combinado con pesto. El año pasado, antes de mudarme a mi loft del SOMA, había mirado casas en la colina. Algunas zonas estaban todavía en transición, como les gustaba decir a los agentes inmobiliarios cuando las zonas de clase obrera se iban gentrificando. Pero a mí todavía me gustaba su acogedor ambiente de barrio, con las viviendas victorianas erigidas en sus cuestas y las tiendas y los parques con solera. Y mejor todavía, aparte de su pizza superlativa, la colina acogía la Christopher's Books, una de mis pequeñas librerías favoritas de la ciudad.

Dos manzanas más adelante doblamos la esquina. La calle estaba a oscuras y envuelta en una niebla que parecía aferrarse tozudamente a nosotros mientras la atravesábamos. Era tan densa que no me fijé en el hombre que estaba entre las sombras junto a mi coche hasta que me encontré casi delante de él.

—Hola, cariño —dijo Derek.

Me sobresalté. Parecía más peligroso de lo habitual. Tal vez era por la niebla.

—¿Estás bien, Brooklyn? —preguntó Mitchell.

—Sí, sí, estoy bien —dije con la mirada fija en Derek—. Buenas noches, pandilla.

—Buenas noches —respondió un trío de voces, y oí cómo sus pasos se perdían en la noche.

—Has esperado —le dije a Derek, arrojando mi bolso al asiento de atrás del coche y ciñéndome con más fuerza todavía la chaqueta.

—Por supuesto que he esperado. Te dije que lo haría.

—Creía que estarías dentro.

Frunció el ceño.

—Eso intenté, pero se complicó.

Me mordí el labio con gesto nervioso.

—¿Layla?

—Sí. Ven aquí. —Me acogió entre sus brazos.

—Ha sido una noche muy larga —dije, y oculté un bostezo.

—Y estás cansada. —Empezó a presionar el punto donde me sentía el pulso entre el hombro y el cuello.

—Sí, estoy agotada y solo quiero... oh. —Me apretó contra él y empezó a hacer auténticos milagros a mis músculos. Iba a fundirme viva si seguía así mucho más tiempo.

—Podemos ir a tomar algo o a cenar —dijo.

—Bueno, podría comer algo. —Me volvió el recuerdo de la pizza y sonreí.

—Esa es mi chica —susurró. Él conocía muy bien mi capacidad para comer con ganas a cualquier hora del día o la noche.

Pero ¿de verdad era su chica? ¿Quería serlo? Después de todo, no me había llamado, ni escrito, y no quería volver a verme. Y, aun así, aquí estaba, y yo también. Tenía claro que no quería ser su puerto de refugio en la tormenta, pero si seguía frotándome el cuello de ese modo diría que sí a cualquier cosa que me pidiera.

—Cariño, yo... —El teléfono móvil le vibró en el bolsillo de la chaqueta, y murmuró—: maldita sea.

Aproveché la oportunidad para retroceder, alejándome de la tentación.

—Más vale que contestes.

Miró la pantalla del móvil y luego me miró a mí, dudando visiblemente.

—Les dije que no me llamaran a no ser que...

—Contesta —repetí. Luego procuré alejarme un poco para que tuviera cierta privacidad, pero él me echó el brazo alrededor de los hombros y me arrastró hasta pegarme a su pecho macizo.

Oí gritos al otro lado de la línea, pero no entendí qué decía el interlocutor. Derek apenas pronunciaba palabra, más allá de musitar alguna grosería aislada. Su acento inglés hacía que hasta los tacos sonaran encantadores.

—Estaré ahí en diez minutos —dijo, y cortó la llamada.

—¿Cambio de planes? —pregunté distraídamente.

—Sí —dijo—. Tengo que ir a matar a Gunther Schnaubel.

—Eh, que no pasa nada —mentí—. Yo tengo que ir a dar de cenar a los gatos de mis vecinas.

Se rio. Me gustó el sonido de su risa.

Intenté convencerme de que eso era lo mejor que podía pasar. Había estado a unos segundos de irme a cenar con él. Luego, seguramente, habría aceptado pasar la noche en sus brazos. Hacía solo un par de horas, había estado furiosa. Ahora estaba dispuesta a arrojar mi ropa interior al viento, por el amor de Dios. Demasiado deprisa. Las cosas se estaban poniendo serias y complicadas. Para mí, al menos.

Todavía no entendía su relación con Layla, y ni siquiera estaba segura de que quisiera entenderla. Más importante aún, ni siquiera sabía qué esperar si me liaba con él. Y ahora no iba a tener la ocasión de hablar sobre ello. En cualquier caso, no esa noche.

La llamada había resultado oportuna. Me daba cierto margen para pensar. Necesitaba hacerme una idea precisa de dónde estaba metiendo mi vulnerable corazón.

Inclinó su frente sobre la mía.

—Mañana por la noche, Brooklyn, estaré aquí. Iremos a cenar y hablaremos. Y te prometo que no habrá más interrupciones.

—Muy bien —susurré, agradecida por el breve respiro. Veinticuatro horas era un montón de tiempo para reflexionar sobre saltar desde un acantilado, ¿no?

CAPÍTULO SEIS

El miércoles por la noche caminaba alrededor del aula. Antes de empezar la clase, mis alumnos se habían empeñado en acribillarme a preguntas sobre por qué me había puesto un vestido elegante cuando normalmente vestía vaqueros. No tenía intención de contarles que tenía una cita con el agente secreto más apasionado del hemisferio occidental, pero aun así lo adivinaron. Bueno, al menos lo de la cita. ¿Quién iba a imaginar que era un agente secreto? Aunque a decir verdad, tampoco lo era. Ya no. En cualquier caso, mi inminente cita era pública. Tuve que soportar todas sus opiniones, advertencias y bromas. Entonces Alice mencionó que la noche anterior había visto a mi acompañante de cerca y que le había parecido un hombre de ensueño.

¿De ensueño? ¿Quién empleaba todavía palabras como esa?

Finalmente, todos se tranquilizaron lo bastante como para concentrarse en otra de mis fascinantes clases, esta vez sobre prensas de madera. Yo ya había dado a cada alumno una pequeña prensa con la que trabajar. En el aula había bastantes para todos gracias a Marky May, que las había confeccionado en persona.

El diseño de las prensas de Marky era ingeniosamente sencillo; en esencia, se trataba de dos bloques de casi cuarenta centímetros de madera dura y lisa unidos por dos largos tornillos, uno en cada extremo.

—Para prensar las páginas, tenéis que colocarlas entre los bloques de madera, con el lomo hacia arriba. Luego se aprietan las tuercas de mariposa hasta que queden firmemente sujetas. ¿Podría ser más fácil?

Les señalé que el lomo debía sobresalir ligeramente para que el pegamento no goteara en la madera.

—Y aseguraos de que las cintas de lino no quedan atrapadas entre las páginas y los bloques. Tienen que asomar por arriba. No queremos ni una gota de pegamento en ellas, salvo donde ya están cosidas a los pliegos.

—Como si hablara en chino —dijo Mitchell, sacudiendo confuso la cabeza.

—Lo siento —dije riéndome entre dientes mientras revisaba el trabajo de cada uno—. Muy bien, a ver, fijaos todos en la prensa de Alice. ¿Veis cómo ha colocado las cintas por fuera? Pues las vuestras tienen que verse igual.

—El ojito derecho de la profe —se burló Gina, y todos se rieron.

Alice rio con ellos, pero luego se frotó el estómago con gesto de dolor.

—Solo era una broma —dijo Gina frunciendo el ceño con preocupación.

—No pasa nada —respondió Alice, que seguía frotándose—. Soy yo y mis nervios.

Whitney enarcó las cejas.

—Lo bueno es que, cuando te tocas el estómago de ese modo, me ciega tu espléndido anillo de diamantes.

Alice levantó la mano para acercarla a la luz y contempló el anillo con cariño.

—Es precioso, ¿verdad? Stuart es un encanto.

—Tienes mucha suerte al haber encontrado a un buen chico —dijo Whitney—. No sabes qué fauna anda suelta estos días.

—Saldos, nada que merezca la pena —convino Gina.

—Eh, parece que me estés describiendo —protestó Mitchell.

Todos rieron, y luego volvieron a su tarea.

—Podría fabricar estas prensas de madera para los niños que asisten a nuestras clases —dijo Marianne maravillada, haciendo girar con rapidez las tuercas de mariposa. La primera noche nos había contado que tenía la intención de aprovechar el curso para dar clases de encuadernación artesana a niños en la biblioteca.

—Me parece demasiado esfuerzo —dijo Jennifer, que trabajaba en la misma biblioteca—. Y los niños no sabrán manejar algo como esto.

—¿Bromeas? —dijo Gina—. Si yo puedo, cualquiera puede.

—Eso es verdad —dijo Whitney dando un codazo a su amiga—. Es una manazas con uñas postizas.

Saqué una pinza sujetapapeles de lo alto de mi pila de apuntes y la sostuve en alto.

—Dos de estas mantendrán un libro en su sitio casi con la misma seguridad que una prensa de madera.

Los ojos de Jennifer se iluminaron.

—Pinzas. Qué bien pensado. Así iré más rápido.

Una vez todos tuvieron sus pliegos firmemente sujetos dentro de las prensas, les enseñé a aplicar la fina capa de cola blanca en el lomo del libro.

—Sumergid medio pincel en la cola y untad generosamente el lomo. Los hilos tienen que empaparse. Pasad el pincel con cuidado para que todo quede bien cubierto.

Yo daba vueltas por el aula y observaba cómo aplicaban las finas capas de cola a los pliegos.

—Estoy haciendo algo mal —dio Mitchell rascándose la cabeza mientras observaba atentamente su proyecto.

—¿Qué ha pasado? —pregunté dando la vuelta a la mesa.

—Me parece que he echado demasiada cola.

—Buf, desde luego —me reí. No pude evitarlo. La cola goteaba por un lado de la prensa de madera y sus pestañas de lino también estaban empapadas.

—Sé que te estás riendo conmigo —murmuró él.

—No te quepa duda —dije, agarrando una toallita húmeda—. Ten, utiliza esto para limpiar la madera.

—Has dicho que la aplicáramos con generosidad.

—Sí, eso es —dije asintiendo con la cabeza ante el desastre—. También dije que lo hicierais con cuidado. Pero yo asumo la culpa de este error.

—Me gusta cómo suena —dijo Mitchell.

—Podemos arreglarlo —dije, levantando la voz para que todo el grupo prestara atención—. Para las pestañas de lino, coged un bastoncillo de algodón empapado en acetona y limpiadlas con cuidado.

Hice una demostración.

—Estas pestañas deben permanecer secas y sueltas porque más adelante las utilizaremos para sujetar el lomo a las cubiertas. Lo último que hacemos es pegarlas entre el cartón de la cubierta y la guarda.

Mitchell gruñó ante mi explicación incomprensible.

—Muy bien —dije riéndome—, en lugar de intentar explicarlo, dejadme poner un ejemplo para que veáis a qué me refiero.

Cogí dos de mis diarios de muestra y se los enseñé. Las tres pestañas se distinguían claramente bajo la guarda.

—Ah —dijo Mitchell mirando el lado interior de la cubierta—. Me parece que ahora lo entiendo.

—Bien. —Sonreí y le di el libro a Dale, que estaba sentado a su lado—. Pasaos los diarios para que todos podáis haceros una idea de cómo se usan las pestañas. Gracias.

Pasé media hora tranquila trabajando sola en el aula aprovechando que todo el mundo se tomaba un descanso. Saboreé unas bolitas de leche malteada y palitos de queso mientras preparaba otro conjunto de pliegos para utilizarlo en las demostraciones.

Cuando tuve lista la demo, hice un poco de papeleo y puse al día mi libro de contabilidad, añadiendo el cheque de Holyroodhouse Palace que había depositado esa mañana. Me lo habían enviado junto con otro libro infantil que Philip Pickering-Jones quería que yo restaurara.

En Edimburgo, Derek me había llevado a palacio, donde Pickering-Jones, secretario personal de los príncipes británicos, me dio un viejo libro desvencijado que pertenecía a una de las novias del príncipe. Quería que lo restaurara para ella como regalo.

Sabía que había recibido el encargo solo porque había estado en el lugar oportuno en el momento oportuno. Y, por descontado, con el militar británico oportuno. Así que me sorprendió, me complació y me honró que me enviaran más trabajo.

El libro que había recibido hoy era *Mrs. Overtheway's Remembrances* de Juliana Horatia Ewing, la misma querida autora británica del primero. Pickering-Jones me pidió que lo restaurara con el mismo estilo que el anterior, de modo que formaran una pareja. Casualmente, ambos libros estaban ilustrados por George Cruikshank, el mismo hombre que se encargó del *Oliver Twist* que había restaurado para Layla.

—El mundo es un pañuelo —murmuré.

A medida que los alumnos regresaban al aula, aparté mis cosas y saqué mi martillo de encuadernador.

—A quien vuelva a equivocarse, le atizaré con esto —les amenacé, y todos gruñeron—. Eh, que es una broma, chicos.

Marianne levantó la mano.

—Lamento interrumpir las bromas, pero podrías enseñarme ese nudo del tejedor otra vez.

—Con las ganas que tenía yo de usar el martillo... —fingí quejarme.

Ella arrugó la nariz.

—Lo siento, pero no me aclaro con la parte difícil.

Hubo algunas risitas sueltas mientras yo cortaba un trozo de hilo del 30 del carrete. Lo pasé entre mis dedos varias veces, recordándoles que aquello era importante para soltarlo y eliminar cualquier resto de cola o cera que el fabricante hubiera aplicado. Cogí la aguja de coser larga y me dispuse a enseñarles cómo doblar el hilo para hacer un nudo. Entonces, alguien gritó en el pasillo.

—¡Lárgate!

—¡No, no entres ahí!

La puerta del aula se abrió de golpe y Minka irrumpió en ella, seguida de cerca por Layla y Naomi. Minka se dirigió hacia mí y me empujó. Caí hacia atrás, encima del mostrador, golpeándome la cadera.

—¡Eh! —grité. Conocía a Minka desde hacía mucho, pero había vuelto a cogerme por sorpresa.

—Supongo que crees que te debo la vida o algo así —dijo con tono hostil.

—Ni hablar. No me debes nada. —Di un paso a un lado y retrocedí. Había jurado no estar a menos de un brazo de distancia de Minka, quien había adquirido la mala costumbre de pegarme si no iba con cuidado. Por otro lado, con una gruesa venda de gasa envolviéndole la cabeza, no parecía ni la mitad de amenazadora de lo habitual.

—Mentirosa.

—Lo digo en serio —dije balanceándome sobre las puntas de los pies, lista para saltar si ella hacía un movimiento extraño—. Si pudiera volver a hacerlo, dejaría que te pudrieras.

—Zorra —me espetó.

—Lo mismo digo. Y ahora sal de mi clase.

—Que hicieras una estúpida llamada no te convierte en una especie de salvadora...

—Estoy de acuerdo. —Hice un gesto hacia mis alumnos, que observaban con sumo interés—. Y ahora tengo que impartir una clase, así que lárgate de aquí.

—... porque no lo eres —prosiguió como si yo no hubiera dicho nada.

—Ya lo sé. Te he oído. —En ese momento me fijé en que Naomi se retorcía las manos. Incluso Layla parecía nerviosa. Resultaba fascinante, pero no ayudaba en nada.

—¿Qué parte de «lárgate de aquí» no has entendido? —le pregunté a Minka.

Su ceño fruncido habría dado miedo si no fuera por su tendencia a escupir cuando hablaba.

—Veo el engreimiento en tus ojos —dijo.

—No me digas.

—Sí, y me pone enferma.

—Minka —dijo Naomi, buscando con indecisión el brazo de Minka—, deberías dar gracias a Dios de que Brooklyn te encontrara a tiempo.

—¿De verdad? —Minka se quitó la mano de Naomi de encima mientras sus gritos iban en aumento—. ¿Para que pueda restregármelo por la cara el resto de mi vida?

Algunos de mis alumnos se encogieron cuando gritó la palabra «vida». Sonó como el chillido de una rata, pero yo podía entenderla. La idea de haberle salvado la vida me daba náuseas.

—Pero podrías haber muerto —dijo Naomi. Le agradecía sus tentativas de ser civilizada, pero no sabía a quién le estaba hablando.

—Oh, venga, no exageres —dijo Minka a Naomi—. No ha sido más que un maldito chichón en la cabeza.

—¿Solo eso? —replicó Naomi, ahora irritada—. Tengo entendido que has estado inconsciente hasta entrada esta misma mañana.

Minka levantó la mirada y esbozó una mueca de dolor por el esfuerzo.

—Déjalo.

—Seguramente no deberías estar aquí —dijo Naomi—. Apuesto a que el médico ni siquiera sabe que has salido del hospital.

Las aletas de la nariz de Minka se dilataron, pero esta no dijo nada. Naomi cruzó los brazos en gesto de triunfo.

—Nos alegramos de que hayas vuelto en forma, cielo —susurró Layla, acariciando el hombro de Minka—. Y ahora, ¿no tienes que dar una clase tú también?

¿Por qué Layla la trataba con tanta amabilidad? ¿Cortesía profesional entre víboras, quizás?

Minka me clavó la mirada. Yo se la devolví con lo que esperaba que pareciera una indiferencia hastiada, aunque lo que más deseaba en realidad era apuñalarla con mi larga y afilada aguja de coser.

Finalmente, negó con la cabeza furiosa, pisoteó el suelo como el energúmeno frustrado que era, se dio la vuelta y salió ruidosamente del aula. Layla se precipitó tras ella y le pasó un brazo por los hombros. Naomi bufó ruidosamente, me lanzó una mirada fulminante y salió del aula cerrando la puerta tras de sí.

Exhalé porque no me había dado cuenta de que había estado conteniendo el aliento. Minka... Lo suyo se llamaba ser agradecida.

—Guau, qué maleducada —dijo Alice, sorprendida. Se dio la vuelta y me estudió la cara—. ¿Estás bien?

—Sí.

—¿No es esa la chica que estaba inconsciente en el pasillo la otra noche? —preguntó Gina.

—Sí, era ella —dijo Whitney esbozando una mueca—. Me acuerdo de ese pelo.

—Vaya forma de ir por la vida —dijo Marianne, justamente indignada en mi nombre—. Podría haber muerto si Brooklyn no llega a encontrarla.

—¿Qué le pasa? —preguntó la callada Jennifer.

—Le pasa que es una borde —dijo Whitney, y los demás coincidieron.

Sonreí agradecida. Cada día que pasaba me encariñaba más de mis alumnos.

—A ver, ¿por dónde íbamos?

—Nos estabas amenazando con un martillo —dijo Mitchell, provocando más comentarios y algunas risas.

—Muy bien. Que cada uno saque el martillo de su caja de herramientas. —Mientras rebuscaban en ellas, me tomé un minuto para calmarme. Minka era una amenaza para mi salud—. Vale, ¿todo el mundo preparado? —pregunté sosteniendo en alto mi herramienta favorita. Había comprado los nuevos martillos de encuadernar a la vuelta de Edimburgo el mes pasado. Mi viejo martillo preferido, un regalo de mi mentor, me lo habían robado y lo habían utilizado como arma homicida.

Pero esa era una larga historia. Intenté no pensar en ella mientras me preparaba para hacer una demostración de la forma correcta de redondear el lomo de un libro.

Les hice quitar las páginas encoladas de las prensas de madera y comprobar su estado.

—Todavía deberían de estar un poco pegajosas —dije sosteniendo mi libro de muestra y tocando el lomo—. La razón por la que martilleamos el lomo es para redondearlo. Un lomo plano impedirá el ajuste adecuado de un libro. Tenemos que redondearlo ligeramente. Y eso lo conseguimos golpeándolo con un martillo.

—Qué divertido —dijo Kylie.

Hice una demostración sosteniendo en alto dos libros que había hecho.

—Si dejáis el lomo plano como está ahora, el libro caerá a un lado cuando lo abráis, ¿veis? Pero un lomo redondeado permitirá que se abra en abanico.

—Bonito —susurró Jennifer.

—Bien, el martilleo sale mejor si colocáis el conjunto de pliegos plano sobre la mesa con el lomo cerca del borde. —Utilicé el filo de la mesa de trabajo para que lo vieran.

—Voy a hacerme daño, ¿verdad? —le susurró Gina a Whitney. Le sonreí.

—No, ningún daño. Estos martillos son más ligeros y más pequeños que un martillo normal de carpintero, y la cabeza es más ancha. Eso se debe a que no se necesita aplicar tanta presión como para clavar un clavo a la pared. La presión sobre el libro tiene más de manotazo que de golpe.

—Manotazo, nada de golpe —murmuró Gina.

—Coged el martillo y empezad a golpear el lomo con decisión —dije enseñando cómo hacerlo—. Tenéis que empujar los pliegos hasta que el lomo forme una superficie curva.

—Me gusta —dijo Kylie, aplastando las páginas con su martillo—. Estoy fingiendo que es mi marido.

—Es divertido —dijo Gina, sacudiendo su libro como una loca—. Estoy hecha una fiera.

—Tranquila —la avisé—. Presiona, no aporrees.

—Uy —dijo, y pasó a golpear con más suavidad.

—Ahora, dadle la vuelta al libro y haced lo mismo por el otro lado para que quede uniforme. Hacedlo varias veces y veréis cómo el lomo se va redondeando. —Sostuve mi libro en alto para que todos lo examinaran—. En cuanto obtengáis la curva deseada, volved a colocarlo en la prensa de madera y aplicad otra capa fina de cola. De ese modo quedará redondeado para siempre.

Un móvil sonó. Cynthia abrió su bolso, comprobó la pantalla de su teléfono y me miró.

—Tengo un temita que atender. ¿Puedo salir un momento?

—Claro —dije—. Todo el mundo sabe qué tiene que hacer, que cada uno vaya a su ritmo y se tome un descanso si lo necesita. Yo estaré por aquí revisando vuestro trabajo o respondiendo a vuestras preguntas, si tenéis alguna.

Durante los diez minutos siguientes, mis alumnos trabajaron con tranquilidad. Algunos salieron del aula, otros volvieron. No presté demasiada atención a las idas y venidas ya que me entretuve preguntando a Marianne y Jennifer sobre su programa de manualidades en la biblioteca. Luego di otra vuelta a la mesa y me detuve en el sitio de Mitchell.

—¿Qué tal voy, jefa? —preguntó sonriendo mientras sostenía en alto su pincel de encolar.

—Mucho mejor —le respondí.

—Gracias —dijo—. Pero yo...

Le interrumpió una detonación estruendosa.

Gina chilló. Whitney tiró de ella y la metió debajo de la mesa.

—Ay Dios mío —exclamó Kylie.

—¡Tranquilos! —grité—. Seguramente no es nada.

Pero había reconocido ese ruido. Lo había escuchado antes, y más de una vez.

—Quedaos todos donde estáis. —Salí corriendo del aula y cerré la puerta a mis espaldas. No había nadie en el pasillo. Caminé de puntillas hacia la entrada y me asomé a la galería. Estaba vacía.

—Estoy detrás de ti —oí decir a Mitchell con voz tranquila—. Eso ha sido un disparo.

—Lo sé. —Me di la vuelta y fruncí el ceño—. Por eso le he pedido a todo el mundo que se quedase en el aula.

—Ah, muy bien. Pues me voy a quedar allí esperando mientras te matan aquí fuera.

—Hombres —murmuré.

—Sí, somos un asco —gruñó—. Vamos.

Atravesamos la galería hacia el pasillo norte. Vi que la puerta del despacho de Layla estaba abierta, permitiendo que la luz del interior alcanzara el pasillo e iluminara un cuerpo sin vida tendido sobre la moqueta.

—Oh, mierda —susurré. ¿Alguien tenía una sensación de *déjà vu?* Me acerqué un poco más y me detuve bruscamente. Mitchell se paró justo detrás de mí.

Era Layla. Un hilo de sangre brotaba de un orificio en medio de su pecho, dejando una mancha roja y brillante en su ceñido top blanco.

La cabeza empezó a darme vueltas ante la vista de esa mezcla de sangre y licra. Aparté la mirada del orificio de bala para dirigirla a los ojos verdes y apagados de Layla. Ella me devolvió una mirada que solo mostraba vacío.

Layla Fontaine estaba muerta.

CAPÍTULO SIETE

—¿Pero qué le pasa a este sitio? —se preguntó Mitchell en voz alta—. Hay cuerpos por todas partes.

—Llama al 911 —dije mientras me arrodillaba para tomarle el pulso. No podía echarle la culpa por plantear esa pregunta. Una noche sí y otra no, encontraba un cuerpo en el pasillo. No podía ser bueno para el negocio.

—¿Está muerta? —preguntó Mitchell.

—Desde luego —musité poniéndome en pie.

—Claro que sí —dijo, dándose unos golpecitos en la frente—. Supongo que el orificio de bala es una buena pista. —Sacó su móvil e hizo la llamada.

Yo me sacudí y alisé mi vestido de lana; luego me apoyé en la pared, con la mirada perdida.

Escuché a Mitchell hablando con claridad y desapasionadamente con la operadora del 911. Me alegré de que me hubiera seguido fuera del aula. Pese a ser un sabelotodo, o tal vez por eso mismo, era el hombre adecuado para tener cerca durante una crisis.

Al cabo de unos segundos, tapó el micrófono del teléfono y preguntó:

—¿Estás bien?

—Sí —respondí, con la espalda pegada a la pared.

—No te desmayes, ¿eh?

—Muy gracioso.

—No estoy bromeando. Parece que vayas a desmayarte. Puedes irte y sentarte en el aula.

—No —insistí, pero luego lo admití—: vale, ver sangre me marea un poco.

—Respira hondo. La sangre deja helada a mucha gente.

Me disgustó mi propia debilidad, pero debo decir en mi defensa que no solo me mareaba la vista de la sangre: se trataba de los ojos de Layla, que seguían abiertos y parecían mirarme directamente. Me pregunté cómo la policía podía trabajar cerca de cadáveres cuando los ojos de las víctimas seguían abiertos, mirándolos mientras analizaban la escena del crimen.

Si le preguntara a mi cósmicamente armonizada madre qué significa que alguien muera con los ojos abiertos, me explicaría que el alma ha optado por abandonar el cuerpo a través de los ojos. La visión está considerada un sentido superior, y cuando el alma sale a través de los ojos, significa que la persona llegará antes al Sūryaloka, el espacio divino del sol, la luz eterna. Ahí, el alma se purificará, y solo tendrá que dar un paso más para alcanzar Chandraloka; literalmente, el cielo de la luna.

O tal vez no fuera así. Al menos, no en el caso de Layla. Algo me decía que el cielo no sería su destino final.

Pero eso no era muy amable por mi parte, ¿verdad? Como penitencia, me obligué a darme la vuelta y mirarla de nuevo. Objetivamente hablando, Layla era más hermosa muerta que en vida. Los músculos de su cara estaban relajados ahora que no tenía motivos para lanzar amenazas ni ridiculizar implacablemente a nadie. La miré un poco más de cerca. La mujer no tenía ni una sola arruga. Tuvo que hacerse algún tratamiento recientemente.

Respiré hondo para calmar mi estómago revuelto. Lo último que debió de ver fue a su asesino apuntándola con un arma. Me estremecí ante la idea. Yo había mirado a los ojos a más de un asesino con un arma. Detesto pensar que eso es lo último que podría haber visto en mi vida.

Entonces reparé en un libro abierto bajo su brazo. Debió de soltársele de las manos cuando se desplomó. O tal vez se le cayó al asesino. Me agaché para recogerlo, pero me detuve.

¿En qué estaba pensando? Era la escena de un crimen. Aun así, tenía una tendencia natural a rescatar libros, sobre todo cuando corrían el peligro de acabar destruidos en un charco de sangre. Pero no había sangre amenazando al libro.

Me estremecí de nuevo y me volví contra la pared. «Piensa en cosas agradables», me dije.

—¿Qué ha pasado? —preguntó alguien en voz alta.

—Quedaos ahí —advirtió Mitchell.

Me di la vuelta y vi a Gina al lado de Whitney y a los demás alumnos al final del pasillo.

—Estamos esperando a la policía —les expliqué.

—¿Otra vez? —preguntó Alice con incredulidad.

Cynthia se unió al grupo en ese momento. La vi guardándose el móvil en el bolsillo del pantalón. Asomó el cuello por encima de los demás y preguntó:

—¿Qué pasa? ¿Quién es?

Pero Alice lo adivinó primero.

—Ay Dios mío, ¿es Layla? Oh, no. Brooklyn, ¿respira?

—Parece muerta —dijo Whitney fríamente, y abrazó a Alice.

—Lo está —dijo Mitchell en voz baja.

—¿Layla ha muerto? —preguntó alguien.

—Ojalá —murmuró Cynthia, entonces miró a su alrededor y se dio cuenta de que nadie estaba bromeando—. Esperad, ¿lo decís en serio?

—Sí —dijo Mitchell.

—Oh, Dios mío. —En un abrir y cerrar de ojos, Cynthia cambió de actitud—. Brooklyn, soy miembro del consejo. Debo supervisar esta actividad.

¿Supervisar esta actividad? ¿Qué era, monitora de un jardín de infancia? Reparé en que todavía no había mostrado la menor compasión por la difunta. No la culpaba de nada, pero aquello parecía muy raro.

Lancé una mirada suplicante a Mitchell.

—No pueden entrar en el pasillo, es el escenario de un crimen.

—Los mantendré a distancia. —Empezó a caminar hacia el grupo; entonces se detuvo y se dio la vuelta—. Y no toques nada.

—Ya lo sé —dije en voz baja mientras veía cómo se alejaba a toda prisa. Tal vez no se daba cuenta de que yo era una veterana en escenas de crímenes y me conocía todas las normas. Y, por lo general, hasta las cumplía.

Me agaché para examinar el libro que había tirado en el suelo y unos escalofríos me recorrieron la columna. Era mi *Oliver Twist*, el que había restaurado para ella. El libro que me arrepentía de haberle dado la primera noche de clases. El libro sobre el que ella había mentido descaradamente. El libro con el que me había causado tanto dolor.

Me froté las manos para entrar en calor, pero no funcionó. Estaba helada.

—Brooklyn, ¿te encuentras bien? —gritó Alice desde la otra punta del pasillo. Me di cuenta de que estaba llorando. Pese a su propia sensación de pérdida, estaba preocupada por mí.

Le sonreí agradecida.

—La verdad es que no, pero gracias.

—¿Quieres sentarte?

—No, me quedaré aquí hasta que llegue la policía. —No sé por qué, pero sentía una especie de obligación. Era la primera persona en la escena del crimen e iba a proteger la zona hasta que la policía tomara el relevo.

—Me siento impotente —dijo Alice sorbiéndose la nariz mientras miraba a su alrededor—. ¿Hay algo que podamos hacer? Brooklyn, ¿necesitas una manta o un poco de agua?

—Podemos salir a esperar a la policía —dijo Gina.

—Hace demasiado frío —gimoteó Whitney.

—Pero es mejor que quedarnos aquí de pie. —Gina agarró a su amiga y salieron corriendo.

Dale, uno de mis alumnos más callados, apareció al final del pasillo.

—¿Hay alguien herido? —dijo.

Levanté la mirada en el momento en que Kylie le preguntó:

—¿Dónde has estado?

—Trabajando en mi libro. ¿Qué ha pasado?

—La directora del centro ha muerto —respondió Kylie en voz baja.

Me alegró que no pronunciara el nombre de Layla. Me engañé a mí misma diciéndome que mantener a la víctima en un semianonimato hacía que todo fuera menos personal y más clínico.

La conversación de los estudiantes se interrumpió cuando Naomi se abrió paso entre ellos y se dirigió hacia mí por el pasillo. Salí a su encuentro e intenté detenerla.

—Oh, por favor, otra vez no —dijo consternada—. Dejo el centro veinte minutos ¿y vuelven a atacar a alguien? No será Minka, ¿no?

—No, no es Minka. —Intentó pasar por mi lado, pero la agarré—. Naomi, quédate aquí.

—Entonces, ¿quién...? —En ese momento chilló con fuerza suficiente para perforarme el tímpano. Supongo que había imaginado la identidad de la víctima.

La atraje hacia mí y la retuve con un abrazo. Ella forcejeó para soltarse.

—Déjame. Tengo que...

—No, no puedes acercarte.

—Suéltame, maldita sea. Es mi tía, es de mi familia. Yo no...

La zarandeé.

—Esto es el escenario de un crimen. Hemos llamado a la policía.

—¿Por qué? No estará...

—Naomi —dije desolada.

—¡No!

—Lo siento mucho. —La abracé.

—No, no —gimió—. No es verdad.

—Lo siento. Layla está muerta.

Se desmoronó sobre mí.

—Estás mintiendo.

—No, en absoluto. Lo siento. Está muerta.

Maldita sea, Layla Fontaine, directora artística, pez gordo de la alta sociedad y arpía de primera, no solo estaba muerta: la habían asesinado brutal y audazmente. Alguien había entrado en el BABA con toda la sangre fría y le había disparado en el pecho mientras al menos una veintena de personas trabajaban en salas adyacentes. Cuantos estaban en el edificio debieron de oír el disparo, de modo que el asesino no había intentado ser sigiloso. No, él —o ella— había utilizado un arma, atrayendo una atención casi inmediata sobre su acto.

¿De verdad era el asesino tan arrogante? ¿O estaba tan enfadado? ¿O desesperado? ¿O loco? ¿Creía que se iba a salir con la suya? Miré a mi alrededor y no vi a nadie que diera el tipo de asesino y blandiera un arma en el aire, pero sí vi con nitidez que alguien se estaba saliendo con la suya.

¿Habían discutido Layla y el asaltante por el *Oliver Twist*? ¿Se trataba de un comprador que había descubierto que no era una verdadera primera edición? ¿Le había arrojado el libro y le había disparado cuando Layla se había reído en su cara?

Seguía sosteniendo a Naomi en mis brazos mientras ella lloraba y gemía. Comprendía por lo que estaba pasando. Además de ser su jefa, Layla era su tía. No era fácil encontrar a una familiar yaciendo muerta en un charco de sangre.

A mí me había pasado lo mismo. No es fácil de asimilar.

—¿¡Qué narices está pasando aquí!? —chilló Minka desde la puerta de su aula. Su voz recorrió el edificio entero. Y la calle. Y cruzó el puente hasta llegar a Richmond County. Sus pesadas botas resonaron en la galería.

—Ay Dios, no permitas que esa bruja se acerque —susurró Naomi.

—No lo haré. —Incluso en esas circunstancias tan sombrías, sonreí al saber que yo no era la única que no tragaba a Minka.

Por encima del hombro de Naomi, observé que Mitchell detenía a Minka y le impedía avanzar por el pasillo. Ella me fulminó con la mirada y yo le devolví una mirada retadora igual de fiera. Empezó a decir algo; entonces su boca se cerró de golpe. Y durante ese breve instante fui capaz de ver lo que estaba pensando: pensaba que había salido bien parada con un corte en la cabeza en lugar de un orificio de bala en el pecho. Estaba viva, no era un cadáver caído en un charco de sangre.

La repentina vulnerabilidad que vi en sus ojos me hizo apartar la mirada. Nunca jamás había querido imaginar a Minka como alguien débil e impotente. Le quitaría toda la gracia a detestarla.

—Retrocede, por favor —dijo Mitchell, extendiendo un brazo ante la entrada al pasillo para impedirle el paso.

—¿Y tú quién coño eres? —preguntó con una mueca de desprecio en los labios.

Ah, esa era la Minka que a todos nos gustaba odiar.

Mitchell se limitó a esperar a que se marchara, sin apartar la vista de ella ni por un instante. Tras una larga espera, resopló:

—Muy bien, como quieras. Imbécil.

Mientras ella volvía sobre sus pasos haciendo aspavientos, miré a Mitchell y suspiré:

—Lo siento, pero gracias.

—No pasa nada. Es un bombón. ¿Qué más puedo hacer para ayudar?

—¿Puedes acompañar a Naomi al salón? Le vendría bien sentarse.

—No —se resistió Naomi—. No pienso dejarla.

—Acabas de sufrir una conmoción terrible, Naomi —dije—. Tienes que sentarte o te desmayarás. Te prometo que la cuidaré hasta que llegue la policía.

—Pero ella querría que yo estuviera a su lado.

—Seguramente tienes razón. —A Layla siempre le había encantado mangonear a Naomi. Con todo, era como un peso muerto entre mis brazos, así que le di un abrazo afectuoso y dije—: eres muy considerada al pensar lo que habría querido Layla, pero en este momento tú me preocupas más.

Se sonó la nariz y empezó a sollozar. Intercambié miradas con Mitchell, quien inmediatamente dio un paso adelante y se hizo cargo de Naomi.

—Puedes venir conmigo —dijo con amabilidad, pasándole el brazo alrededor de los hombros. Antes de llevársela, Mitchell se volvió hacia mí.

—La policía estará aquí en cualquier momento. He mandado a Ned a que vigile la otra entrada del pasillo.

—¿Qué otra entrada?

Señaló el despacho de Layla.

—Ese despacho tiene una entrada independiente que da a otro pasillo que gira y conduce a la parte trasera del edificio. La primera noche tuve que ir corriendo al lavabo de hombres y, al volver, me perdí. Seguí ese pasillo y acabé ahí.

Yo no había reparado en que hubiera una segunda puerta la otra noche, cuando le llevé el libro a Layla, seguramente porque estaba demasiado distraída ante su indigno plan de hacer pasar el *Oliver Twist* por una primera edición.

Pensé en Ned, que estaría al otro lado de la puerta. No quise decirlo en voz alta, pero aunque me fiaba del instinto de Mitchell, me preguntaba si también podíamos confiar en él.

Mitchell se llevó a Naomi y, al cabo de unos segundos, Tom Hardesty llegó caminando pesadamente y resoplando.

—Estaba fuera. Hace frío. ¿Qué ha pasado? Mitchell me ha dicho que podrías necesitar ayuda.

—¿Ah, sí? Bueno, tal vez podrías...

—Espera un momento. ¿Quién es? —Tom miró por encima de mí para ver el cuerpo. Sus ojos se dilataron y se quedó boquiabierto. Negó con la cabeza.

—No, no es ella. No. No. No. —Su voz fue subiendo de tono y volviéndose más aguda. Yo miré por el pasillo en busca de ayuda.

Al final, tuve que dar un grito para acallarlo.

—¡Tom! Ya vale.

—Pero ella está... Oh, Dios. Está muerta.

—Sí, eso lo sabemos todos —dije en voz alta—. ¿Dónde estabas cuando ha corrido la noticia? —Seguramente no debería hablarle así a un miembro del consejo, pero era un completo imbécil. En serio, Mitchell me había mandado a este hombre para que me echara una mano, ¿y ahora sufría un ataque de pánico? Acababa de perder la última gota de simpatía que podría haber sentido por él.

Él no pareció reparar en el tono áspero de mi respuesta; se limitó a sacudir la cabeza y susurró:

—Salí a hacer una llamada.

—Pues me temo que te has perdido lo más emocionante.

—No puede estar muerta —gimoteó Tom, e intentó acercarse.

Yo di un paso a un lado para impedírselo.

—Nooooo —lloriqueó Tom.

Llegué al límite de mi paciencia.

—Tom, cállate de una vez.

Sin previo aviso, se arrodilló e intentó alcanzar la mano de Layla.

—¡No! —Le di un manotazo justo a tiempo—. Esto es la escena de un crimen. Sal de aquí.

Se derrumbó en el suelo y se encogió como un bebé.

Aturdida por su comportamiento, grité en dirección al pasillo:

—¿¡Dónde está Cynthia!? La necesito ahora mismo.

—¡Iré a buscarla! —gritó Alice, ansiosa por ser de utilidad.

Miré a Tom.

—Contrólate, hombre.

Empezó a sollozar mientras Cynthia se acercaba.

—Así que Tom se había metido aquí.

—Sí —dije.

Ella se acuclilló y le dio un cachete en la cabeza.

—¿Y ahora qué te pasa?

—Es Layla —dijo lloriqueando—. Está... Oh, Dios mío, está...

—Está muerta —le espetó Cynthia—. Y menudo alivio.

Glups.

Tom no pareció captar la aversión de su esposa mientras se retorcía de dolor.

—Por Dios bendito —murmuró Cynthia. Exhaló con fuerza, luego respiró hondo y pareció acumular hasta la última pizca de paciencia de su cuerpo. Le palmeó la espalda a su marido y le dijo en un tono tranquilizador:

—Vamos, cariño. La policía llegará en cualquier momento. No pueden encontrarte así.

El comentario hizo que se pusiera en pie. Se tambaleó, pero ella lo agarró con la mano y lo sujetó.

Él parpadeó, tragó saliva y dijo:

—Gracias, cariño.

Ella le dio un manotazo en el brazo.

—Ya hablaremos sobre esto más tarde. Anda, vámonos. —Entonces lo agarró de la camisa para llevárselo.

Me dio la sensación de que Tom tendría que aguantar una bronca al llegar a casa. Tal vez era lo mejor. Sabe Dios. Parecía que su relación se asentaba en la disciplina. Mientras se alejaban por el pasillo, reparé en que algunos de mis otros alumnos habían presenciado toda la escena.

Kylie hizo una mueca.

—Todo esto es surrealista.

—Dos agresiones en una semana es más que surrealista —dije.

Whitney y Gina volvieron con el grupo.

—Menudo frío hace ahí fuera —dijo Whitney frotándose los brazos.

—Me pregunto si vendrán los de las noticias locales —dijo Gina.

Levanté la mirada al techo. Justo lo que me faltaba, que me abordaran periodistas entrometidos. Lo único que tendrían que hacer era relacionarme con el asesinato de Abraham y los asesinatos de Escocia, y me acabarían conociendo por siempre jamás como Brooklyn la Sangrienta, o cualquier otro apodo igual de mortificante.

«Ya es primavera en Funeraria Brooklyn». Sí, muy pegadizo.

—¿Dónde está la policía? —me pregunté en voz alta.

Y, como si hubiera dado una señal, una sirena ululó a lo lejos, cada vez con más intensidad, hasta que se detuvo delante de la entrada principal.

—Ya era hora, maldita sea —murmuré, más que dispuesta a echar un trago bien cargado.

CAPÍTULO OCHO

Mientras el sonido de las sirenas se desvanecía en el exterior, una idea cruzó por mi cabeza: ¿qué estaba haciendo yo allí? ¿Por qué protegía la escena del crimen como si fuera mi trabajo, como si fuera una funcionaria de un juzgado? Porque no lo era. No era más que una pobre tonta que había visto demasiados cadáveres últimamente y conocía el procedimiento. Sabía que la zona tenía que permanecer tan intacta como fuera posible para que se conservaran las pruebas y se hiciera justicia. En esta ocasión, hasta había dejado un fabuloso libro antiguo tirado en el suelo. Pero ojalá me lo hubiera llevado. Al fin y al cabo, el libro no tenía nada que ver con el asesinato, ¿verdad?

Había cumplido con mi deber, aunque ahora empezaba a desvariar ante mi reciente tendencia a encontrar cuerpos. No podía echarle la culpa a mi cabeza por gritar: «¡Aléjate del cadáver! ¡La gente empieza a hablar!».

Hice caso a la voz interior.

—Tengo que volver al aula —le comenté a Mitchell.

Se quedó atónito.

—¿Vas a reanudar la clase?

—No, no. Por esta noche han acabado las clases. Solo necesito salir de aquí. ¿Puedes vigilarla por mí?

Mitchell la miró y dijo:

—Claro. Vete. Ya informaré a los polis de dónde estás.

—Gracias, supongo.

Rio entre dientes mientras yo me escabullía hacia el aula vacía. Me quité los zapatos con la punta de los dedos de los pies y me senté en una de las sillas altas almohadilladas situadas alrededor de la mesa de trabajo. Con el aula en silencio, me tomé un instante para preguntarme, una vez más, qué le pasaba a mi karma: ¿por qué yo? ¿Por qué los cadáveres? ¿El universo me estaba mandando un mensaje? Fuera lo que fuese, no sabía interpretarlo.

Layla estaba muerta y yo no sentía nada. Es decir, me alarmaba que un asesino pudiera escapar sin castigo de un crimen. Pero, aparte de eso, no sentía nada, salvo un completo alivio por no volver a verme envuelta en sus tejemanejes.

Tal vez me echaría a llorar más tarde o me pasaría toda la noche luchando por quitarme de la cabeza la imagen del cadáver. Pero, por el momento, no sentía nada. Y eso seguramente no ayudaría mucho a mejorar mi karma.

Tenía pensado ir en coche a Sonoma ese fin de semana, así que podía pedirle consejo a mi madre. Últimamente estaba probando con una nueva religión, la wicca, y podría bendecirme. Si no, siempre podía aprovisionarme de *ojas*. O, ya puesta, incluso podía lubricar mis *chakras*. Estaba desesperada.

Y no es que todo girara a mi alrededor, pero ¿Layla tenía que morir precisamente la noche que llevaba mi vestido más mono para mi gran velada con el apuesto británico?

Sí, no paraba de quejarme, pero había tenido un montón de dudas, y hasta le había pedido consejo a Robin, mi mejor amiga y experta en moda, exponiéndome a sus posibles burlas. Así que tenía derecho a protestar durante un minuto en la intimidad de mi propio cerebro.

Como era de esperar, Robin no se había ahorrado unas cuantas risas a mi costa. Luego se había puesto manos a la obra, y había insistido en que me pusiera el único vestido que tenía con mi más sexi par de zapatos de tacón negros. Ella sabía que los tenía porque me había obligado a comprármelos hacía unas semanas para una inauguración artística a la que iba a asistir, en la que se exponían algunas de sus esculturas más recientes.

Yo había hecho lo que ella me había sugerido. ¿Para qué pedirle consejo a una experta si luego no vas a seguirlo? Incluso me las había apañado para arreglar mi pelo rubio y liso tal como me había dicho, utilizando un poquito de gel en el flequillo para conseguir un *look* punki y enérgico. Esas habían sido sus palabras.

A juzgar por la opinión de mis alumnos, aquello pareció funcionar. Tenía buen aspecto. Estaba incómoda y los pies me mataban, pero estaba guapa. Y me sentía bien conmigo misma. Hasta que a Layla le dio por morir.

Así que ahí estaba, compadeciéndome y sintiéndome culpable por hacerlo, preocupada por mi karma y mis pies, por Derek Stone y por el futuro del BABA. Porque, por más que desaprobara algunos de los métodos de Layla, me costaba imaginarme a Naomi, a Karalee o a Alice dirigiendo ese centro con la misma habilidad y estilo.

—Miau.

—Hola, Baba —dije, y me agaché para recoger al gato. Era grande y difícil de manejar, pero parecía necesitado de un poco de consuelo. Lo sostuve en mi regazo mientras le acariciaba el suave pelaje, y me pregunté qué pensaría él de este lugar tan extraño que tenía por hogar. ¿Había visto algo? ¿Había oído algo? ¿Había mirado a los ojos de un asesino esa noche? De ser así, se llevaría sus secretos a la tumba.

—Miau.

—Sí, lo sé, nunca contarás nada.

La puerta se abrió lentamente y Alice asomó la cabeza.

—Oh, estás aquí. Estaba preocupada. ¿Te encuentras bien? ¿Te importa si entro?

Le sonreí, alegrándome de que me distrajeran de mi triste historia.

—Entra y siéntate. Me he escondido aquí con el gato. Estamos rumiando nuestras penas.

—Gatito guapo. —Alice se inclinó para rascarle las orejas. El gato se lo permitió unos segundos y luego salió corriendo. Alice se enderezó y se echó su largo pelo por detrás de los hombros.

—¿Sientes pena por Layla? Porque yo me siento muy mal. Y estoy muy preocupada. Ni tan siquiera puedo pensar en esto mientras Layla está... bueno. Pero no sé cómo vamos a salir adelante. Layla lo era todo para el BABA.

Dio unos pasos por el aula, retorciéndose las manos mientras hablaba a toda prisa.

—Naomi está hecha un lío —dijo como si hablara para sí misma—. Los administradores no saben qué hacer, y luego está Ned, que tiene algo de Odd Thomas, el cazador de fantasmas, ¿no te parece? Solo deseo que nadie espere que yo ocupe el puesto. Estoy a un paso de ser más bien una carga, siendo generosa.

—Alice —la interrumpí, divertida pese a tener sus mismas preocupaciones—, las cosas irán bien. Nadie espera de ti que te pongas al timón. Aquí todos necesitan pasar el duelo y luego reorganizarse.

Ella frunció los labios con gesto reflexivo.

—¿Sabes qué, Brooklyn? Pensándolo bien, creo que sí debería ponerme al timón. Ahora no es el momento de encogerse, sino de dar un paso al frente. Es el momento de tomar la iniciativa y preguntarnos: ¿qué haría Layla?

Empezó a andar arriba y abajo, con paso casi marcial, agitando el puño con firmeza y resolución.

—No puedo ceder al miedo. Tenemos un festival en marcha y, el mes que viene, el programa de artes impresas lanzará un libro nuevo. Ya lo hemos publicitado, y a finales de mes celebraremos una gran fiesta. No, Layla querría que siguiéramos adelante a toda máquina. No hay tiempo para holgazanear.

Tal vez estuviera emulando a Layla, pero hiciera lo que hiciese, me alegró ver que ya no lloraba ni se frotaba el estómago. Ponerse al mando podía venirle bien, la ocupación que necesitaba para quitarse de la cabeza la muerte repentina de su amiga.

Llevada por un impulso, dije:

—Alice, mañana por la noche organizo una fiesta de chicas en mi casa. Seremos pocas. Cena, copas y unas risas. ¿Te gustaría venir?

Abrió los ojos y la boca, pero no pronunció ni una palabra.

—¿Es eso un sí? —pregunté al cabo de un momento.

—¿Me... me estás invitando a tu casa? ¿A que conozca a tus amigas?

—Sí, ¿quieres venir?

Se sorbió la nariz.

—Será un verdadero honor. Gracias.

—Solo tomaremos pizza y vino barato.

—Suena estupendamente —dijo en voz baja—. No he conocido a casi nadie desde que me mudé aquí, y no salgo mucho, así que ya me perdonarás si me emociono de más.

Me reí.

—Vale, muy bien. Te anotaré la dirección.

La puerta se abrió de par en par y entró el inspector Nathan Jaglom. Sonreí, alegrándome de ver al detective de homicidios que había investigado el asesinato de Abraham Karastovsky hacía menos de dos meses. ¿Había algo enfermizo en sentir que saludaba a un viejo amigo?

—Hola, inspector Jaglom —dije bajándome de la silla y acercándome a él para estrecharle la mano—. ¿Se acuerda de mí?

—Señora Wainwright —me saludó Jaglom con una sonrisa—. ¿Cómo iba a olvidarla? ¿Tiene algo que ver con lo sucedido?

—Solo marginalmente, se lo prometo. —Agité las manos, quizá con demasiado énfasis—. Estaba impartiendo una clase cuando oímos el disparo. Cuento con más de una decena de testigos que lo pueden confirmar.

—Bien. —Pareció aliviado, pero ni la mitad de lo aliviada que me sentía yo.

—Todos los alumnos que estaban en el aula son testigos de los demás. —Me apresuré a añadir—. Estábamos trabajando cuando se oyó el disparo.

—Vale, eso suena razonable. Necesitaremos unos minutos con cada uno para hacer algunas preguntas y tomar nota de sus identidades y datos de contacto. Luego todos podrán irse a casa.

—Me parece bien. —En ese momento reparé en Alice—. Inspector, esta es una de mis alumnas. También es la ayudante de la directora del centro. Alice Fairchild.

Él la saludó con un gesto de la cabeza.

—Señora Fairchild.

—¿Cómo está usted? —dijo ella con una voz apenas audible. Entonces me lanzó una mirada inquisitiva.

—Conocí al inspector Jaglom hace poco —le expliqué—, cuando trabajó en el asesinato de un amigo mío.

—Oh, lo siento mucho. —Me acarició el hombro con un gesto compasivo, y luego añadió en voz baja—: Esperaré en la galería.

Cuando salió del aula, Jaglom echó un vistazo al mostrador delantero. Sosteniendo en alto uno de mis diarios, dijo:

—¿Es esto lo que enseña?

—Sí, doy una clase de encuadernación.

—Parece interesante —dijo, y luego sonrió con amabilidad—: ¿Y cómo le va últimamente?

—Bastante bien, gracias. —Sabía que me preguntaba sobre cómo llevaba la muerte de Abraham—. Muy bien, de verdad.

—Me alegro. —Se dio la vuelta cuando la puerta se abrió y entró la detective Janice Lee—. Hola, Lee.

—Siento llegar tarde —dijo Lee; entonces me vio—. Brooklyn Wainwright. ¿Por qué no me sorprende?

—Esta vez tiene testigos —dijo Jaglom, y rio entre dientes. Me alegré de entretener de ese modo a la policía local.

—Escuche —dijo Lee—. Tenemos dos aulas a nuestra disposición para los interrogatorios. ¿Prefiere esta o la otra?

Él miró a su alrededor y se encogió de hombros.

—Me da igual.

—Minka LaBoeuf da clases en la otra —les informé amablemente.

—Me quedo esta —saltó Lee de inmediato.

Jaglom esbozó una mueca.

—Genial. La veo luego, señora Wainwright.

—No lo dude —dije, y me despedí con un gesto de la mano. Ambos habían sufrido encuentros desagradables con Minka durante la investigación del asesinato de Abraham.

Lee se quitó la gabardina y la colgó en el respaldo de una de las sillas altas. No pude evitar fijarme en que había aumentado unos kilos. Le sentaban bien. Y, aunque no fuera asunto mío, todavía podía permitirse ganar cuatro o cinco kilos más.

—¿Qué me cuenta, Brooklyn? —dijo apoyándose en el mostrador y cruzando los brazos por delante del pecho. Era asiaticoestadounidense, alta y guapa, con una voz áspera que a algunos podía parecerles sexi, aunque yo sabía que se debía a que fumaba demasiado. Tenía un pelo fabuloso, tupido, negro y brillante. Y me intimidaba.

—Poca cosa —mentí, masajeándome la sien donde se estaba incubando otra jaqueca—. Aunque, siendo sincera, estoy un poco harta de tropezar con cadáveres allá donde voy. ¿Cómo le va, inspectora?

—Me he convertido en una bruja insoportable desde que dejé de fumar —dijo—. Aparte de eso, tengo una vida de ensueño. Pero sé a qué se refiere con los cadáveres. Al parecer, tenemos el mismo problema. Gajes del oficio, supongo.

—Supongo —dije riéndome entre dientes—. Y felicitaciones por dejar de fumar. —Imaginé que eso explicaba el aumento de peso.

—Sí, gracias. Resulta que mi madre tenía razón: a los hombres no les gusta besar ceniceros.

—No me diga.

—Pues sí, pero ¿quién necesita a los hombres? —Se apartó del mostrador y se acercó a la mesa de trabajo, donde examinó una de las páginas encoladas por mis alumnos para ver si estaba seca.

—¿Es aquí donde da clase?

—Sí, enseño encuadernación. —Miré el aula vacía—. Mis alumnos esperan en la galería, todavía están asimilando la emoción.

—Emoción —repitió mientras jugueteaba con las tuercas de mariposa de la prensa, moviéndolas adelante y atrás unas cuantas veces—. Tengo entendido que ha habido muchas emociones por aquí últimamente.

—Podría decirlo así.

—Sí, podría. —Sonrió con malicia; luego pareció recordar que estaba allí para hacer su trabajo—. Bueno, hábleme de la víctima.

Hice una pausa, sin saber muy bien por dónde empezar; entonces decidí hacerlo por lo principal:

—Era despreciable.

—Eh, no lo endulce. Cuénteme qué sentimientos tenía hacia ella.

—Digamos que la odiaba.

Se echó hacia atrás y cruzó los tobillos.

—Supongo que es muy oportuno que tenga una coartada sólida como una piedra.

Espiré con fuerza.

—Lo es.

—Pues cuéntemelo todo. ¿Por qué era tan horrible? —dijo acompañando la pregunta con un gesto de la mano.

Empecé a contar con los dedos.

—Engañaba, mentía, coqueteaba con todos los hombres y administraba este centro mediante el miedo y la intimidación.

—Parece una buena pieza.

—Mantuve una discusión con ella hará un par de noches. —Le expliqué lo que había pasado con el *Oliver Twist*, subrayando que había dejado el libro al lado del cuerpo de Layla—. Me avergüenza admitir que le seguí la corriente con su mentira porque temía que arruinara mi reputación y me excluyera de la comunidad profesional, y eso acabara haciéndome imposible trabajar aquí.

Lee asintió.

—¿Y cómo se sintió?

—Me entraron ganas de matarla.

—¿Por un libro?

Negué con la cabeza.

—Por los principios que estaban en juego.

Lee ladeó la cabeza.

—Vaya, le das a la mujer una coartada y ella la pone a prueba. Ahora parece cada vez más sospechosa, lo sabe, ¿no?

—Pero no lo soy —respondí con una sonrisa lúgubre.

Apoyó los brazos en el respaldo de la silla alta.

—Me han llegado algunos rumores sobre un problema en Edimburgo.

—Yo no lo hice.

Ella rio.

—Deberían haberme llamado.

—¿Para solicitarle una carta de referencia?

—Por descontado —dijo, luego dio una palmada—. Bueno ahora tengo que volver a patear traseros y anotar nombres.

—Suena divertido.

—Vivo para eso —dijo—. Pero antes hábleme de los demás. ¿Todo el mundo odiaba a esta mujer tanto como para matarla?

Respondí con evasivas.

—Bueno, algunos la querían más que otros.

Me miró de soslayo.

—¿Me está dando una pista?

Retorcí los labios.

—Detesto hacer de soplón.

—No estamos en *Scarface*, Brooklyn. Tengo que encontrar a un asesino. Hágame un favor y dígame algo útil.

Le hice un resumen de un par de minutos de cuanto podía estar relacionado con el asesinato de Layla, incluido el excéntrico comportamiento de Tom y Cynthia, la conducta general de Ned, las reacciones pasivo-agresivas de Naomi, el ataque a Minka y el asiático que irrumpió en el despacho de Layla la primera noche.

—Parece que hay un montón de emociones fuertes desbocadas.

—Podría decirse así.

—¿Cree que el asiático enfadado pudo regresar a escondidas y golpear a Minka en lugar de a Layla?

—Es posible.

—¿Puede decirme qué aspecto tenía? —preguntó, anotando en su cuaderno tan rápido como podía.

Le di la mejor descripción de la que fui capaz y añadí:

—Ojalá fuera el único a quien Layla hubiera perjudicado.

—Eso me facilitaría el trabajo. Por desgracia, este parece un entorno rico en sospechosos.

—Detesto pensar que alguien a quien conozco puede haberlo hecho. Quizá hay un psicópata asesino suelto por el barrio.

—Mire, no hay tantos psicópatas asesinos por ahí como la gente cree.

Me lo tomé con filosofía.

—Otro mito destrozado.

Ella se encogió de hombros.

—Ese es mi trabajo.

Tras conducirla hasta la galería y señalarle varias personas, la inspectora Lee hizo volver a la mayoría de mis alumnos al aula. Aisló a Cynthia y Tom, así como a los cuatro miembros del personal —Naomi, Ned, Mark y Karalee—, en despachos separados, cada uno con un agente interrogándolos para obtener información preliminar.

Acabaron pronto con mis alumnos y conmigo y nos pidieron que nos fuéramos a casa. Yo iba de vuelta a la galería cuando la puerta principal se abrió. Al otro lado del amplio espacio vi entrar a dos hombres con Gunther entre ellos. Unos segundos más tarde, Derek entró en el vestíbulo.

Sin pensar, solté un gritito y corrí hacia él. Derek me vio venir y abrió los brazos.

—Me alegro tanto de que estés aquí —susurré sin importarme sonar como una niña tonta.

—Y yo me alegro de estar aquí —dijo—, sobre todo ahora, contigo abrazada a mí.

Sentí un escalofrío en mi interior al escuchar sus palabras. ¿No podíamos encontrar una sala en alguna parte y olvidarnos de todo lo que había pasado aquí esta noche? Él también se había puesto elegante para nuestra cita, con un precioso traje negro, una camisa blanca almidonada y una corbata carmesí oscuro. Yo no sabía diferenciar un Armani de un armadillo, pero sabía que su ropa tenía que costar miles de libras. Y, pensé, valía hasta el último céntimo que costaba, mientras acercaba la nariz a él y sentía la suave lana en mi mejilla.

—¿Qué te ha alterado tanto, cariño? —me preguntó mientras su aliento removía el fino vello de mi cuello—. Hemos visto coches de policía. ¿Ha habido otra agresión?

—Sí. Oh, Derek.

—Estás temblando, cariño. ¿Qué ha pasado?

—Se trata de Layla Fontaine.

—¿Cómo has dicho?

—La han asesinado. Una bala en el pecho. Sangre. —Me estremecí de nuevo.

Él retrocedió y me mantuvo a un brazo de distancia.

—¿Layla Fontaine? ¿Asesinada?

Tragué saliva.

—No he sido yo.

Abrió la boca para decir algo, pero la cerró al instante. Me acercó a él y yo lo abracé por la cintura.

—Claro que no has sido tú. Por el amor de Dios, ni por un instante he creído lo contrario.

—Pero sí la he encontrado —dije en voz baja—. Y alguien va a relacionar su muerte con la de Abraham y, bueno, ya sabes, con lo que pasó en Escocia. Simplemente darán por sentado que yo he tenido algo que ver.

Me acarició la espalda con un movimiento circular y tranquilizador.

—Tendrán que responder ante mí si lo hacen.

—¿Stone?

Derek se dio la vuelta.

—¿Qué ocurre?

Gunther se había quedado lívido.

—¿Se ha enterado? Layla. Dios mío, está muerta.

—Sí. Acaban de decírmelo.

El acento austriaco de Gunther fue haciéndose más marcado a medida que su nerviosismo aumentaba.

—¿Es una especie de chiste o qué?

Me aparté un paso de Derek.

—No, no es ningún chiste.

La mirada de Gunther se centró en mí.

—¿Quién es usted? ¿Qué ha pasado? ¿Ha sufrido un ataque al corazón? ¿Se ha asfixiado con algo?

Miré a Derek y luego a Gunther otra vez.

—La han asesinado.

—¿Comandante Stone? —El inspector Jaglom se aproximó—. Me había parecido verlo. Bienvenido de nuevo a Estados Unidos.

—Muchas gracias, inspector —dijo Derek estrechando la mano del policía. Habían trabajado juntos durante la investigación del asesinato de Abraham. La primera vez que oí a Jaglom saludar a Derek con el tratamiento de comandante, me di cuenta de que aquel hombre era de hecho un antiguo comandante de la Royal Navy. Hasta ese momento yo estaba convencida de que era un asesino. Por descontado, él estaba convencido de que la asesina era yo. Ah, qué recuerdos.

Derek prosiguió:

—Inspector, ¿conoce usted a Gunther Schnaubel?

Siguieron unas palabras de presentación; entonces Gunther dijo:

—Inspector, exijo saber qué ha pasado aquí.

—Eso es lo que intentamos averiguar, señor Schnaubel.

Gunther se pasó los fuertes nudillos por la mandíbula.

—Esto es inaceptable. Hablé con Layla hará apenas una hora. Parecía estar bien. Íbamos a reunirnos aquí para tratar ciertos asuntos.

—Lamento su pérdida, señor Schnaubel —dijo Jaglom estudiando atentamente al austriaco mientras se sacaba un cuaderno y un bolígrafo del bolsillo—. ¿De qué tenía pensado hablar con la difunta?

Gunther se mordió los labios. Pareció ponerse nervioso, como si acabara de percatarse de la gran diana que acababa de pintarse.

Me aclaré la garganta.

—Inspector, el señor Schnaubel es uno de los honorables huéspedes que la señora Fontaine invitó al festival del libro que va a celebrarse durante las dos próximas semanas. Es un artista de fama mundial y va a impartir varias clases. También va a donar algunas importantes piezas para la subasta benéfica.

A Gunther parecieron complacerle mis palabras.

—Ya veo —dijo Jaglom mientras escribía en su cuaderno—. ¿Qué clase de artista es usted, señor Schnaubel?

—¿Qué importa eso? —respondió Gunther, irritado de nuevo, con el puño en la cadera y la nariz levantada, como si esperara que algún subordinado limpiara el caos que estaba causando estragos en su bien ordenada vida.

—Hablemos un poco más ahí, señor Schnaubel —dijo Jaglom señalando una de las salas que daban al pasillo que estaba utilizando la policía.

—No tengo nada más que decir —zanjó apretando tenso los labios. ¿Se podía ser más diva?

Derek se inclinó sobre Jaglom.

—Inspector, ¿puedo tener unas palabras con usted?

—Claro.

Los dos hombres descendieron lentamente por la rampa que conduce a la galería y luego subieron por otra rampa hacia el pasillo este. ¿De qué estarían hablando?, me preguntaba. ¿Qué sabía Derek que yo no supiera y cuándo podría averiguarlo? Y, mientras tanto, ¿qué hacía yo?

Gunther me miró con suspicacia, pero no dijo nada.

—Me encanta su trabajo —dije sin mucha convicción.

Él alzó una ceja con arrogancia.

—Gracias.

—De nada.

Muy bien, basta de cháchara. Tendría que haber sido más agradable con él, dado que era un artista de fama mundial y un invitado aquí, en el BABA, pero me había quedado sin un gramo de amabilidad. Me disculpé y me alejé, preguntándome cuándo acabaría esa pesadilla.

CAPÍTULO NUEVE

—¿Todavía no te has acostado con ese hombre? —Chiss —la mandé callar con un susurro frenético—. Preferiría no proclamarlo a los cuatro vientos.

—No te echo la culpa —respondió Robin con otro susurro, este claramente audible, mientras ordenaba tres tipos de queso y galletas saladas en una bandeja—. A mí también me daría vergüenza.

—No estoy avergonzada —siseé, y luego tuve que respirar hondo para calmarme. No estaba avergonzada, eso era verdad; solo terriblemente decepcionada por el desastre de la noche anterior.

No estoy diciendo que, de otro modo, hubiéramos acabado en la cama, pero es que ni siquiera salimos. Ni cena, ni copas, ni nada de nada. Qué manera de desaprovechar aquel vestido espléndido y los zapatos sexis.

Toda la velada la acabó consumiendo Layla y la investigación del asesinato. Incluso difunta, aquella mujer me arruinaba la vida. Cuando llegué a casa, sola, estaba agotada. Y, una vez más, Layla se había llevado el protagonismo. Hice una mueca ante aquel pensamiento tan desagradable y me lo quité de la cabeza. Era una reacción rencorosa y estúpida, probablemente un nuevo punto negativo en mi tarjeta de puntuación del karma. Solo esperaba que el tiempo que pasé protegiendo la escena del crimen de los tipos como el rarito de Tom Hardesty o la gritona de Naomi inclinara la balanza en mi favor.

La policía había interrogado a todos. Gunther estaba tan fuera de sí tras enfrentarse a las preguntas del inspector Jaglow, o a su «interrogatorio del KGB», como lo calificó dramáticamente, que Derek y todos sus hombres tuvieron que hacerle de canguros el resto de la noche. ¿Quién iba a imaginar que un hombretón como él fuera a comportarse como una mocosa?

—¿Y qué pasó? —insistió Robin.

—Nada —respondí con brusquedad, luego respiré hondo para tranquilizarme y le conté los detalles básicos: el exigente cliente de Derek, unos pocos alumnos y miembros del personal más bien pirados, asesinatos, agresiones y policía por todas partes...

—Lo siento —dijo—. Supongo que pasará cuando tenga que pasar.

—Ahora te pareces a mi madre —dije sonriendo con desgana.

—Para nada, tu madre hablaría de Romlar X, quien aconsejaría el análisis del momento óptimo para el emparejamiento a la luz de tu destino cósmico. —Sonrió afectadamente mientras descorchaba una botella de sauvignon blanc neozelandés.

—Ay Dios, tienes razón.

Robin y yo estábamos más unidas que unas hermanas, y ella se daba cuenta de cuándo estaba preocupada o tenía problemas. Nos conocimos con ocho años. Mis padres nos habían llevado a mis dos hermanos, mis tres hermanas y a mí al condado de Sonoma, donde íbamos a vivir en el campo, en las tierras que habían comprado con los demás miembros de la Fraternidad para la Iluminación Espiritual y una Elevada Conciencia Artística. La primera persona en la que me fijé cuando me apeé del minibús Volkswagen de mis padres fue Robin Tully, una chica morena, baja y fuerte que agarraba una muñeca Barbie calva con su pequeño puño cerrado. Sintonizamos desde el primer día.

La madre de Robin estaba siempre viajando, buscando lo milagroso por todo el mundo. Así que Robin vivía con nosotros la mayor parte del tiempo. Y a mí me gustaba que fuera así.

Robin levantó la mirada mientras abría la segunda botella de vino, un malbec con mucho cuerpo que había descubierto mi padre y me lo había regalado para que lo probara.

—¿Y Derek sigue estando tan bueno como siempre?

Me reí.

—¿El sol sigue poniéndose por el oeste?

—Eso es lo que pensaba —dijo Robin abanicándose.

—Brooklyn, ha llegado la pizza —anunció Vinnie alegremente desde la habitación contigua.

—Que empiece la fiesta —dijo Robin, y sacó la bandeja de pequeños manjares. La seguí de cerca con las copas de vino y un par de botellas.

Mientras lo disponía todo sobre la mesita baja, me alegró escuchar cómo Suzie y Vinnie entretenían a Alice con las terroríficas historias de sus competiciones de motosierra. Mis amigas y yo habíamos acordado de antemano no sacar el tema de Layla. Eso solo alteraría a Alice.

—Parece muy peligroso —dijo Alice mientras buscaba una copa de vino blanco—. Las motosierras dan miedo.

—No es nada —dijo Suzie.

Vinnie mostró una gran sonrisa.

—Mi Suzie es toda una campeona.

Suzie se arremangó para enseñar los bíceps.

—Guau —exclamó Alice ojiplática, y todas nos reímos.

Robin cogió una galleta salada.

—Luego enseñadle a Alice vuestras obras. Son impresionantes.

—Oh, me encantaría verlas —dijo Alice, y señaló una de las bandejas de queso y galletas—. Por cierto, que sepáis que estas son galletas de arroz. Me han diagnosticado como celíaca y estoy intentando cambiar mi dieta de arriba abajo.

—Oh, ¿eso no es alergia al gluten? —preguntó Vinnie.

—Exactamente —dijo Alice—. Nada de trigo, centeno, cebada ni avena. Y tampoco pizza, lo que es una pena, pero supongo que era el gluten lo que me estaba destrozando el estómago.

—Eso suena muy doloroso —dijo Vinnie.

—Era espantoso —prosiguió Alice—. Así que he decidido mantenerme alejada de cuanto parezca gluten. Me hicieron un sencillo análisis de sangre y me lo diagnosticaron. Y casi de la noche a la mañana, me encuentro mucho mejor. Han desaparecido el dolor de estómago y los calambres en las piernas en plena noche.

—Buf —resopló Suzie haciendo una mueca.

—Eso son buenas noticias, Alice —dije—. Me alegro mucho por ti.

—Gracias. —Cogió una galleta de arroz y se la metió en la boca haciendo una mueca—. Como he dicho, me costará un poco acostumbrarme.

Llamaron a la puerta; oí a alguien que exclamaba: «¡Yuju!».

—¿Es mi madre? —pregunté alarmada.

—No, es Jeremy, uno de nuestros nuevos vecinos —dijo Vinnie—. Les dejé una nota en la puerta diciéndoles que estábamos aquí. Espero que te parezca bien. Creo que todos tendríamos que ser buenos vecinos.

—Está bien —dije, y fui corriendo por el pasillo hasta mi estudio, que era de hecho la parte delantera del apartamento. La puerta estaba abierta y un apuesto hombre con mechas decoloradas de color rubio se asomaba a ella.

—Hola, somos nosotros —dijo el hombre—, los maleducados de tus nuevos vecinos.

—Pasad —dije—. Soy Brooklyn.

—Yo soy Jeremy —dijo—. Es un estudio espléndido.

Un adonis moreno entró detrás de él y miró con atención las paredes llenas de utensilios y herramientas.

—Así que es aquí donde pasa todo —dijo—. A propósito, me llamo Sergio.

—Yo soy Brooklyn. Bienvenido al barrio. ¿Donde pasa qué?

Sergio señaló las paredes y los armarios.

—Suzie nos contó a qué te dedicas. Todo eso de los libros. Es fascinante.

Jeremy caminó lentamente alrededor de mi mesa de trabajo central para observar los mostradores, donde había dos grandes prensas colocadas ordenadamente junto a botes con pinceles, herramientas de clasificación y plegaderas de hueso. Sobre los mostradores había estanterías de pared que contenían libros, rollos de cuero y papel grueso, e hilos de todos los colores.

—Guau —exclamó Sergio—, qué distinto es todo esto.

—Sí, transmite energía —dijo Jeremy.

—Gracias, a mí también me gusta —dije sonriendo con orgullo—. Venid a la parte de atrás. Estamos tomando vino.

—No pretendíamos interrumpiros, pero Vinnie dejó una nota.

—No os preocupéis en absoluto. Esperábamos que vinierais.

—Les conduje por el pasillo hasta el salón.

—Hola, chicas —dijo Jeremy saludando con la mano.

—Hola, chicos —dijo Suzie sonriendo de oreja a oreja.

—Oooh —exclamó Jeremy tirando de Sergio para que entrara en la sala—. Me encanta cómo tiene esto arreglado.

—Una silla espléndida —dijo Sergio pasando la mano por el respaldo de la silla con estampado hawaiano que estaba frente al gran sofá en el centro de la sala.

No pude evitar sentir una pizca de satisfacción. Mi casa me gustaba mucho. Mientras las chicas lo llevaban todo a la barra para tener un acceso más sencillo a la nevera, les hice un minitour a los dos hombres.

—Mi trabajo exige un área separada de despacho y taller —expliqué mientras señalaba detalles y caminábamos por el amplio espacio abierto—, así que levanté un tabique entre esa zona y la de vida. Luego añadí un armario y un tocador para acomodar a mis clientes.

—Oh, deducción de impuestos —dijo Jeremy lanzando a Sergio una mirada de complicidad.

Me reí.

—Y tanto.

—Es precioso. —Sergio se acercó a la pared con ventanales con vistas al este—. Me encanta cómo has distribuido el espacio.

—A mí también. —Las ventanas que daban al este mostraban una vista de la bahía de San Francisco que valía el precio que había pagado por el loft. Esa vista era fruto de la suerte. Dos edificios cercanos impedían disfrutar de ella desde los apartamentos de mis vecinos, pero el mío se hallaba en el centro de la planta superior y daba directamente a la bahía.

Había colocado dos cómodos sillones Buster de cuero, una otomana doble y una mesa recia delante de los ventanales. Era un lugar perfecto para leer, que era una de las razones por las que tenía una estantería baja y larga que discurría bajo los ventanales. Algunas mañanas me gustaba sentarme ahí con una taza de café y un libro en el regazo, asomada a la bahía, sintiéndome en paz con el mundo.

Hacía tiempo que no sentía esa tranquilidad.

Dejé a Sergio y Jeremy sentados en los sillones Buster urdiendo la remodelación de su propio apartamento, anoté qué vino querían y me uní a las mujeres en la cocina.

—He abierto otra botella —dijo Robin.

—Gracias. —Llené dos copas de vino tinto y se las llevé a Sergio y a Jeremy.

Sergio se quejó.

—No tendríamos que haber venido. Parece que estáis celebrando una fiesta de chicas.

Jeremy le dio una cariñosa palmada en el brazo.

—Oh, querido, podemos participar perfectamente en una fiesta de chicas.

Desde el otro lado, Suzie exclamó:

—Eh, si me dejan participar a mí, está claro que también os dejarán a vosotros.

Todo el mundo rio y dije:

—Solo estamos pasando el rato y sois más que bienvenidos.

Sergio levantó la copa.

—No queremos bebernos todo lo que tenéis en casa.

Sonreí.

—En ese caso es una feliz coincidencia que mi padre sea el dueño de una bodega.

—¡Amo a esta chica! —exclamó Jeremy.

—Brooklyn, te necesitamos aquí —dijo Robin—. Hay que consolar a Alice.

—Estoy bien —dijo Alice, pero oí que se le quebraba la voz.

Volví a la cocina y le pasé un brazo por encima de los hombros.

—¿Qué pasa, amiga mía?

Alice se echó a llorar y corrió al lavabo.

Alarmada, me volví hacia Robin.

—¿Qué has hecho?

Parecía desconcertada.

—Nada. Te lo juro. Estaba hablando de la gente magnífica que había en tu clase de encuadernación, y me dio la impresión de que se iba a echar a llorar, por eso te llamé. Creí que la cosa no iba en serio, pero ha resultado ser que sí.

—La has llamado amiga, Brooklyn —dijo Vinnie—. Creo que eso ha sido demasiado para ella. Parece un poco abrumada. Tal vez no tenga muchos amigos.

—Hace solo un par de meses que se ha instalado en la ciudad —dije.

—Sí, siempre es difícil —dijo Suzie. Vació su copa de vino y me la pasó—. Por favor, señor, quisiera un poco más.

Parpadeé.

—Eso es de *Oliver Twist*.

—Sí, la vimos la otra noche por la tele —dijo con una sonrisa maliciosa—. La adaptación de Polanski, que, dicho sea de paso, es muy elegante y oscura—. Se bajó del taburete y fue a la nevera a servirse ella misma el vino—. Pero es bastante deprimente. Ese niño no gana para disgustos.

—Acabo de reencuadernar un hermoso ejemplar de ese libro —dije.

—Genial.

—Sí, lo hubiera sido de no haber pertenecido a Layla.

—Oh, oh... —dijo Suzie encaramándose de nuevo en su taburete.

—Exacto. Ese fue el libro que causó todos los problemas.

—Ahhh —Suzie asintió con la cabeza—. Muy bien, todo eso es muy raro.

Alice regresó a la cocina con un pañuelo de papel, enjugándose los ojos.

—Siento ser tan boba. Sois tan amables... Todavía no tengo amigas aquí y el estómago me da problemas, y también mi prometido. En el centro estoy sometida a mucha presión, y ahora Layla ha muerto y no sé qué se supone que debo hacer. Estoy hecha un lío.

Vinnie le dio unas palmadas en la espalda.

—A veces yo también me siento hecha un lío. En esos momentos es bueno estar con amigas.

Alice asintió y dio un sorbo a su copa de vino.

Saqué una manzana del cajón de frutas y verduras y empecé a cortarla para que acompañara al queso. Miré a Alice por encima de mi hombro y dije:

—Espero no haber dicho nada que te moleste.

—No, no —insistió Alice— Me pongo un poco emotiva, pero ahora mismo es porque me siento muy feliz. Ojalá todas fuerais mis amigas.

—Lo somos —dijo Vinnie.

Alice se mordió el labio.

—No me hagas llorar otra vez.

En ese momento, Sergio y Jeremy se unieron a nosotras y les rellené sus copas de vino.

—Todo este vino me recuerda algo —dijo entonces Robin dándome un codazo en el brazo—. ¿Vas a ir a la inauguración de Annie?

—¿Bromeas? Mi madre me mataría si me la perdiera.

—¿Qué es? —preguntó Suzie.

Me di la vuelta.

—¿Recuerdas que te comenté que la hija de Abraham, Annie, iba a abrir una tienda en Dharma? Pues bien, mañana es la gran inauguración. Estáis todos invitados. Y sirven todo el vino gratis que podáis beber.

—¿Qué es Dharma? —preguntó Alice.

—¿Quién es Abraham? —preguntó Sergio.

—¿Alguien ha dicho vino gratis? —preguntó Jeremy.

Me reí.

—Abraham fue mi profesor de encuadernación. Murió hace unos meses. Annie es su hija. Ha abierto una tienda de utensilios de cocina en el pueblo donde viven mis padres, en Lane.

—Esa Lane es Shakespeare Lane —explicó Robin—. Todas las tiendas y restaurantes elegantes de Dharma están ahí.

Sergio asintió.

—Sí, conozco el lugar. Es muy chic, no hay que perdérselo. He trabajado con el chef del último restaurante que han abierto por allí.

—Qué bien —dije, emocionada al ver que todos estábamos relacionados de algún modo.

—En Dharma nos criamos Brooklyn y yo —dijo Robin—. Es un pueblo pequeño en el condado de Sonoma, en la región del vino, cerca de Glen Ellen.

—Es un sitio encantador, chic y rústico a la vez —añadí mientras me servía unas patatas fritas—. De hecho, la mayor parte de Sonoma es así.

—Con más énfasis en lo rústico —dijo Robin—. Todavía no está a la altura del chic de Napa.

—Y nunca lo estará —admití.

—No —convino Robin—. Seguramente deberíamos ir un paso más allá y considerarla pueblerina.

—Sí, pero con dinero —dije—. Montones de dinero de la gran ciudad. Montones de dinero viejo de los vinateros.

—Y dinero de los nuevos vinos —añadió, y ambas nos reímos.

A lo largo de veinte años, nuestras familias, junto con unos pocos cientos de exhippis y *deadheads* —seguidores de Grateful Dead—, siguieron a su profesor místico, Robson Benedict, quien se instaló en el condado de Sonoma. Organizaron una comuna en un terreno de varios cientos de hectáreas donde, con el tiempo, plantaron viñedos mientras daban forma a un colectivo espiritual y artístico. A día de hoy, Dharma es una sociedad anónima y todos los miembros de la comuna son ricos gracias a los viñedos que cultivaron desde que se instalaron en la zona.

—Va a ser un fiestón —dijo Robin—. Yo iré el fin de semana y me quedaré hasta el martes.

—Yo solo me quedaré ese día —dije—, ¿alguien se apunta conmigo?

—A Suzie y a mí nos encantaría ir —dijo Vinnie—. Pero tenemos planes. Estamos preparando una nueva instalación en Marin.

—¿Vais a celebrar una exposición? —pregunté.

—En San Rafael —dijo Suzie—. Forma parte de su Gran Exposición Artística anual.

—Es un juego de palabras —añadió Vinnie—. Todas las obras que exponen son de gran tamaño. ¿Lo pilláis?

—Claro que lo pillan —dijo Suzie.

—Vuestras piezas es obvio que son grandes —dijo Robin.

—Gracias —dijo Vinnie con una inclinación de cabeza.

Todos sonrieron.

—A mí me gustaría ir a Sonoma —dijo Alice inesperadamente—. Si os parece bien, quiero decir. Me gustaría...

—Sí, Alice —intervino Vinnie antes de que yo pudiera responder—. Debes ir a Dharma. Te sugiero que aproveches el conocimiento de la madre de Brooklyn del masaje ayurvédico.

Es posible que tus *chakras* estén debilitados y quizá necesites que los equilibren.

Los ojos de Alice se abrieron de par en par, alarmados.

—Vinnie, no la asustes con esa palabrería —dio Suzie, que se volvió hacia Alice—. Esto es lo que te encuentras: te pasas el día bebiendo buen vino y comiendo estupendamente; te hacen un masaje, te relajas, te sosiegas. La familia de Brooklyn es genial. Te lo pasarás bien y volverás preparada para comerte el mundo.

—Eso describe la experiencia bastante bien —dijo Robin.

—Suena formidable —dijo Alice—. Me encantaría ir.

—¿Ya está Stuart en la ciudad? —pregunté—. Él también es bienvenido.

—Oh, no —Alice frunció el ceño—. Seguramente le encantaría ir, pero todavía sigue en Atlanta.

—Muy bien —dije—. Saldremos a eso de las once de la mañana.

—Aquí estaré.

El sábado por la mañana fue un día espléndido, clásico de San Francisco, fresco, soleado y con un cielo tan azul como el de un cuadro de Boucher. Fui por Van Ness en dirección norte, crucé Civic Center, dejé atrás concesionarios de coches y supermercados, y bordeé el peligroso Tenderloin y el exclusivo Nob Hill antes de llegar a Lombard, donde giré a la izquierda hacia Presidio. Entre semana habría evitado esa ruta, pero aquel día la recorrimos a buen ritmo. Seguí por Lombard y entré en Presidio. Prefería el trazado sinuoso y las curvas cerradas de su carretera a la recta uniformidad de la autopista 101. Mientras conducía por el parque, donde pasé junto a las hileras de majestuosas casas históricas de ladrillo y estructura de madera, que en el pasado se asignaron a los oficiales de la Armada pero que ahora se alquilaban al público, miré a Alice. Tuve que ocultar mi sonrisa: mientras yo vestía vaqueros, botas y un suéter grueso, ella llevaba una delicada blusa blanca de cuello redondo por dentro de unos pantalones negros. Completaba el conjunto con un delgado suéter de cachemira y un pequeño bolso con bandolera. Su cinta para el pelo, de marca, le apartaba el cabello de la cara, y en las orejas lucía unos diminutos pendientes de perlas. Era menuda, recatada y dulce en cualquier ocasión, al contrario que yo.

Salimos del arbolado Presidio, pasamos por el peaje y entramos en el puente Golden Gate. Alice miraba a su alrededor asombrada.

—Es muy hermoso. —dijo. Era la vez que la veía menos tensa. Eso tenía que ser bueno.

—Me encanta esta vista —dije mientras contemplaba las verdes colinas onduladas de Marin que se extendían al frente, con el océano Pacífico azul a mi izquierda.

—Es tan bello —dijo Alice, irguiéndose en su asiento para intentar ver por encima de la barandilla del puente. Al cabo de treinta segundos volvió a sentarse y contempló las colinas—. Es casi increíble.

—Habías cruzado el puente antes, ¿verdad?

—No, he paseado bastante por la ciudad, pero todavía no me he aventurado mucho más allá. No he tenido tiempo.

—Ay Dios mío. De repente siento el peso de la responsabilidad.

—¿Te sientes responsable de sacarme de San Francisco y hacer que me lo pase bien?

—Eso es, y me lo tomo muy en serio.

—Vale, en ese caso —dijo riéndose—, espero que me lo hagas pasar bien.

—Sí, señora —respondí siguiéndole la corriente, y me reí con ella. Al cabo de aproximadamente un minuto habíamos salido del puente y avanzábamos a toda velocidad por el condado de Marin. En algún lugar cerca de Corte Madera, le pregunté de dónde era. Empezó a hablar en su estilo rápido y sin pausas y no paró hasta que pasamos por delante del antiguo carromato en la colina con el rótulo que reza: «BIENVENIDO AL CONDADO DE SONOMA».

Alice había estado interna en un colegio católico durante su infancia en Georgia. Si una escuela católica ya tenía que ser mala de por sí, no quiero ni pensar en un internado. Le dije que no podía imaginarme nada más estricto que unas monjas. Ella me contó una historia tras otra sobre las chicas malas con las que había crecido y dónde estaban ahora. Desde luego, lo que me habían contado de las chicas católicas parecía ser cierto.

Quienes me lo habían contado eran mis dos hermanos y unos amigos suyos de muy poca confianza, Eric y Zorro (que era su nombre verdadero). A ambos chicos los habían obligado a asistir a una escuela católica en Glen Ellen cuando éramos niños. Despotricaban contra las monjas, las normas y los uniformes, pero hablaban con reverencia y a media voz de las escolares católicas.

Mientras cruzábamos el pueblo de Glen Ellen y nos encaminábamos hacia el valle de la Luna, me di cuenta de que sabía más sobre Alice Fairchild y su vida como escolar católica de lo que sabía sobre algunos miembros de mi propia familia.

Alice conoció a Layla en una conferencia sobre recaudación de fondos a la que ambas asistieron en Atlanta. Reconocía que podía ser una mujer desagradable, pero sabía que bajo su apariencia dura había un alma sensible. Se propuso conocerla mejor y descubrió que no tenía muchas amigas. No era sorprendente que no supiera tratar a otras mujeres.

Me pareció un tanto ingenuo por su parte pensar que Layla tenía una pizca de bondad bajo su capa exterior de mezquindad.

Pero no había duda de que Alice parecía haber encontrado una amiga.

—Admiro de verdad lo que ha hecho en el BABA —dijo Alice—. Me gustaría quedarme unos años. Luego, una vez Stuart y yo formemos una familia, podríamos volver a Georgia. Si lo hacemos, siempre he soñado con abrir un pequeño centro artístico. Sé que podría emplear para un buen fin todo lo que he aprendido sobre recaudación de fondos. Me encantaría consultarte alguna vez cómo organizar unas clases de encuadernación para adultos. Ya he hablado con Karalee sobre sus clases de los sábados para niños. Son increíbles.

—Ella es genial con los niños —dije.

—Sí, lo es. Pero ahora que Layla ya no está, no estoy segura de qué voy a hacer.

—Estoy convencida de que al consejo le encantaría que te quedaras. Pero no tienes que decidir nada ahora mismo. Tómate tu tiempo.

Salí de la autopista 12 en Montana Ridge Road y seguimos su sinuoso trazado hasta Dharma. Le estaba dando a Alice algunas pistas sobre cómo organizar unas clases de fabricación artesana de libros cuando giramos para entrar en Shakespeare Lane, la calle de dos manzanas de largo llena de tiendas y restaurantes que constituía el epicentro de Dharma.

—Tenías razón —susurró mirando a un lado y al otro mientras avanzábamos entre cuidadas tiendas y aceras arboladas—. Es precioso. Tuviste mucha suerte al crecer aquí.

—Eso creo —dije sonriendo mientras miraba a mi alrededor—. Es un sitio muy agradable.

Y mejor que un internado infestado de monjas católicas.

Encontré aparcamiento a una manzana de la calle principal y nos dirigimos a pie a la tienda de Annie. De camino, le señalé la sala de degustación que había abierto nuestra bodega, además de dos buenos restaurantes y un par de tiendas de ropa de calidad. En la zona también había otras tiendas, un pequeño hotel y balneario de lujo y numerosos hostales.

Dejamos atrás el Umbria, el restaurante más nuevo de la ciudad, y le recordé a Alice que ese era el local que Sergio había mencionado la noche anterior. Al lado se encontraba la Good Book, la librería independiente donde esporádicamente daba clases de encuadernación artesanal. Y al lado de la librería estaba Warped, la tienda de hilos y tejidos de mi hermana China.

Miré a través del escaparate y vi a China dando una clase de punto a un pequeño grupo. Cuando me vio, la saludé con la mano; ella me hizo un gesto para que pasara.

Por si no había quedado claro, a mis hermanos y a mí nos habían puesto nombres de lugares que mis padres visitaron mientras siguieron a los Grateful Dead. Estaba mi hermano mayor, Jackson, llamado así por Jackson Hole, en Wyoming, donde nunca tocaron los Dead, pero allí vivían los mejores amigos de mis padres y allí nació Jackson. Luego vino Austin, que recibió el nombre de Austin, Tejas, donde los Dead actuaron con Willie Nelson y Bob Dylan. La historia sobre Savannah era que mamá y papá asistieron en Atlanta a un desenfrenado concierto de los Dead y Lynyrd Skynyrd. Al finalizar, fueron en coche hasta la costa y se detuvieron a pasar la noche en Savannah, Georgia. Allí concibieron a nuestra pequeña Savannah.

Mi hermana pequeña, London, recibió su nombre de la ciudad de London, Ontario, en Canadá, donde mi madre se puso de parto mientras visitaba a unos amigos tras un concierto de los Dead en Toronto. El nombre de China procede del Centro de Armamento Aeronaval de China Lake, donde detuvieron a mis padres por protestar contras las armas nucleares. Tienen muy buenos recuerdos de aquel lugar. Y yo debo mi nombre al barrio de Nueva York: me concibieron en una galería del hoy desaparecido Beacon Theatre, durante el intermedio de una actuación de los Grateful Dead.

—Ven, Alice —dije—, te presentaré a mi hermana pirada.

—¿Es Annie?

—No, Annie no es miembro de mi familia, aunque nunca lo dirías si la ves al lado de mi madre.

—Hola, chica —exclamó China, que se acercó corriendo a saludarme—. ¿Has venido para la inauguración?

—Sí. —Le di un abrazo y luego me giré—. Esta es mi amiga Alice.

—Hola, Alice, encantada de conocerte. —Se estrecharon las manos.

—Tú tienda es preciosa —dijo Alice mirando a su alrededor pasmada—. Cuántos colores.

—Gracias. Échale un vistazo.

—Lo haré.

Observé a Alice dando una vuelta intentando ver todos los expositores. La tienda de China era un espacio intrigante, resultaba difícil decidir dónde mirar.

Una de las paredes estaba cubierta por entero de casilleros cuadrados, cada uno lleno con un hilo de un color y un calibre distinto. Había cestas de alambre colgadas del techo a diferentes alturas. En algunas se apilaban hilos de lujo; en otras, manojos de hilos de bordar de vivos colores. En varias mesas se exponían mantas de punto y de ganchillo, suéteres para adultos y bebés, patucos, guantes y demás. En un rincón había un inmenso telar con una manta multicolor a medio hacer. Era lo último en lo que estaba trabajando China. Con el tiempo, la vendería por miles de dólares.

China era una tejedora talentosa con un gran sentido para el diseño. Me ayudó a organizar mi loft con cierta lógica cuando me instalé. Aunque yo quería a todas mis hermanas, ella era mi favorita, con la que mejor me entendía. Probablemente se deba a que ella come carne roja y se empeña en pecar habitualmente.

—¿Has visto hoy a mamá? —pregunté.

—Ahora mismo está en la tienda de Annie. Está fuera de sí porque London y los chicos vienen de visita.

—Menuda injusticia —dije.

—Lo sé —convino China—. Todo se detiene cuando aparece London.

Nos reímos, pero era verdad. London era nuestra hermana pequeña, y aunque jamás se lo diría a la cara, la más guapa. Al crecer, siempre intentaba estar a mi altura, a la de China y a la de mi otra hermana, Savannah. Y normalmente lo conseguía. Incluso ahora que todas somos adultas, lo sigue haciendo. Por ejemplo, dos meses después de que China diera a luz a su preciosa bebé, Hannah, London tuvo que dar a luz gemelos. Un niño y una niña.

También se había casado con el hombre perfecto. Trevor era un apuesto médico que, casualmente, poseía una popular bodega en Calistoga. Vamos a ver: ¿cómo se puede ser a la vez médico y enólogo? London siempre tenía que destacar. Yo la quería, a ella, a Trevor y a los niños, pero nunca sería mi hermana favorita. Era demasiado perfecta. Eso tampoco pensaba decírselo jamás.

Mi madre aseguraba que no tenía una hija favorita, pero se entusiasmaba cada vez que London y sus criaturas venían de visita.

—¿También viene Trevor? —pregunté.

—Por supuesto. Estará aquí avanzada la tarde.

—¿Y qué hay de Savannah?

—Sigue siendo un monstruo de feria —dijo China, bizqueando y sacando la lengua.

—Ayyy, ¡ven aquí! —dije abrazándola—. Te he echado mucho de menos.

—Y yo a ti. Eres mi hermana favorita. No se lo digas a las otras. A propósito, ¿te das cuenta de que hemos heredado otra hermana, no?

—Lo sé —dije—. Y me echo la culpa. Mamá está como loca con Annie, ¿no te parece? Supongo que es por Abraham.

China estuvo de acuerdo conmigo.

—Reconozco que yo misma la protejo demasiado.

—Yo también, pero no le digas que lo he dicho. Es muy divertido tomarle el pelo.

Annie, o Anandalla, como la había llamado su madre, era la hija de Abraham Karastovsky, una hija que este no conoció hasta la semana anterior a su muerte. Fue entonces cuando apareció Annie, dando a Abraham la sorpresa de su vida; en el buen sentido, claro. Habían hecho planes y anhelaban conocerse el uno al otro. Entonces lo asesinaron y mi madre acogió a Annie bajo sus alas.

Dado que Abraham había desconocido la existencia de Annie y no había tenido la ocasión de cambiar su testamento, me había dejado a mí, que había sido su discípula y aprendiz durante toda su vida, su herencia. Yo hice algunos cambios en el testamento y ahora Annie tenía un pequeño fondo de fideicomiso, y ella y yo éramos copropietarias de la casa palaciega de Abraham en las colinas que daban a Dharma. Esos cambios habían aliviado una pequeña parte de la gran culpa que sentía desde la muerte de Abraham.

La madre de Annie falleció poco después, y ella se mudó a Dharma. La comunidad entera la adoptó, en especial mi madre, quien consideraba a Annie la quinta hija que yo nunca había imaginado que necesitara.

—Tenemos que irnos —dije abrazando a China. Le comenté que nos veríamos más tarde en la tienda de Annie. Entonces tomé a Alice del brazo y seguimos andando por Shakespeare Lane.

Ya había una multitud congregada delante de la tienda de Annie. Me encantó ver el nombre que le había puesto: ¡Anandalla!

Era el nombre perfecto. Sonaba muy Dharma. Alice me siguió mientras me abría paso por la atestada tienda, deteniéndome cada pocos metros para saludar a viejos amigos y presentárselos. Atisbé a Robin al otro lado del establecimiento, y ambas nos saludamos con la mano. Pero no podía llegar hasta ella desde donde estaba, no con tanta gente de por medio.

No veía a Annie por ninguna parte, y antes de poder localizarla, mi madre me encontró a mí y me envolvió en un gran abrazo de mamá osa.

—Bendita seas, cariño —dijo a modo de saludo, lo que me recordó su reciente formación en wicca—. Salgamos fuera. Aquí dentro es una locura. —Ella fue por delante, deslizándose entre la multitud hasta la puerta, y salimos a la acera.

—Buen trabajo, mamá —dije cuando salimos al aire fresco.

Ella cerró los ojos y alzó la cara hacia el sol.

—Qué bien se está aquí.

—«It's a beautiful day in the neighborhood» —canturreé.

Ella me sonrió.

—Por cierto, cariño, quiero que hoy te lo pases estupendamente, pero Robson tiene que hablar contigo mientras estés por aquí.

Robson, también conocido como gurú Bob cuando éramos niños, era el líder espiritual de la manada.

—Vale, un poco más tarde me pasaré por su casa. —Me di la vuelta y le hice un gesto a Alice—. Mamá, esta es Alice, la amiga de la que te hablé. Es la que quiere que hoy le des un masaje.

—Bendita seas, Alice —dijo mi madre—. El *spa* te está esperando.

—Gracias, señora Wainwright —dijo Alice—. Es muy amable por su parte encargarse de todo.

—¿Puedes llevarte a Alice contigo, mamá?

Mi madre se volvió hacia mí.

—Cariño, tuve que cancelar mi masaje habitual para ayudar hoy a Annie, pero llamé a Savannah. Ella va al *spa*, así que he pensado que podía llevarse a Alice con ella.

—Oh. —Miré a Alice—. ¿Te importa ir con mi hermana? Además, Savannah es mucho más agradable que yo.

Mi madre frunció el ceño.

—No digas tonterías. Todas vosotras sois maravillosas y encantadoras.

—Claro que lo somos —dije riéndome—. Auténticos dechados de virtud.

Mi madre acarició el brazo de Alice.

—¿Habías pensado en algún tipo concreto de masaje, Alice?

Alice negó con la cabeza.

—No tengo ni idea de...

Mi madre apartó la mano de golpe.

—Ay Dios.

—¿Qué pasa, mamá?

Estudio la cara de Alice durante unos segundos, luego extendió la mano y colocó dos dedos en la frente de la chica.

Alice se encogió.

—No tengas miedo —dije en voz baja—. Te está tocando el tercer ojo. Le dirá todo lo que necesita saber.

—Guau —murmuró mi madre, y apartó los dedos.

—¿Mamá?

Sin prestarme atención, sacó su móvil y pulsó un número.

—Vuelvo a llamar al *spa*. Alice necesita atención inmediata.

Sonreí a Alice.

—Mi madre se ocupará de ti, ¿ves?

—Es un verdadero encanto —dijo Alice en voz baja, y miró a su alrededor—. Aquí me siento muy segura.

Mi madre colgó el móvil y agarró el brazo de Alice.

—Vas a ver a Tantra Pangalongie. Es una especialista. Una verdadera sanadora.

—¿En qué es especialista, mamá? —pregunté. Había oído hablar de Tantra. La mujer era dura.

Mi madre respiró hondo.

—Panchakarma.

—Espera —dije—, ¿estás segura de que es necesario?

—Totalmente —me espetó—. Lo necesita.

—¿Por qué? —preguntó Alice, escudriñándola con la mirada—. ¿Qué es?

La expresión del rostro de mi madre era la más seria que le había visto en la vida, incluso cuando éramos niños y nos portábamos mal. Pero pronto desapareció cuando empezó a palmear el brazo de Alice.

—Tu aura me dice que necesitas un tratamiento ultraespecial.

Alice frunció el ceño.

—¿De verdad? ¿Eres capaz de ver mi aura?

—Mi madre lo ve todo, lo sabe todo —dije rápidamente. Entonces lancé una mirada de advertencia a mi madre mientras Alice rebuscaba en su bolso un pañuelo de papel—. Mamá, Alice es un poco sensible.

—No, no, estoy bien —insistió Alice—. No es más que un masaje, ¿verdad? Será divertido.

—Absolutamente divertido —dijo mi madre con esa sonrisa suya de los dibujos animados de Sunny Bunny. Que Dios nos ayudara a todos. Cuando aparecía Sunny Bunny no había espacio para la discusión—. Aquí viene Savannah. Chicas, os lo vais a pasar en grande con tantos mimos.

Me di la vuelta para saludar a Savannah y al verla lancé una gran carcajada.

Se había afeitado la cabeza.

—Sabía que te encantaría —dijo con ironía.

—Dios, sí que eres rara —le di un gran abrazo, y luego le froté la cabeza lisa—. Por increíble que parezca, te queda bien.

Le presenté a Alice.

—Os llevaréis bien.

—Claro —dijo Savannah, que cogió la mano de Alice—. Ven, Alice, vamos a que te mimen.

Alice se volvió esbozando una sonrisa trémula.

—Estoy nerviosa. Te veo dentro de un rato.

Me despedí agitando la mano. Cuando habían recorrido media manzana, me volví hacia mi madre.

—¿Estás segura de que el panchakarma es lo que tiene que hacer?

Mi madre frunció el ceño mientras miraba alejarse a Alice y Savannah.

—Solo si quiere vivir.

CAPÍTULO DIEZ

—**M**uy bien, mamá —dije al recuperar el aliento—. Has conseguido darme un susto de muerte; desembucha.

—Ay, cariño. —Mi madre entrelazó su brazo con el mío y caminamos despacio por la acera—. Sé lo que piensas cuando me oyes dar la matraca sobre auras y demás.

—Ninguno de nosotros puede dejar escapar la oportunidad de tomarte el pelo, mamá —dije apretándole un brazo—. Pero has tenido razón en estas cosas con frecuencia.

—Entonces, confía en mí. La chica tiene problemas. Su aura es gris. Y absolutamente opaca.

¿Aura gris? Nunca había oído hablar de nada parecido.

—¿Y eso qué significa?

—Bueno, dependiendo del matiz del gris, puede indicar sencillamente que Alice se siente atrapada en su vida. O podría apuntar a una depresión.

—No parece deprimida —musité.

—Hay otra posibilidad. —Mi madre hizo una pausa y luego suspiró—. Podría sufrir una enfermedad terminal.

—¿Qué?

—Lo siento, querida —dijo palmeándome la mano—. Yo no soy más que la mensajera. Lo bueno es que el gris no era lo bastante oscuro para llamarlo negro.

—¿Hay auras negras?

—Son muy raras. —Los hombros de mi madre se estremecieron y ella se frotó los brazos—. Me da escalofríos solo pensar en ellas. El aura negra suele verse en niños maltratados, víctimas de tortura y, esporádicamente, en adictos a las drogas duras.

—No creo que tome drogas —dije tras meditarlo.

—No, claro que no.

—Pero la criaron monjas en un internado católico. No quiero pensar que sufriera maltratos.

—Ay, cariño, espero que no.

—Parece agradecida hasta el absurdo por cada pizca de amistad que la gente le muestra.

—A lo mejor creció privada de eso.

—Es posible. —Aquello era deprimente. Yo acababa de conocerla y ya la consideraba una amiga. No quería descubrir que se estaba muriendo.

Si pudiera haberme reído de la historia del aura de mi madre como si se tratara de una gran broma, podría haber ignorado sus malos augurios. Pero, como ya le había dicho, la había visto acertar demasiadas veces como para pasar sus palabras por alto.

El problema de que mi madre tuviera razón era que Alice se encontraba ahora sometida a un tratamiento ayurvédico radical conocido como panchakarma o depuración, que era un modo muy delicado de describir la purga, la sangría y las limpiezas de colon a los que recurrían los practicantes del régimen. Buscaban todas las formas posibles de extraer los venenos y las toxinas de su organismo, básicamente purificando cuanto orificio corporal pudieran encontrar. Era un largo tratamiento que se aplicaba habitualmente a los pacientes terminales que ya habían probado todo lo demás.

Alice no iba a darme las gracias por eso.

—Piensa en algo bueno, cariño —había dicho mi madre—. Hoy es un día para pensar en positivo. No ayudarás a tu amiga si te muestras deprimida por su estado.

Yo estaba convencida de que Alice no iba a agradecerme nada de todos modos, pero no tenía sentido decírselo a mi madre.

—No te preocupes, estaré alegre como unas castañuelas.

—Esa es mi chica. Te diré qué voy a hacer: confeccionaré una bolsita sanadora de ganchillo para que Alice la lleve con ella.

—Suena bien —dije en voz baja.

—Mi conocimiento de la wicca mejora cada día que pasa —dijo—. Tu padre cree que me he convertido en una bruja de primera.

—Bueno, mamá, no creo que se refiera a una...

—No lo digas. —Se rio, y me dio una palmada en el brazo—. Anda, vamos a ayudar a nuestra Annie.

Miré a mi alrededor y me di cuenta de que habíamos recorrido la manzana entera. Habíamos dado la vuelta y ya estábamos otra vez en la tienda de Annie.

—¿Está dentro?

—No la veo —dijo mi madre—, pero ha estado agobiada toda la mañana. Es posible que esté en la trastienda, preparando pedidos. Más vale que vaya a ayudarla. ¿Entras o vas a ir a casa de Robson?

—Ahora me acercaré a su casa y volveré para ayudar dentro de un rato.

—Bendita seas —dijo, y me dio otro abrazo antes de alejarme calle abajo.

Nada quedaba lejos a pie en Dharma. La magnífica casa del gurú Bob se encontraba en lo alto de la colina, en una parcela que ofrecía unas vistas espléndidas en tres direcciones. Siempre la había considerado la finca más privilegiada de Dharma.

Me acerqué a la mansión eduardiana de dos plantas con cierta inquietud. No es que él no me cayera bien; me gustaba, y mucho, pero era un hombre de una conciencia superior. Aunque uno no bebiera el Kool-Aid de la comuna, estar ante su presencia tenía algo solemne que te empujaba a hablar en tono bajo y a comportarte con respeto. Resultaba un poco desconcertante.

Llamé a la puerta principal. Tuve que esperar menos de diez segundos para que me abriera él en persona.

—Brooklyn —dijo en tono jovial—. ¿Cómo estás?

—Estoy bien, Robson. —Nunca me había atrevido a llamarlo gurú Bob a la cara, pero él seguramente sabía que lo habíamos apodado así hacía años. Parecía saber todo lo que pasaba en esta ciudad y a sus vecinos.

Me hizo pasar a su casa, bien amueblada y llena de obras de arte, y me condujo a una pequeña y elegante sala de estar. Sobre la mesita de café había dispuesto un servicio de té; supongo que eso la convertía en una mesita de té.

Una puerta comunicaba el salón con la pequeña biblioteca del gurú Bob. Yo le había ayudado en la adquisición de algunos libros raros a lo largo de los años, y sabía lo maravillosa y amplia que era su colección. Desde la biblioteca llegaron unos sonidos de pasos y de movimientos de papeles. Había alguien trabajando allí.

—Por favor, siéntate, preciosa —dijo el gurú Bob señalando un sofá estilo regencia magníficamente restaurado. Llamaba a la mayoría de la gente «preciosa» porque entendía que en el interior de todos nosotros había diversas cantidades de gracia divina. Yo le había escuchado decir que cuando él te llamaba preciosa, podía ver cómo te hacías más presente al instante.

Se sentó en una cómoda silla de comedor y empezó a servir el té.

—¿Qué tal te fue el viaje a Edimburgo?

—Muy bien —dije educadamente, pero luego añadí—: bueno, hubo un par de desgraciados incidentes mientras estuve allí. Asesinaron a un viejo amigo.

—Ah, sí, Kyle McVee.

—¿Conocías a Kyle? ¿Cómo...? Da igual. —¿Para qué molestarse en preguntar? Aquel hombre estaba al corriente de todo.

—Tengo mis fuentes —dijo, y esbozó una sonrisa misteriosa.

Me reí.

—Vale, tus fuentes: mi madre, mi padre, Robin y los cuarenta y cuatro seres conscientes que te acompañan en tus viajes astrales allá donde vayas. —Ahogué un gritito y me tapé la boca con la mano. No podía creer que hubiera dicho eso.

Pero el gurú Bob se recostó en su silla y soltó una gran carcajada. Era un sonido que oía raramente y me sentí muy complacida de haberlo provocado.

—Oh, Brooklyn —dijo cuando recobró el aliento—, te he echado en falta aquí, en Dharma. —Dio un rápido sorbo a su té y añadió—: sé que tu trabajo exige que vivas en la ciudad, pero quizá podrías pasarte por aquí con más frecuencia. A tu madre le encantaría verte más.

Fruncí el ceño.

—¿Mi madre te ha pedido que me digas eso?

Él rio de nuevo.

—No, claro que no. Sencillamente la conozco lo bastante como para decírtelo en su nombre.

—Sí, supongo que sí.

Dimos sorbos a nuestras tazas durante un momento. Yo cogí una pequeña pasta de té y me le metí en la boca. El silencio no era incómodo, pero empezaba a preguntarme de qué quería hablar conmigo.

Como si él pudiera leerme la mente —y seguramente podía— dejó su taza sobre la mesita.

—Bien, tengo cierto asunto que tratar contigo.

En el pasado, mis hermanos y yo habíamos dedicado horas a intentar descubrir si el gurú Bob era capaz de leer las mentes. Ahora me preguntaba si no era simplemente un experto en lenguaje corporal. Es probable que para interpretar el mío no hiciera falta recurrir a un ser consciente muy evolucionado. Derek lo hacía todo el tiempo, y no es que Derek no sea un hombre altamente evolucionado. Es solo que, en fin, uno tendría que conocer al gurú Bob para saber de qué estoy hablando.

—Tengo un libro en el que me gustaría que trabajaras —dijo.

Me eché adelante en el sofá.

—Oh, genial.

—Sí, lo es —dijo sonriendo ante mi reacción. Se levantó y caminó hasta la puerta de la biblioteca.

—Gabriel, ¿tienes preparado el libro para Brooklyn?

—Está en la mesa —dijo Gabriel.

¿Gabriel?

El gurú Bob se acercó a un escritorio antiguo en la pared que tenía enfrente. Levantó el tablero y cogió un pequeño paquete.

—Es Marco Aurelio —dijo mientras lo desenvolvía y me lo pasaba.

Esto, ¿hola? *¿Gabriel?*

Miré fijamente el libro, luego volví a mirar a la puerta. Allí no había nadie. Tal vez no había entendido bien lo que había dicho el gurú Bob. Volví a mirar el libro y cuando intenté abrirlo la cubierta se me cayó de las manos, dejando unos trocitos de hilo fino colgando de su borde cercenado.

—Ay Dios—murmuré.

Él frunció el ceño.

—Como ves, está en un estado lamentable. Pero es un volumen raro y todavía no quiero renunciar a él. El papel es de excelente calidad, y estoy seguro de que puedes devolverlo a la vida.

—Por descontado. —Le di la vuelta con cuidado para comprobar cómo estaba la contracubierta. Habitualmente, estas se encuentran en un estado levemente mejor porque las charnelas no están tan deterioradas por el uso. Ese era el caso de este libro. Aunque descolorido, el cuero original había sido de un castaño dorado claro, con bordes dorados y un lomo levantado. El dorado se había deteriorado mucho.

El libro se había impreso en hojas de grueso papel vitela. La primera letra de cada capítulo estaba iluminada en rojo, azul y dorado, e iba acompañada de ornamentación dorada.

—Precioso —susurré, y levanté la mirada al gurú Bob—. Lo cuidaré bien.

—Sé que lo harás, querida.

—¿Te gustaría que el color de la cubierta sea similar al original?

—Me parece la mejor opción.

Me distrajo un movimiento en la puerta de la biblioteca y miré. Parpadeé con incredulidad.

—¿Gabriel?

—Hola, Brooklyn. —Estaba apoyado en el umbral, con el mismo aspecto insolente y apuesto de siempre. Llevaba una camiseta negra ceñida y vaqueros negros desgastados. Que Dios ayudase a todas las mujeres, pero ese hombre era abrasadoramente atractivo. Indigno de confianza, sin duda, pero guapo como el diablo.

Miré al gurú Bob, luego de nuevo a Gabriel, que no podía dejar de sonreír maliciosamente. Y volví a mirar al gurú Bob, esta vez con determinación.

—Robson, ¿qué está haciendo aquí?

—Gabriel necesitaba mantenerse ocupado —explicó el gurú Bob—. Yo estuve de acuerdo, así que lo contraté para organizar mis libros por orden alfabético y crear un catálogo de fichas informatizado.

—Me mantiene alejado de las calles —dijo Gabriel.

Alarmada, me volví al gurú Bob.

—Robson, ¿podemos hablar en privado?

Se rio.

—Preciosa, soy muy consciente de la afición que siente Gabriel por los objetos valiosos. Si desapareciera algo sabría dónde dar con él.

—¿Seguro? —dije acentuando la pregunta—, porque yo no he sido capaz de encontrarlo. Aunque aparece cuando menos te lo esperas. Y en los sitios más inopinados.

Como, por ejemplo, en mi habitación de hotel en Edimburgo unas semanas atrás. Pero esa era una larga historia y yo estaba demasiado sobria para contarla en ese momento.

—Pues lo encontrarás aquí en un futuro previsible —me tranquilizó el gurú Bob—. Está haciendo un trabajo excelente.

—Es bueno saberlo. —Clavé en Gabriel una mirada fija y severa que mandaba una clara advertencia: no te lleves nada de aquí. Te estaré vigilando.

Me guiñó un ojo y volvió al trabajo.

Desconcertada, volví a coger mi taza de té y acabé de bebérmela. Luego me levanté y guardé el libro en mi bolso.

—Más vale que vuelva a la tienda de Annie. ¿Vas a pasarte hoy por allí?

—Con toda seguridad —dijo Robson—. Me alegro mucho de que Anandalla haya encontrado un hogar aquí. Estoy en deuda contigo por traerla.

—Es posible que yo diera con ella, pero fue la influencia de mi madre lo que la retuvo aquí.

—Tu madre es un regalo de los dioses.

Sonreí.

—Sí, y probablemente se esté preguntando por qué no estoy allí echándole una mano. Así que más vale que me vaya.

—Nos vemos, Brooklyn —dijo Gabriel desde el umbral.

—Sí, bueno, adiós. —Estaba aturdida. No podía evitarlo. Era un chico malo muy guapo. ¿Quién podía resistirse a eso?

El gurú Bob me acompañó a la puerta principal y me dio un ligero abrazo.

—No tienes que preocuparte por Gabriel, preciosa. En el fondo es un buen hombre, y sabe que yo no soy alguien de quien se pueda aprovechar.

—Ya sé que no lo eres. Y no pretendo decirte cómo debes llevar tus asuntos, pero ¿estás seguro de que lo conoces tan bien como crees? Y no me malinterpretes. Él me ha ayudado a salir de varios líos. Pero también es... bueno, me preocupa que pueda...

—Tu preocupación me conmueve, preciosa —dijo—, pero déjame disipar tus temores. —Me puso la mano en un hombro y, al instante, unas oleadas de calma irradiaron desde él hasta cada músculo de mi cuerpo. Respiré hondo varias veces y me apoyé en la puerta mientras me contaba una historia.

—Cuando era más joven —dijo—, viajé a Oriente Medio. Empecé en Turquía y continué dirección noreste hasta el

Hindú Kush. Mi plan consistía en dedicar un año a seguir los pasos de Gurdjieff en busca de lo milagroso. Lo encontré por todas partes.

George Gurdjieff fue un místico ruso cuyas enseñanzas se contaban entre las muchas que el gurú Bob animaba a estudiar a los miembros de la fraternidad. Se decía que la idea de Gurdjieff de la autorrememoración era una piedra angular de los estudios esotéricos.

—Hará cinco años —prosiguió—, varios miembros de mi fraternidad decidieron hacer el mismo viaje a través del Hindú Kush. Estaban resueltos a partir conmigo o sin mí, así que acepté acompañarlos. Uno de los objetivos de ese viaje era localizar a mi viejo amigo Mushaf, un hombre santo yazidí que conocí en el viaje anterior. Él también había partido en busca de una sabiduría más elevada y había abandonado su hogar en el Kurdistán para recorrer el Kush.

—¿Lo encontraste?

El gurú Bob suspiró.

—Contratamos un guía con buena reputación, pero cuando llegamos a la aldea donde yo había visto a Mushaf por última vez, hizo demasiadas preguntas y lo metieron en la cárcel. Al día siguiente, hubo una escaramuza entre varias tribus y nos vimos atrapados en el fuego cruzado.

—¿Qué hicisteis?

Sonrió con tristeza.

—Recé. Días antes de que llegáramos, un dron norteamericano había lanzado un ataque a unos kilómetros de donde nos encontrábamos. Creo que el ataque aéreo, seguido de nuestra presencia inmediata en la zona, fue lo que movilizó a los hombres de las tribus.

—Yo me habría muerto de miedo.

—Era una época peligrosa. Uno de nuestro grupo hablaba francés y unas palabras de dari, e hizo algunos torpes intentos de sacar a nuestro guía de la cárcel mediante sobornos.

—¿Funcionaron?

—No —dijo con tono sombrío, perdido en sus recuerdos—. La situación se acercaba a su punto crítico y yo estaba preocupado por mis hombres, así como por nuestro guía encarcelado. Al tercer día, en medio de un tiroteo que resonaba alrededor de la pequeña cabaña en la que nos habíamos instalado, apareció un hombre de piel clara en nuestra puerta. Llevaba el atuendo típico de la región y la cabeza envuelta en una kefia, pero era distinto a los demás habitantes de la aldea. Alto. Desenvuelto. Cuando empezó a hablar inglés americano, creí que estaba alucinando.

Abrí los ojos de par en par.

—No puede ser —susurré.

El gurú Bob me dedicó una de sus beatíficas sonrisas.

—Pues sí. Era Gabriel. Le había llegado el rumor de que había norteamericanos en problemas en la zona y había viajado montaña arriba para ayudarnos.

—Pero ¿qué estaba haciendo allí?

Los labios del gurú Bob se torcieron revelando cierta irritación.

—En aquel momento me pareció que era mejor no preguntar.

—Sí, supongo que tienes razón. —Pero mi mente no paraba de dar vueltas a las distintas posibilidades: ¿Gabriel había sido un espía? ¿Un mercenario? ¿Un contrabandista? ¿Era una coincidencia que se encontrase precisamente allí, en el mismo lugar que el gurú Bob?

El gurú Bob siguió explicando que Gabriel hablaba un farsi perfecto, además de varios dialectos pastunes. Fue capaz de llegar a un acuerdo para que les devolvieran a su guía y consiguió apaciguar a los hombres de las tribus el tiempo suficiente para que el gurú Bob y sus acompañantes huyeran por la montaña y encontraran la siguiente estación de tren.

El gurú Bob sacudió la cabeza asombrado.

—Nos salvó la vida..., de eso no me cabe la menor duda.

—Vaya. Esa impresión da.

—Tal vez fue una ingenuidad por mi parte dar por supuesto que podíamos recorrer aquella región sin problemas de seguridad tras tantos años de guerra —añadió el gurú Bob con un suspiro de tristeza—. Pero la gente lo ha hecho durante siglos, y aún lo sigue haciendo hoy. Y en la zona hay muchos guías dignos de confianza. A lo que hay que añadir que los hombres de la fraternidad son una pandilla de testarudos y estaban resueltos a hacer el viaje. No podía permitir que fueran solos.

Fruncí el ceño cuando se me ocurrió una idea inquietante.

—¿Mi padre hizo ese viaje contigo?

—Sí, lo hizo.

—¿Así que conoce a Gabriel?

—Pues sí.

De manera que Gabriel no solo había salvado la vida del gurú Bob, sino también la de mi padre. No sabía cómo reaccionar, aparte de sentirme agradecida.

—Los actos heroicos de Gabriel no acaban ahí —me aseguró—. Hace poco, una vez más, salvó la vida de alguien sumamente querido para mí. Le debo mucho.

—Parece tener la extraña costumbre de... oh, espera... ¿te refieres a...?

—Sí, preciosa —dijo con suavidad—. Me refiero a ti.

Intenté tragarme el nudo que se me había hecho en la garganta. La primera vez que vi a Gabriel fue justo después de la muerte de Abraham. Yo estaba en un local de *noodles* en Filmore Street cuando un loco de atar apareció con un arma y amenazó con matarme. Gabriel irrumpió en el local y, de una patada, le quitó el arma de las manos. Entonces pensé que se encontraba casualmente por el barrio, pero más tarde descubrí que me había estado siguiendo.

—¿Sabías que me salvó la vida aquel día? —pregunté.

El gurú Bob ladeó la cabeza y me miró. ¿En qué estaría pensando? Claro que lo sabía. Él lo sabía todo.

—Por todo esto —dijo el gurú Bob—, cuando Gabriel aparece en mi puerta y me pide refugio, le doy la bienvenida.

—Mientras volvía caminando a Lane, pensé, y no por primera vez, en lo muy afortunada que era por haberme criado en Dharma. La mayoría de la gente se ríe o mira con suspicacia cuando escucha que alguien se crio en una comuna. *Hippies*, drogas, ropas harapientas y laderas de colinas cubiertas de marihuana son solo algunas de las imágenes que les vienen a todos a la cabeza. Pero mi infancia fue dichosa. Es la única palabra que la define.

Y si alguna vez ha existido un lugar que pueda considerarse un refugio, ese es Dharma. Pero ¿por qué Gabriel necesitaba un refugio? No me sentía cómoda interrogando al gurú Bob al respecto, pero ya le preguntaría a Gabriel la próxima vez que lo viera.

Había pasado más de una hora fuera, así que me pregunté si Alice habría acabado con el tratamiento. Seguramente no. Tampoco me extrañaría que Tantra, la sanadora, la mantuviera allí todo el día.

Llegué a la tienda de Annie y me sorprendió ver a gente en la acera, esperando para entrar. Saludé a más viejos amigos y me abrí paso hasta la puerta en busca de Annie.

Ella me encontró a mí antes.

—¡Brooklyn! ¡Ya estás aquí!

Me abrazó. Me di cuenta de que estaba emocionada con lo bien que le iba el día.

—Annie, la tienda es preciosa.

Miró a su alrededor abarcándolo todo de un solo vistazo.

—Lo sé. Me encanta. Me encanta esta ciudad. Tu madre ha sido genial. Y Austin y Jackson y tu padre me han ayudado a colgar los expositores y las estanterías. Todo el mundo ha sido estupendo.

Me alegró saber que mis hermanos habían acogido a Annie con los brazos abiertos. Cuando mi familia la conoció, le preocupó que mintiera sobre su relación con Abraham. Mis hermanos se empeñaron en que se hiciera una prueba de paternidad antes de que yo la inscribiera en el fideicomiso de Abraham.

Miré a mi alrededor. Habían hecho un trabajo magnífico en el local. El espacio era de un diseño ultramoderno: techo alto, iluminación industrial y conductos sin cubrir que le daban un aire urbano. Unas estanterías de alambre cromado a lo largo de su perímetro aumentaban la sensación de limpieza y amplitud. Entre los estantes y los expositores de utensilios, había unas mesas redondas decoradas con servicios de mesa, todos ellos distintos. Era una forma creativa de exponer la cubertería, la vajilla y los accesorios a la venta. Cerca del fondo, un mostrador completo hacía las veces de cocina, y el chef a cargo repartía muestras de las exquisiteces que había cocinado utilizando las sartenes y ollas de Annie.

—Está muy bien pensado —dije maravillada ante todo aquel montaje—. ¿Quién iba a imaginar que tenías tanto talento?

Se rio.

—No creas que no me doy cuenta de que, viniendo de ti, ese comentario es todo un cumplido. Mi día está oficialmente completo.

—Parece que eres feliz.

Me miró sorprendida.

—Lo soy. De verdad. Muy feliz. Gracias a ti. —Entonces me sorprendió con un nuevo abrazo.

Tuve que contener las lágrimas.

—Vale, vale. Está bien.

—Sí, vale —dijo ella sorbiéndose la nariz—. Basta de este rollo.

—Ahora en serio, ¿qué puedo hacer para ayudar?

Me mandó de vuelta al almacén para que echara una mano a mi madre, que estaba sentada ante el ordenador comprobando qué se iba vendiendo. Ella me decía qué debía buscar y yo iba a por los productos para reponer las estanterías. Al cabo de un rato, mi padre se unió a mí y perdí el sentido del tiempo mientras dábamos vueltas añadiendo más espátulas, ccstas, latas, vajillas y mantelerías en los estantes.

Debí de trabajar durante más de una hora, tanto que me dolían los brazos de estirarlos para alcanzar las estanterías más altas y cargar de aquí para allá las grandes ollas de hierro de doce kilos y las máquinas de *cappuccinos*.

—Mamá, ¿puedes decirle a papá que salgo un rato a descansar?

—Muy bien, cariño.

Me abrí paso por la tienda, que seguía atestada pero resultaba más fácil de transitar, y salí para disfrutar del buen tiempo. La temperatura era suave y la gente había salido para aprovechar el día paseando por las amplias aceras, charlando y mirando escaparates. Saludé con las manos a unos pocos vecinos y sentí que me invadía una oleada de nostalgia. El gurú Bob tenía razón: me vendría bien venir por aquí más a menudo.

Miré a la carretera y distinguí a Gabriel entrando en el pueblo. A dos manzanas de distancia, me vio y me mostró una sonrisa desarmante desde donde estaba. Tuve que reírme. Maldita sea, el hombre era alto, apuesto e incorregible. Llevaba puesto el abrigo largo de cuero negro que vestía el día que lo vi por primera vez en aquel restaurante de *noodles* de Filmore Street.

Entonces pensé en él como en el hombre de negro. Un desconocido misterioso. Mi héroe. Y eso mismo parecía ahora mientras avanzaba inexorablemente, como una fuerza de la naturaleza, con el abrigo rozando sus fuertes pantorrillas mientras se aproximaba.

Lo saludé agitando la mano y su sonrisa se amplió.

Un coche petardeó y yo me sobresalté sorprendida; luego me reí de mi propia ingenuidad. Miré los coches que pasaban, preguntándome cuál era el culpable de hacerme parecer tonta. Volví a mirar a Gabriel, esperando ver sus ojos sexis concentrados en mí, pero ya no estaba.

No. No se había ido. Tampoco sonreía. En lugar de eso, yacía tirado en la acera.

Grité y me eché a correr. Al acercarme vi la sangre que manaba de su cabeza. Supe que no había sido el petardeo de un coche lo que había oído hacía un momento.

A Gabriel le habían disparado.

CAPÍTULO ONCE

—¡Llamad al 911! —grité.

—¿Qué demonios está pasando? —preguntó Joey Turturino al abrir la puerta de la pescadería de su padre.

—¡Han disparado a alguien! —exclamé—. Llama al 911.

—Ahora mismo.

La puerta de la tienda se cerró de golpe y volví junto a Gabriel.

—Ni se te ocurra morirte —dije con rabia. Me temblaban demasiado las manos para buscarle el pulso en el cuello, así que apoyé la cabeza en su pecho intentando escuchar sus latidos. Tuve otro rápido *déjà vu* y me di cuenta de que había estado buscando señales de vida muchas veces últimamente.

Gabriel se quejó.

Levanté la cabeza.

—Mantente con vida, maldita sea. Estoy harta de que se me muera la gente. Y sí, eso es, todo esto gira a mi alrededor. —Los ojos se me llenaron de lágrimas y me los enjugué. Ya me emocionaría más tarde.

Él gimió débilmente.

—Yo me siento igual —dije en voz baja intentando quitarle importancia. No era fácil. Finalmente me arriesgué a mirarle la cabeza. Vi el lugar donde la bala le había rozado la sien, arrancándole un buen trozo de piel. Había sangre por todas partes. Dios mío, qué cerca había estado de que le volaran la cabeza.

El estómago se me revolvió y tuve que sentarme apoyada en las rodillas, levantando la mirada al cielo, tomando aire.

Unas sirenas sonaron y, al cabo de unos segundos, un camión de bomberos y una ambulancia cerraban el acceso a Lane.

Uno de los bomberos me ayudó a levantarme. Me acompañó a la pescadería de Joey, donde me senté en el alféizar de ladrillo del escaparate. Miré con muda incredulidad a los técnicos de emergencias, que corrían de un lado a otro. Al cabo de unos segundos aparecieron mi madre y Robin.

—Nos habían dicho que estabas herida —exclamó mi madre abrazándome con fuerza.

—Yo no —dije en voz baja—, es Gabriel.

—¿Gabriel? —preguntó Robin—. El mismo Gabriel de...

—Sí —me apresuré a decir para evitar que acabara la frase. Ella había estado en Edimburgo y conocía toda la historia.

—¿Ese joven tan agradable que trabaja para Robson? —dijo mi madre, pasmada—. ¿Qué ha pasado?

—No lo sé con seguridad. Me ha parecido escuchar el petardeo de un coche, pero cuando me he dado la vuelta, Gabriel estaba tirado en el suelo. Ha sido un disparo. Tiene la cabeza ensangrentada. Hay mucha sangre.

—Muy bien, cariño, ahora cálmate.

Robin se dio la vuelta y miró al suelo.

—Si una bala le ha rozado la cabeza, estoy segura de que podemos encontrarla.

—Buena idea. —Me dispuse a ponerme en pie de un salto, pero mi madre me retuvo por los hombros.

—No. Espera un poco hasta que recuperes el equilibrio. Has sufrido una conmoción y tu equilibrio dosha se ha descompensado.

—Pero si hay pruebas, deberíamos...

—No —dijo con rotundidad.

—¿Mamá?

Se estremeció entera y volvió a agarrarme con fuerza.

—Tal vez sea mi propio equilibrio el que se ha descompensado, pero necesito que estés sentada aquí un minuto más. ¿Lo harás, cariño?

—Claro —dije, agarrándome a ella—. Mamá, estás temblando.

—Dijeron que te habían herido —susurró.

—Estoy bien —dije apoyando la cabeza en su hombro—. No pasa nada.

—Puede que tú estés bien, pero yo acabo de envejecer diez años.

Nos quedamos en la acera, abrazadas la una a la otra, observando cómo los técnicos de emergencias trabajaban en Gabriel.

—No dejes que muera, mamá —susurré.

Mi madre empezó a balancearse suavemente y supe que entonaba un canto. Cuando oraba, tendía a mezclar los cánticos budistas con las letras de Grateful Dead. Era posible que esta vez añadiera un poco de brujería. Cualquier cosa que funcionara. Yo solo quería que Gabriel se levantara, se sacudiera el polvo, me sonriera y me guiñara un ojo.

Había algo incongruente en verlo caído en el suelo de aquel modo. Era demasiado grande, demasiado fuerte, demasiado invencible. Empecé a hacer pactos con los dioses con tal de que lo mantuvieran con vida.

Dos técnicos de emergencias acercaron una camilla plegable con ruedas, y entre cuatro hombres alzaron a Gabriel y lo tumbaron encima. Le habían colocado un grueso collarín y le habían vendado la cabeza a conciencia.

Todo iba bien. Aquello significaba que se lo llevaban al hospital, no a la morgue.

—Vamos —dije tirando de mi madre—. Quiero asegurarme de que va a estar bien.

Una técnica de emergencias se dio la vuelta y me miró.

—¿Es usted un familiar?

—Sí —respondí al instante. Mentir por una buena causa no iba contra el karma, ¿verdad que no? E incluso si lo fuera, a mí me daba igual—. Es mi hermano.

Ella asintió.

—Está inconsciente. Sabremos más cuando lleguemos al hospital.

—La cabeza...

—Sí, ha sufrido un buen impacto, pero está vivo y es fuerte.

—Lo sé —dije asistiendo—, vaya si lo es.

Mientras subían a Gabriel a la ambulancia, llegó mi padre corriendo, seguido por Annie, Savannah, China y Alice.

Mi padre me abrazó con fuerza.

—¿Estás bien?

—Estoy bien, papá. Es Gabriel.

El me miró, me acarició la cabeza como si quisiera asegurarse de que la conservaba entera, luego se dio la vuelta y corrió a hablar con los técnicos de emergencias y ver a Gabriel.

—¿Qué ha pasado? —preguntó Annie.

—¿A quién han herido? —quiso saber Savannah.

—¿Estás bien? —se interesó Alice, que me cogió de la mano y la apretó.

—Gracias —dije respondiendo primero a Alice—. Estoy bien.

Mamá se llevó a Annie y a Savannah aparte para explicarles qué había pasado mientras yo hablaba con Alice.

—¿Cómo te ha ido con el masaje? —le pregunté por hablar de algo que me distrajera.

—Ay Dios mío —dijo mientras su mirada se perdía en el horizonte—. No se ha parecido a ningún otro masaje que me hayan dado en la vida.

—Sí, de eso no me cabe duda.

—Pero me siento muy... limpia. —Sonó un tanto aturdida, pero contenta.

—¿De verdad? Guau. Eso es genial. —Increíble pero genial. Saber que había sobrevivido tan bien al panchakarma hizo que me sintiera algo menos culpable. Busqué a mi alrededor a los de emergencias y vi que ya habían subido a Gabriel a la ambulancia.

Alice seguía apretándome la mano mientras miraba fijamente la ambulancia.

—¿Va a recuperarse tu amigo?

—Está vivo, pero inconsciente. —Me sentó bien poder decirlo en voz alta. No podía ni pensar en lo mucho que me aliviaba que no se lo hubieran llevado en una bolsa para cadáveres.

China me cogió el brazo.

—Cariño, tienes sangre en las manos.

Me quedé boquiabierta.

Alice me soltó la mano y se miró la suya, que ahora tenía también manchada de sangre. Se tambaleó y la cabeza empezó a darle vueltas.

—Agárrala —dije.

China puso sus brazos bajo los de Alice y la mantuvo en pie antes de que se derrumbase.

—Jesús, creía que eras tú la que flojeabas —me dijo China.

Agarré el brazo izquierdo de Alice.

—Este brazo es millones de años luz más débil que el mío.

China hizo una mueca mientras las dos nos esforzábamos por mantener a Alice en pie.

—Por suerte para mí, pesa mucho menos que tú.

—Vaya, gracias por el comentario.

Savannah nos ayudó a llevar a Alice hasta el mismo alféizar de la pescadería donde yo me había sentado hacía unos minutos. China sacó un paquete de toallitas húmedas de su bolsillo y me pasó unas cuantas.

—Toma, siempre llevo de estas encima por si Hannah me monta alguna de la suyas. Tienes que quitarte esa sangre de las manos.

—Oh, gracias —dije, todavía aturdida. Me hicieron falta cuatro toallitas para limpiarme la sangre de las manos.

Mis hermanas se quedaron a cargo de Alice mientras yo volvía corriendo a hablar con la técnica de emergencias. Nos dijo que se llevaban a Gabriel al Sonoma Valley Hospital, a poco más de quince kilómetros.

—Voy a pasarme por la casa de Robson para contarle lo sucedido —dijo mi madre—. Sé que querrá acercarse al hospital conmigo. ¿Queréis venir con nosotros?

—Yo iré contigo —dijo Annie de inmediato. Tenía lágrimas en los ojos y respiraba con debilidad. ¿Iba a desmayarse ella también?

—Annie, querida —dijo mi madre con amabilidad—, tienes una tienda nueva de la que hacerte cargo.

—Pero quiero estar ahí.

Mi madre le acarició el hombro.

—Te prometo que te llamaremos en cuanto sepamos algo.

Con una mirada, mi madre me indicó que sujetara a Annie del otro brazo para llevarla hasta el lugar donde Savannah seguía con Alice. Estaba claro que Gabriel había sabido ganarse los corazones y las mentes de los buenos ciudadanos de Dharma. O al menos los de Annie. No podía culparla. El hombre estaba hecho un rompecorazones de pies a cabeza.

Mi madre y yo volvimos corriendo a la ambulancia. La técnica de emergencias dijo que estaban listos para salir.

—Tu padre se ocupará de Annie y de la tienda —dijo mi madre—. ¿Quieres venir con Robson y conmigo?

—No, prefiero coger mi coche y vernos allí. —Me volví a Savannah y grité—: quédate con Alice, ¿vale?

—Muy bien. Anda, vete.

Estés sano o enfermo, los hospitales son lugares espantosos. Este solo tenía unos pocos años, y las paredes estaban todavía blancas y limpias. Unos cuadros alegres y unas sillas de vivos colores animaban la sala de espera. La televisión de pantalla grande funcionaba, aunque mantenían el volumen muy bajo. Unos ventanales ofrecían vistas de los terrenos ajardinados, un arroyo ruidoso y las cercanas montañas de Sonoma. Pese a todo, estar ahí seguía siendo deprimente.

El gurú Bob, mi madre y yo paseábamos, nos sentábamos, tomábamos café, nos reíamos con nerviosismo o llorábamos, dependiendo del momento y del estado de ánimo.

Una vez en el hospital, me alegré de que el gurú Bob hubiera venido. Él se encargó de rellenar los formularios de admisión de Gabriel, lo que vino muy bien dado que yo ni siquiera sabía cómo se apellidaba. La primera vez que hablamos tras el incidente del local de *noodles* de Filmore Street, Gabriel me había dado su tarjeta, que simplemente rezaba: «Gabriel».

Si el gurú Bob conocía el apellido de Gabriel, eso le daba más poder. De algún modo, sabía cosas de los demás, y también parecía tener línea directa con el cielo. Por esa razón y otras me alegraba de que estuviera aquí. Gabriel iba a necesitar toda la ayuda que pudiera conseguir.

Las puertas con doble acristalamiento de la sala de espera se abrieron y Alice y China entraron. De inmediato, me sentí culpable por haber dejado a Alice sola, así que me alegré de verla.

Ella se me acercó corriendo y me abrazó.

—¿Qué estás haciendo aquí? —le pregunté.

—He pensado que te vendría bien un poco de consuelo mientras se ocupan de tu amigo.

—Gracias. Supongo que tienes razón.

—¿Han dicho algo de cómo está? —preguntó China.

—Todavía no —dije sin energía. Había tenido una semana muy difícil y el recuento de cadáveres iba subiendo. Me habría gustado dormir dos días seguidos.

Alice me palmeó la espalda y se alejó. Al cabo de unos minutos, me trajo una bebida en un vaso de plástico.

—Es un té caliente con azúcar. Necesitas todas tus fuerzas.

—Gracias.

—Sentémonos un momento —dijo tirando de mí hacia una hilera de sillas.

—Siento mucho haberte metido en todo este lío —dije soplando el té—. Puedo buscar a alguien que te lleve de vuelta a la ciudad.

—No seas tonta —dijo—. Mi vida es mucho más emocionante cuando tú apareces. Además, me siento muy próxima a todos los que están aquí. Quiero quedarme, si os parece bien.

—Claro. Te lo agradezco.

Vi al gurú Bob abrazando a mi madre. Ella apoyó la cabeza en su hombro y suspiró.

Alice se volvió hacia mí, con unos ojos brillantes llenos de lágrimas no vertidas.

—Es una maravilla vivir en un lugar donde todo el mundo se preocupa tanto por los demás.

—Sí, es un buen sitio para vivir —dije.

—Gabriel tiene suerte de contar con tantos buenos y viejos amigos —dijo con melancolía.

Sonreí.

—Yo solo lo conozco desde hace aproximadamente un mes, pero Robson lo conoce de mucho antes.

—Bueno, pues tiene suerte de tener amigos en Dharma. Es un lugar maravilloso.

—Sí, lo es.

Unas fuertes pisadas resonaron en el pasillo y un escalofrío me recorrió los hombros y la columna.

Derek Stone entró en la sala de espera.

Tardé unos segundos en darme cuenta de que no era un espejismo. Entonces dejé la taza de té en el suelo y corrí a saludarlo.

—¿Qué estás haciendo aquí?

Me abrazó con tanta fuerza que casi me deja sin aliento.

—Llevo todo el día intentando localizarte —susurró con vehemencia—. Al final he terminado en la tienda de Annie y ella me ha dicho dónde estabas.

Retrocedí para recuperar el aliento. Él me pasó un brazo sobre los hombros para mantenerme cerca mientras caminábamos por el pasillo, alejándonos del grupo.

—¿Ya estabas en Dharma cuando ha pasado todo esto?

—Supongo que sí. —Se pasó los dedos por el pelo. He dejado a Gunther y a uno de mis hombres en la degustación a eso de las dos y cuarto, y luego he dado media vuelta hasta Glen Ellen para llenar el depósito de gasolina. De nuevo en la tienda de Annie, he pasado casi un cuarto de hora intentando dar contigo. Supongo que ya debías ir camino del hospital.

—¿Has traído a Gunther?

—Sí, se enteró de que venía y se empeñó en acompañarme para probar los vinos.

—¿Y por qué estás en Dharma?

—Por la gran inauguración de Annie. Tu madre me mandó un correo electrónico con la información.

¿Mi madre le mandó un correo? ¿Se escribía con mi madre pero no conmigo? Decidí correr un tupido velo sobre el asunto.

—Pues me alegro de verte aquí —dije.

—Yo también, pero debo decir que me he llevado un susto enorme —respondió con un rechinar de dientes.

—¿Y eso?

Negó con la cabeza. Nunca lo había visto tan perplejo.

—Verás —empezó—. He hablado con Annie y le he preguntado dónde estabas. Parecía estar desconsolada. Me ha hablado de un tiroteo y me ha dicho que ibas camino del hospital. —Se rio entre dientes pero sin ganas—. Naturalmente, he pensado que se refería a que eras tú quien.... bueno. Ya veo claro como el agua que estás bien.

—Creíste que era a mí a quien...

—Sí. —Sonrió, o lo intentó, luego tuvo que aclararse la garganta antes de añadir—: creo que he batido el récord de velocidad por tierra para venir aquí.

—Lo siento mucho. —Lo envolví con mis brazos. Él enterró la cara en mi pelo.

—Me has dado un susto de muerte. —Me abrazó una vez más, luego se apartó bruscamente—. Lo siento por tu amigo, pero no te imaginas lo feliz que me hace sentir que la víctima no fueras tú.

—Gracias, Derek. —Sentí que los ojos se me humedecían cuando le cogí las manos—. Siento mucho que te hayas preocupado.

—¿Preocupación? Oh, yo no lo llamaría así —dijo con tristeza—. Angustia, quizá. O suplicio. No vuelvas a hacerme nada parecido.

Me estiré para darle un suave beso en los labios.

—Lo prometo.

—Bien. —Nos dimos la vuelta y regresamos por el pasillo.

—Oh, Derek —dijo mi madre, que se acercó corriendo—. Eres muy amable por venir.

Él y yo nos separamos y mi madre le dio un abrazo. La relación entre ambos se había estrechado tiempo atrás, después de que un asesino armado entrara en mi casa e intentara convertirme en su siguiente víctima.

—Hola, Rebecca —dijo. Luego le estrechó la mano al gurú Bob.

En cierto modo, que Derek se hubiera presentado en el hospital tenía algo positivo. Tal vez yo lo había deseado. Me parecía extraer fuerzas de su simple presencia. Una dicha cálida fluyó desde mi corazón hasta cada parte de mi cuerpo.

¿Podía ser más cursi? No sé cómo. Pero tampoco importaba. Las emociones bullían en mi interior, y yo me veía destinada a vivir como una tonta sentimental el resto de mi vida.

—Y bien, ¿de qué conoces a Gabriel? —preguntó Derek.

Parpadeé. No estaba dispuesta a sacar a colación cierto beso en cierta habitación de hotel de Edimburgo. ¿Y por qué estaba pensando siquiera en eso cuando tenía a Derek tan cerca?

—Gabriel trabaja con el gurú Bob —dije con cuidado—. Sabe de libros y yo también. Así que hemos tratado algunos asuntos de negocios.

Eso si llamas a la entrada a hurtadillas de Gabriel en mi casa, así como al robo de una edición del siglo XV de una obra de Plutarco de valor incalculable, «asuntos de negocios». Pero al menos lo había hecho por el gurú Bob. El robo del Plutarco era una de las razones por las que no me fiaba de Gabriel. Pero estaba claro que contaba con la aprobación del gurú Bob. Y con la de mi padre, supongo. Estaba ansiosa por estudiar más a fondo todas las conexiones de Gabriel, pero eso tendría que esperar a que saliera del hospital.

—¿Y qué ha pasado hoy? —preguntó Derek.

—Todavía no está claro —dije, y le expliqué lo que yo creía.

—¿Y fuiste la primera en llegar al lugar de los hechos?

—Sí. —Lo miré—. Otra vez.

Al percibir mi inquietud, me cogió la mano.

—¿Y la sangre?

—Fue un espanto —respondí, y rápidamente añadí—: pero no me desmayé.

—Buena chica —dijo, y me besó en la mejilla.

Derek me conocía demasiado bien. Me había desmayado cuando lo conocí, cuando me encontró arrodillada sobre el cadáver de Abraham, con las manos cubiertas de sangre. Era un detalle por su parte sentirse preocupado.

—¿Sabemos si Gabriel está fuera de peligro? —preguntó.

Hice un gesto con la mano señalando el puesto de enfermeras.

—No nos dicen nada.

Él lanzó a las enfermeras una mirada desafiante.

—¿Por qué no vas a sentarte y me dejas probar a mí?

Fruncí el ceño.

—Claro.

Derek se acercó al puesto de las enfermeras y entabló conversación con la temible supervisora. Al cabo de unos segundos, ella se reía como una tonta y acariciaba el brazo de Derek. Él se inclinó hacia delante y susurró conspirativamente mientras ella reía con voz cada vez más alta. Yo no daba crédito a lo que veían mis ojos.

Derek se dio la vuelta y se volvió hacia mí, sin dejar de sonreír.

Yo también sonreí sin dejar de observar a la enfermera Ratched, que no apartaba la mirada del trasero de Derek mientras este se alejaba.

—Van a instalarlo en una habitación —nos informó mientras todos nos congregábamos a su alrededor—. Le han hecho un TAC. No hay daños cerebrales, pero ha estado perdiendo y recobrando la conciencia durante la última hora; van a mantenerlo en observación una noche más, como mínimo. Podría sufrir una conmoción cerebral, así que le han dado un analgésico muy suave y lo están monitoreando constantemente. En función de cómo evolucione por la noche, es posible que le den el alta por la mañana.

—Oh, Derek, gracias —dijo mi madre.

—Hay más —dijo—. Según parece, al caer se torció el cuello. Cuando salga del hospital, tendrá que guardar cama, casi sin moverse, durante varios días. Necesitará un cuidador. ¿Hay alguien en Dharma que pueda quedarse con él?

—Mamá encontrará a alguien —dije.

—Se quedará con nosotros —dijo mi madre al instante. Miró al gurú Bob, que asintió en gesto de aprobación.

—Me gustaría hablar con él antes de que nos vayamos —dijo el gurú Bob.

—Déjeme hablar con Sandy —dijo Derek.

Sandy. No me había imaginado que él y la enfermera Ratched se tutearan ya. Pero tampoco podía culpar a la pobre mujer por caer rendida ante aquel despliegue de atractivo británico.

El gurú Bob tamborileó con los dedos sobre la mesa, haciendo que me percatara de lo alterado que estaba. Raramente gastaba su energía de forma inútil, raramente exhibía tantas emociones. Siempre decía que las emociones negativas nos distraían del momento que vivíamos. El ataque a Gabriel le había afectado mucho. Me pregunté si sabría algo que los demás desconocíamos.

Bueno, claro que sabía cosas. Era un hombre omnisciente. Pero mi mente imaginó de inmediato escenarios peores. ¿Y si las heridas de Gabriel eran más graves de lo que nos contaban? ¿Se estaba ocultando en Dharma? Tal vez lo perseguían unos asesinos. Después de todo, no era precisamente un ejemplo de virtud. Afrontémoslo: robaba a los demás. ¿Le había quitado lo que no debía a quien no debía?

¿También corría peligro el gurú Bob? ¿Estábamos todos en peligro? ¿Se me estaba desbocando la imaginación?

Derek regresó corriendo desde el puesto de enfermeras al cabo de menos de un minuto.

—Permitirán que dos de vosotros entren a ver a Gabriel hoy, y solo durante un tiempo muy breve. Sandy nos avisará cuando esté preparado.

Una vez más, Derek Stone había hecho magia.

El grupo decidió que el gurú Bob y yo fuéramos las dos personas que visitaran a Gabriel. El gurú Bob entró primero; al cabo de tres minutos, salió y fue mi turno.

Entré en la habitación y vi a Gabriel en la cama, conectado a una vía intravenosa. Tenía los ojos cerrados, la cabeza muy vendada y la piel más pálida que nunca le había visto. Me faltó poco para echarme a llorar. Aunque no conocía bien al hombre, sabía que era demasiado fuerte y estaba demasiado lleno de vida como para que lo tumbaran de aquel modo.

Quería saber qué estaba haciendo en Dharma. ¿Por qué buscaba refugio? ¿Quién lo perseguía? Pero también sabía que no era el momento ni el lugar para esas preguntas.

Me acerqué, lo cogí de la mano y susurré:

—¿Gabriel?

Sus ojos parpadearon y se abrieron, y me dedicó una sonrisa cansada.

—Hola, nena. Estás muy guapa.

Se me llenaron los ojos de lágrimas.

—Ya, sí, tú también.

Intentó reírse, pero le costó mucho.

—Ahora estoy hecho una ruina, pero me pondré bien. Tengo entendido que te hiciste cargo de todo.

—Solo traté de evitar que te desangrases encima de las limpias calles de Dharma.

—Mi buena ciudadana —susurró.

—Esa soy yo. —Jugueteé con sus sábanas, se las ajusté un poco más—. Te recuperarás, seguro.

—Sí. —Cerró los ojos, agotado por la breve conversación. Al cabo de unos segundos, con los ojos todavía cerrados, susurró:

—Nena, hazme un favor.

—Claro —dije inclinándome hacia él.

—Sácame de aquí.

—Haré todo lo que pueda —dije, vacilé y añadí—: Gabriel, ¿viste algo? ¿Tienes la menor idea de lo que ha pasado ahí fuera?

Negó con la cabeza, lentamente, con la frente crispada por el dolor.

—No me acuerdo de mucho. Me han dicho que me dispararon, pero no recuerdo que me alcanzaran. Ni tampoco que me cayera.

—¿Te acuerdas de mí saludándote con la mano?

—No —susurró—. ¿Me saludaste?

—Sí.

Cerró los ojos.

—Tendría que acordarme de eso.

—Da igual, no te preocupes —dije apretándole ligeramente la mano—. Ya descubriremos lo que pasó.

—Nena —dijo susurrando y abriendo los ojos tanto como podía—, ten cuidado ahí fuera.

—Lo tendré. Tú duerme un poco y nosotros te sacaremos pronto de aquí.

Llegué a la puerta y me di la vuelta para despedirme con la mano, pero él ya se había dormido. Salí y vi a Derek hablando con un ayudante del *sheriff* de Sonoma County. Otro agente uniformado hablaba con el gurú Bob.

Mi madre hizo un aparte conmigo.

—La policía nos está interrogando a todos. Ya han confirmado que a Gabriel le alcanzó un disparo.

Se me revolvió el estómago. Quiero decir: yo ya había llegado a la conclusión de que había sido una bala, no un guijarro perdido. Pero que lo confirmaran no me hacía sentir mejor.

Mi madre prosiguió:

—Derek dice que pondrán a alguien de guardia aquí durante la noche.

—Muy bien. —Aunque resultaba espantoso pensar que Gabriel seguía siendo un objetivo. Por otro lado, me alivió saber que los policías se tomaban su seguridad en serio.

Cuando me llegó el turno de hablar con ellos, anotaron la información que les di y se comprometieron a hacer cuanto pudieran para averiguar lo que había pasado. Mientras hablábamos, se me ocurrió que algunas de las tiendas de Shakespeare Lane tenían cámaras de seguridad, así que lo mencioné. Me alegró saber que ya habían empezado a recoger las cintas y que podrían reconstruir una escena probable de lo sucedido.

Yo quería que encontraran al atacante de Gabriel.

Me miré las manos, donde no quedaba rastro de su sangre. Resultaba como mínimo perturbador que, en el plazo de una semana, hubieran atacado a tres personas que conocía. Y una estaba muerta. ¿Había alguna relación entre ellas? Entre Layla y Minka, no cabía la menor duda. Sus ataques habían tenido lugar en el BABA. Pero ahora, a ochenta kilómetros, en Dharma, Gabriel había resultado herido. Podría haber muerto. ¿Había algo que vinculara a los tres? ¿Algo aparte de mí?

Me quité la idea de la cabeza. No podían estar relacionados de ningún modo, sobre todo porque, de estarlo, significaría que yo era el único punto en común.

De una forma u otra, estaba decidida a descubrir por qué intentaban asesinar a gente que conocía.

CAPÍTULO DOCE

uera del hospital, me despedí de Derek. Había recibido noticias de Gunther, quien insistía en seguir visitando bodegas. Derek murmuró algo sobre elegir con más cuidado a sus clientes la próxima vez; luego se marchó para encontrarse con el exigente austriaco y dirigirse hacia el norte.

Alice y yo seguimos a mi madre de regreso a Dharma para comer. Debido al estado de Gabriel, la comida fue algo triste. Quería preguntarle a mi padre sobre su viaje al Hindú Kush y averiguar hasta qué punto conocía a Gabriel, pero, una vez más, no era el momento ni el lugar oportunos. El resto de mi familia no lo conocía bien, pero la simple idea de un ataque tan violento en nuestro pequeño y tranquilo pueblo nos turbaba a todos.

El domingo por la mañana, ya en la ciudad, me puse unos vaqueros, un jersey de cuello alto, unas zapatillas deportivas y un chaquetón de marinero y caminé las tres manzanas que me separaban de South Park, uno de los tesoros de barrio ocultos de San Francisco y mi lugar favorito para un desayuno dominical.

El parque era un área verde de una manzana de largo con mesas de pícnic y un espacio con juegos infantiles en un extremo. Estaba rodeado de pequeños comercios con escaparates, tiendas, restaurantes y apartamentos de estilo victoriano. Como muchos barrios de San Francisco, South Park mezclaba lo chic y encantador con una pizca de desaliño en sus márgenes. Durante el día, las familias paseaban por las aceras y los padres empujaban a sus hijos en los columpios. Por la noche, los sintecho se refugiaban en él con sus bolsas y mantas y lo usaban como dormitorio.

Mi lugar favorito para el mejor *brunch* dominical era un pequeño bistró francés en el rincón más alejado del parque, donde siempre pedía tostadas francesas con una rodaja del suculento jamón Niman Ranch, raciones generosas de miel y mantequilla y café *au lait*.

Me senté en la terraza, donde el aire era fresco pero el sol brillaba. El *Chronicle* estaba abierto sobre mi mesa, así que pude leer las últimas noticias mientras desayunaba y me distraía con el rumor de fondo de las discusiones políticas, el jazz francés y los gritos alegres de los niños en los columpios cercanos.

De vuelta a casa, el resto del día se redujo a un apacible letargo salvo por un detalle: una larga conversación telefónica vespertina con Derek. A veces me sentía como una adolescente, sonriendo y suspirando ante lo que decía. Lo había visto hacía apenas veinticuatro horas, pero teníamos mucho pendiente para ponernos al día.

Cuando era más joven y recibía una llamada de un chico, siempre se producían esos largos momentos de silencio en los que ambos buscábamos desesperadamente algo que decir. Con Derek no existían esos momentos; parecía que los temas de conversación nunca se nos acababan. Cuando por fin nos despedimos, me sentí como si hubiera pasado una hora en una tranquila isla tropical. En fin, tranquila con la excepción de una pequeña chispa de tensión sexual que atravesó la conversación e hizo que mis nervios se estremeciesen sin parar.

El lunes por la mañana me estaba sirviendo mi primer café cuando me acordé de que tenía que asistir a un funeral. Consternada, corrí a prepararme, me puse mi mejor traje negro, cogí el abrigo y me dirigí a Colma.

No me reproché demasiado el haberme olvidado del funeral de Layla. Había tenido muchas distracciones a lo largo del fin de semana. Subí el volumen de la radio, donde sonaba la KFOG, y entré en la autopista. La mayor parte del tráfico era de entrada a la ciudad, así que el trayecto fue relativamente fluido.

Colma es una zona residencial al sur de San Francisco, situada justo después de Daly City. Es un pueblo pequeño y bonito, pero conocido sobre todo como la necrópolis de San Francisco, el lugar donde la mayoría de sus vecinos acaban enterrados.

De hecho, Colma se fundó con ese fin. Todo se remonta a 1900, cuando la geográficamente minúscula ciudad de San Francisco empezó a quedarse sin espacio para enterrar a sus muertos. Se prohibieron los cementerios porque la ciudad necesitaba espacio para alojar a los vivos.

En la actualidad, en Colma hay tantos cementerios que incluso la Cámara de Comercio reconoce que los muertos superan en número a los vivos. Sus habitantes parecen tomárselo con filosofía, y el lema oficial del pueblo es: «Es bueno estar vivo en Colma».

Seguí las indicaciones que conducían al Holy Cross Mortuary y encontré la capilla donde se celebraba el funeral de Layla. La asistencia era numerosa, con cerca de trescientas personas reunidas en la moderna sala acristalada. Me pareció que Layla se habría dado por satisfecha con tanta gente.

El sol entraba a raudales y bañaba la celebración de una luminosidad natural que Layla no se habría ganado de estar viva. No pretendo ser dura con ese comentario. Pero es que se veían muchas más sonrisas, apretones de manos y negocios en marcha que en cualquier otro duelo por un difunto.

Derek me vio llegar y aparcar, así que dejó que sus hombres se ocuparan de Gunther, y él y yo entramos juntos. Se lo agradecí. Al tomar asiento, miré alrededor y vi a los inspectores Lee y Jaglom de pie, en los laterales.

Por suerte, el funeral fue breve, sin lágrimas ni gemidos de tristeza en los momentos de rememoración. Layla no tenía más familia que su sobrina, de manera que, aparte de Naomi, no vi a nadie llevarse un pañuelo de papel a la cara para enjugarse las lágrimas. Ni siquiera los cánticos, que solían emocionarme sin importar a quien se recordara, provocaron signos exteriores de duelo. Así fue hasta que el pequeño coro empezó a cantar *You Are So Beautiful*, instante en el que Tom Hardesty ahogó ruidosamente un sollozo y tuvo que sacarse un pañuelo del bolsillo. Estaba sentado dos hileras por delante de mí, y vi que su esposa, Cynthia, le daba un codazo. Él se encogió y se enderezó al instante.

No se celebró ningún servicio junto a la sepultura, lo que había que agradecerle a Buda.

Naomi había hecho que la reunión posterior al funeral se celebrara en el BABA. Cuando llegué eran las dos de la tarde y en la barra había una triple fila que llegaba hasta la galería superior. Reparé (porque me fijo en estas cosas) en que los atentos camareros habían dispuesto grandes bandejas con copas que ya estaban llenas de vino blanco o tinto para que la multitud se sirviera al pasar. Agradecida por su atención al detalle, cumplí con mi deber y cogí una copa de tinto que resultó ser inesperadamente bueno.

Cuando vi a Naomi cerca de la entrada del pasillo norte manteniendo una intensa conversación con sus colegas Karalee y Marky, no pude evitar levantar una ceja. Había cambiado su atuendo entre el funeral y el velatorio y ahora iba vestida para impresionar o, si se me perdona el juego de palabras, para matar.

Resultaba un tanto espeluznante verla vestida con un top de licra, unos pantalones negros ceñidos y zapatos de tacón de aguja. Parecía una copia de Layla de arriba abajo, hasta en el peinado, que llevaba semirrecogido en lo alto de la cabeza y se derramaba desde allí en una cascada sensual.

Pese a la inquietante similitud de Naomi con su tía, tenía que felicitarla. Había organizado la fiesta y el local estaba atestado, con dos barras abiertas e hileras de mesas con suculentos aperitivos, comida para picar y postres. Los miembros del consejo del BABA parecían impresionados, y estoy convencida de que Naomi se alegraba de eso.

Había alumnos antiguos y actuales del BABA, profesores, artistas y gente del mundo del libro de toda el área de la bahía. Perder a una celebridad como Layla suponía un duro golpe para esa comunidad. Incluso si no te caía bien, tenías que reconocer su poder e influencia en el negocio de los libros y las bellas artes.

Saludé a mi amigo Ian McCullough y a su media naranja, Jake, que hablaban con Doris y Teddy Bondurant. Me detuve a charlar unos minutos sobre libros y Layla, y luego pasé a chismorrear con otros de los presentes en la sala.

Naomi se lo estaba trabajando como nunca había hecho cuando Layla estaba viva. Me imaginé que quería que los del consejo reconocieran que era la única persona capaz de ocupar su puesto.

Revisé la sala y finalmente di con Alice entre la multitud. La rodeaban varios miembros del consejo junto al pasillo sur, con quienes mantenía una animada conversación. Alice era toda una baza para el BABA, y me pregunté si los del consejo la considerarían más capaz que a Naomi de asumir el cargo de Layla.

Al mirar de un lado al otro de la sala, de Naomi a Alice, recordé que el consejo de administración tenía que tomar pronto una decisión: en ausencia de Layla, ¿quién iba a dirigir el BABA? Al observar la situación actual, con Naomi a un lado, ocupándose del bar y charlando con sus colegas, y Alice por el otro, conversando como una adulta con los miembros del consejo, empecé a darme cuenta de dónde estaba el poder en aquella sala. Pese al cambio de ropa y la organización de la fiesta, Naomi no tenía la menor oportunidad. Pero eso no era más que mi opinión.

Mientras daba sorbos al vino y me empapaba de la atmósfera de la fiesta, otra idea se me pasó por la cabeza. Aunque el BABA se administraba como una organización sin ánimo de lucro, eso no significaba que a Layla no le hubieran pagado generosamente o que no tuviera otros ingresos. Teniendo en cuenta la forma en que se relacionaba con los demás, cómo se vestía y la calidad de sus complementos —sí, incluso yo veía que eran muy caros—, siempre había dado por sentado que era rica por sí misma. ¿Lo heredaría todo Naomi o había más familiares desconocidos esperando entre bambalinas?

Lo probable era que Naomi lo heredara todo. De repente, intuí un móvil del crimen. No es que antes no tuviera ya uno, pero habría estado bien descubrir que Naomi había asesinado a su tía Layla por la anticuada avaricia de siempre, y no porque su tía había sido una zorra enervante.

Y hablando de zorras enervantes, vislumbré a Minka en la mesa de bufé, zampándose el guacamole mientras hablaba con Karalee, quien miraba alrededor de la sala buscando algún lugar seguro donde esconderse. Yo quería apartar la mirada, pero ver a

Minka con una gorra negra de taxista que no acababa de cubrirle del todo la cabeza, todavía vendada, me recordó que Gabriel también había resultado herido. Y yo me había comprometido a descubrir cualquier posible relación entre Gabriel, Minka y Layla.

Apuré mi copa de vino. Si iba a tener que hablar con Minka, necesitaría todas mis fuerzas. Mientras cruzaba la sala me solté una arenga a mí misma para recordarme que si Minka podía proyectar el más mínimo rayo de luz sobre los recientes sucesos, nosotros —me refiero a la policía— quizá podríamos localizar al asesino.

Enderecé los hombros y apreté los dientes. Podía hacerlo. Me acerqué a la mesa de bufé. Karalee me vio primero y se le iluminaron los ojos. La agarré del brazo en muestra de afecto, pero en realidad solo quería evitar que se escabullera. No fue fácil. Ella estaba lista para huir de Minka, pero yo estaba aún más resuelta a retenerla ahí. Necesitaba un escudo.

—Hola, Minka —dije alegremente, fingiendo como una bellaca—. ¿Cómo está tu cabeza?

Se dio rápidamente la vuelta y me miró boquiabierta. No era una visión agradable. No volvería a comer guacamole en mi vida.

Su labio superior se retorció esbozando una mueca.

—Estás de broma, ¿no? ¿Se supone que he de creerme que te preocupas?

Hoy, en honor a los fallecidos, lucía su combinación favorita: piel sintética, licra y motivos animales. Los pantalones eran negros y marrones, con un estampado que imitaba la piel moteada de los felinos, y llevaba una chaqueta corta brillante con un atrevido estampado de piel de cebra. Pero lo más perturbador de su atuendo era lo que no tapaba: un mórbido michelín de cinco centímetros de grosor que asomaba entre la chaqueta y los pantalones.

—Claro que me preocupas —dije disimulando mi desagrado—. Te salvé la vida, ¿te acuerdas?

—No lo hiciste. Déjate de pamplinas.

¿Qué podía responder? Tenía razón.

—Pero no soporto la idea de que agredan a alguien aquí, en el BABA. Y luego, solo dos días después, asesinan a la pobre Layla. Quiero decir, ¿no te da miedo? Podrías haber sido tú.

—Lo que tú digas. —Miró a Karalee y alzó la vista al techo.

—Tengo que irme —se apresuró a decir Karalee, e intentó escabullirse.

—No —dije tirando de ella hacia mí. Exhalé por el esfuerzo—. Minka, iba a preguntarte sobre la otra noche: ¿recuerdas haber oído algo justo antes de que te golpearan? No sé, tal vez unas pisadas fuertes, o a alguien que tarareara o silbara. ¿Oíste algún ruido procedente de los despachos?

¿Parecía una pedazo de idiota tan grande como me sentía? Seguramente.

Minka arrugó la nariz.

—Eso no es de tu incumbencia, pero no, no oí nada aparte de la habitual música de cámara de mierda que salía del despacho de Layla.

¿Música de cámara de mierda? Layla ponía una música clásica preciosa. Es de imaginar que Minka la odiara.

—¿Y qué me dices de los olores? —insistí—. ¿Recuerdas haber olido algo raro? Ya sabes, algo así como un perfume. O una colonia masculina. ¿Pastillas de menta para refrescar el aliento? ¿Tal vez sudor? ¿Ajo?

—La Virgen, sí que eres rarita.

—¿Eso es un no o un sí? —pregunté.

—Eso es un piérdete por ahí.

—Minka, eso es una grosería —dijo Karalee.

—¿Sí? Pues piérdete también.

Dejé a un lado las formalidades.

—¿Y, en cualquier caso, se puede saber qué estabas haciendo en el pasillo? ¿No tenías que dar una clase?

—Vete a la mierda —dijo esbozando una sonrisa de desprecio—. Ya basta de interrogatorio. Es posible que te deba la vida, pero eso no significa que tenga que soportar tus idioteces.

—Escucha, yo solo...

Me dedicó una peineta y se fue a toda prisa.

Es posible que fuera un poco raro preguntarle por ruidos y olores. Después de todo, Minka no podía oler otra cosa distinta al aroma a sulfuro que despedía. ¿O era a azufre? Fuera lo que fuese, hedía como el vástago de Belcebú que era.

—Oye, yo sí olí algo raro esa noche —dijo Karalee con la frente arrugada por el esfuerzo de recordar—. Parecía, eh..., no puedo asegurarlo, incienso o una sustancia por el estilo. Eh..., no había pensado en eso hasta que, eh..., has hecho la pregunta.

Empezaba a sonar como Ned con tanto «eh». Se encogió de hombros y se alejó.

—Parece que ha ido bien —dijo Derek, que se me acercó sin que me diera cuenta. Me pasó otra copa de vino tinto.

—Gracias —dije, y di un largo trago. El remedio perfecto para un dolor de cabeza provocado por Minka—. No sabía que estabas mirando. Me alegro de contar con un testigo.

—Me ha parecido sufrir alucinaciones cuando te he visto acercarte a ella y hablarle.

—¿Esperabas interrumpir una pelea entre chicas?

—Eso sería más bien un sueño —dijo con aire burlón.

Negué con la cabeza y di otro sorbo al vino.

—Es una estúpida. No sé en qué estaría yo pensando.

Los ojos de Derek se concentraron en mí.

—Eso mismo me pregunto yo. ¿En qué estabas pensando?

—No me gusta cómo me estás mirando —dije, e intenté intimidarlo con la mirada. Pero la suya se mantenía imperturbable. Al fin y al cabo, era un profesional—. Muy bien, vale. Creí que podría darme alguna pista sobre la noche que la atacaron.

—¿No hemos tenido antes esta conversación?

Se me hundieron los hombros, pero volví rápidamente a concentrarme.

—Escucha, solo quiero asegurarme de que el BABA está a salvo. No dirás que no tengo motivos para preocuparme. Primero Minka, luego Layla. Y Gabriel el fin de semana, aunque no porque él tenga nada que ver con los ataques de aquí. Pero hace que me preocupe, que me sienta... no sé, algo así como un imán para el asesinato.

Ya estaba, lo había dicho.

Él negó con la cabeza.

—Querida Brooklyn, mira que se te da mal contar mentiras. Pero tengo que reconocerlo: no por ello dejas de intentarlo.

Me quedé boquiabierta.

—¿Crees que estoy mintiendo?

—Sí, creo que mientes —dijo sin pensárselo dos veces, y dio un sorbo a su vino—, porque estás mintiendo.

—No es verdad.

—Amor mío, lo repetiré: eres la peor mentirosa del mundo. —Me agarró del brazo y me llevó a un lugar más tranquilo—. Lo cierto es que no puedes evitar meter tus bonitas y pequeñas narices en sitios donde no tendrían que estar. Comprendo el interés en investigar un asesinato, pero puede ser peligroso. Tengo que aconsejarte que no lo hagas.

—Pero...

—Parece que tienes un problema de memoria a corto plazo, así que permíteme que te recuerde a cierto psicópata asesino que te atrapó en la capilla St. Margaret de Edimburgo no hace mucho tiempo.

Me estremecí; entonces miré a mi alrededor para asegurarme de que nadie nos escuchaba disimuladamente.

—Claro que me acuerdo de eso.

—Pues me alegro.

—Pero era una situación completamente distinta. Esta vez yo no estoy implicada. No soy sospechosa. Solo estoy preocupada porque soy el elemento en común de tres ataques en menos de una semana.

—¿Tú? —Sacudió la cabeza como si quisiera reordenar sus células cerebrales—. ¿Crees de verdad que eres la causa de esos ataques?

—No, la causa no. Pero ¿no te parece extraño que encontrara a las tres víctimas?

—Extraño, sí; que eso establezca una relación, no. —Señaló hacia un pequeño grupo de policías que acababan de llegar a la fiesta—. Ahí está la inspectora Lee. Veamos si podemos convencerla de que comparta sus últimos descubrimientos con nosotros.

—Por eso sigo cerca de ti, muchacho —dije.

—Música para mis oídos, cariño.

Lo miré fijamente.

—Música.

—¿Qué has dicho?

—Sí, vayamos a ver a la inspectora —dije. Dejé mi copa vacía en una bandeja cercana y atravesé el salón.

Él se puso a mi altura en dos zancadas.

—De repente te ha entrado prisa.

—Acabo de relacionar un par de cosas.

—Así que le has sonsacado algo a Minka.

—Tal vez.

Me agarró del brazo y me desvió de mi camino, tirando de mí por el pasillo hasta un aula vacía.

—¿De qué se trata? —preguntó.

—Minka dijo que había escuchado música procedente del despacho de Layla justo antes de que la atacaran. Pero acabo de recordar que cuando bajé por el pasillo y la encontré, no sonaba ninguna música. Eso significa que entretanto alguien apagó el equipo estéreo de Layla.

—La persona que atacó a Minka.

—Es poco probable, pero si el botón de encendido es una superficie lisa, podrían haber dejado una huella dactilar.

Me dio un beso alucinante.

—Por eso sigo cerca de ti, muchacha.

Me reí y le tomé de la mano.

—Vamos a hablar con la policía.

Después de que la inspectora Lee nos asegurara que el equipo de huellas dactilares estaría allí dentro de poco, Derek se fue a hacer una llamada y yo me uní a la fiesta. Entré en la galería superior cuando Naomi, en el estrado central, presentaba a Gunther a los asistentes.

Este tomó el micrófono y, con su fuerte acento austriaco, nos comunicó que tenía la intención de hacer honor a su compromiso e impartir las clases de litografía que Layla había anunciado la semana anterior. Y añadió:

—Layla insistiría. Como me niegue, es capaz de aparecérseme en casa.

Sus palabras provocaron una risa ruidosa, pero Gunther parecía disgustado. Me pregunté si Naomi le había amenazado con el *poltergeist* de su tía. Con mucha probabilidad, él había firmado un contrato y ella estaba dispuesta a demandarlo si no lo cumplía.

Me alegré de que se quedara porque yo tenía la intención de asistir a una de sus clases y aprender sus técnicas. Y, más importante, si Gunther se quedaba, Derek también.

Naomi volvió a ocupar su sitio en el estrado. Tras tomar aire varias veces para calmarse, los asistentes callaron para escucharla:

—Mi tía era una mujer a la que había que escuchar.

Siguió una ovación respetuosa.

—Estoy convencida de que habría insistido en que el festival Twisted siguiera adelante con su programa.

El comentario fue recibido con estruendosos vítores, que parecieron animarla a continuar:

—Y si en algo yo insistiría es en que la gala de clausura del festival Twisted sea todavía más espectacular de lo que Layla había planeado. Charles Dickens va a tener que compartir los honores de la velada con Layla Fontaine.

Junto a los aplausos entusiastas, vi lágrimas brillando en los ojos de muchos. ¿Quién habría dicho que Naomi sabría manipular de ese modo a una multitud? Tal vez estaba expresando las ideas de su tía Layla, aunque sin las insinuaciones sexuales, gracias a Dios.

—Y ahora, por favor, disfruten mientras rendimos homenaje a la vida de una mujer maravillosa y al trabajo que hizo por el Bay Area Book Arts. —Naomi lucía una sonrisa de satisfacción mientras recibía vítores y ovaciones. Les hizo un gesto a los asistentes para que se callasen y ella pudiese añadir—: Me han informado de que los camareros acaban de abrir una caja de pinot noir Kosta Brownie de 2007. Este es el momento para todos los esnobs del vino.

—¡Lo somos todos! —gritó alguien.

Y era cierto. Estábamos en San Francisco, donde nueve de cada diez de nosotros éramos inveterados esnobs del vino. Hubo más risas y vítores mientras aquellas hordas estruendosas corrían a una de las barras de la galería.

—Ese ha sido un gesto muy inteligente —dijo Alice a unos centímetros de mí.

Me sobresaltó un poco, pero luego me reí para mis adentros.

—Te has acercado con sigilo.

—Lo siento. —Entrelazó un brazo con uno de los míos—. Solo decía que era inteligente por parte de Naomi encargar todo ese gran vino. Conseguirá que la gente se encariñe de ella.

Miré a mi alrededor y dije en voz baja:

—Todo el mundo menos el consejo de dirección. Sus miembros parecen de tu parte.

—Así que te has fijado en que hay dos partes.

Asentí y ella suspiró.

—Detesto esa idea, pero Naomi está decidida a convertir esto en una competición. Yo solo quiero que trabajemos juntas para que las cosas funcionen a nivel profesional.

—Eso dice mucho de tu mayor experiencia y comprensión del negocio. El consejo seguramente reconocerá esas cualidades.

—Gracias, Brooklyn. —Me apretó el brazo—. Viniendo de ti, eso significa mucho.

Como Naomi, Alice iba completamente vestida de negro, aunque con un aspecto más moderado. Un sencillo vestido de punto negro de manga larga que le caía por encima de la pantorrilla. Completaban su atuendo unas botas negras y su habitual cinta para el pelo de terciopelo negro.

Alice se estremeció mientras miraba a su alrededor.

—No puedo evitar preguntarme si el asesino de Layla está aquí, entre toda esta gente.

Seguí su mirada y vi a Cynthia y Tom Hardesty con las cabezas muy juntas. Daba la impresión de que estuvieran discutiendo sobre algo, lo que no era nada raro. Tom parecía nervioso, pero Cynthia se veía resuelta. Entonces Tom miró con timidez por la sala.

Alice y yo apartamos las miradas.

Volví a mirar justo a tiempo de ver a Tom dándole un beso en la mejilla a Cynthia, casi como un niño que besara a su madre. Estaba algo fuera de lugar, pero el gesto describía bien su relación.

—¿Crees que tenía una aventura con Layla? —susurró Alice.

Miré fijamente a Tom, pensándolo; luego negué con la cabeza.

—Es posible que él quisiera, pero ¿de verdad crees que Layla se rebajaría tanto?

—Oh, nunca. Pero me pregunto si ella lo rechazó y... —Se tapó la boca, incapaz de terminar el inquietante pensamiento.

Un hombre rechazado puede ser capaz de cometer un asesinato, pensé, mientras observaba a los Hardesty unos segundos más. Luego negué con la cabeza.

—Tom no tendría agallas, pero Cynthia es otra historia.

Alice ahogó una exclamación.

—Ella tiene el valor suficiente para hacerlo. Parece despreciar a todo el mundo.

Asentí.

—No te equivocas al juzgar a los demás, ¿verdad que no?

—Voy a confesarte una cosa —dijo Alice, y respiró hondo—: Cynthia es la persona que me da más miedo de esta sala.

—Tiene una corpulencia que asusta —le concedí.

—Lo sé. Podría aplastarme como a una cucaracha.

Me reí entre dientes, pero me recompuse cuando Naomi pasó por delante, seguida por tres miembros del consejo, uno de los cuales hizo un gesto a Tom y a Cynthia para que se les unieran.

El grupo recorrió el pasillo hasta el despacho de Naomi y cerraron la puerta.

—¿De qué iba eso? —Me pregunté, y luego intercambié miradas con Alice—. ¿Sabes qué está pasando?

—Ni idea. Pero voy a averiguarlo.

Seguí a Alice mientras esta se deslizaba entre los asistentes. Podía ser una mujer atrevida cuando quería. Llegamos a la puerta cerrada del despacho en un tiempo récord. Pero no era necesario acercarse tanto. A través de la puerta, oíamos a Naomi desde la mitad del pasillo.

—¡Me merezco ese cargo! —gritaba Naomi—. Aquí yo llevo el peso de todo. Ella no significa nada para esta institución, ¿me entendéis? Nada de nada.

—Pero Layla la consideraba una persona de confianza. —Era la voz de Cynthia—. Lo siento, Naomi, pero ella no tenía la misma opinión de ti.

—Bueno, pues ahora Layla está muerta —dijo Naomi sin rodeos—. Y yo soy la única que sabe cómo gestionar este lugar.

—En eso tienes razón, querida —dijo Tom amablemente, intentando calmarla—. Por eso vamos a concederte un aumento de sueldo y un cargo de más prestigio. ¿Qué más quieres?

—Quiero el cargo de directora ejecutiva —le espetó.

—Naomi, no lo pongas más difícil de lo que ya es.

—No soy yo quien lo pone difícil, sino vosotros. ¿Por qué no iba a luchar por lo que quiero?

—Porque ya hemos tomado nuestra decisión.

—Pero no es la decisión correcta —dijo ella levantando la voz cada vez más—. Yo soy quien hace todo el trabajo. ¿Una recién llegada va a pasar por delante? ¡No es justo!

—Naomi, por favor —dijo Cynthia—. Solo estamos haciendo lo que creemos que Layla querría que hiciéramos.

—Por el amor de Dios, deja de postrarte ante Layla —exclamó—. Sé bien lo que pensabas de ella. ¿Cómo puedo estar segura de que no fuiste tú quien la asesinó?

Se hizo el silencio.

—Guau —susurró Alice.

Estaba claro que no tenía pelos en la lengua. Aunque yo había pensado lo mismo cinco minutos antes.

—Lo lamento, querida, pero el consejo ha tomado su decisión.

—Sí que lo lamentarás, no lo dudes. Todos lo lamentaréis.

La puerta se abrió de golpe y Naomi salió precipitadamente. Al ver a Alice, se detuvo.

—¡Tú! —gritó señalándola—. Lo sabías desde el principio. Estarás contenta, ¿no?

—No, no lo sabía, Naomi, yo solo...

—Quítate de en medio y deja de enredar...

—Estás alterada —dijo Alice con suavidad—, así que no voy a tener en cuenta tus palabras. Tal vez podamos hablar más adelante y aclarar las cosas entre nosotras.

—Oh, salid de mi vista todos. —Entonces Naomi siguió por el pasillo y desapareció entre la gente.

Me di la vuelta y miré a Alice, que se agarraba el estómago y se movía adelante y atrás.

—¿Vas a vomitar?

Asintió vigorosamente con la cabeza.

—Ve, rápido. —Le señalé el camino y ella corrió por el pasillo.

«De manera que la joven y desaliñada Naomi ha heredado la fuerza de voluntad y el temperamento de su tía», pensé.

Cynthia se acercó por el pasillo, conmocionada.

—¿Has oído algo de lo que se ha dicho?

—Una parte —confesé—. Ella estaba bastante alterada.

—Pues era peor de cerca. Me preocupa que se vaya porque, lamentablemente, tiene razón. Ella sabe cómo funciona esto.

—No se irá —dije con seguridad—. Este trabajo es su vida. Dale unos días para que se calme.

—Me siento mal —dijo Cynthia—. Su tía acaba de morir y ahora esto.

—Tenías que darte prisa en tomar una decisión —dije acariciándole el hombro en un gesto de comprensión—. Ellas tendrán que aprender a trabajar juntas.

—No estoy tan segura —dijo Cynthia negando con la cabeza, asustada—. Naomi daba la impresión de querer matarnos a todos.

CAPÍTULO TRECE

T uve que olvidar toda idea de pasar un rato con Derek después de la fiesta cuando Gunther el Trol anunció que quería cenar con él y sus hombres. Al principio, Derek se había negado a seguirle la corriente, harto de los cambios caprichosos que su cliente imponía a una operación que había organizado meticulosamente. Hizo un aparte con Gunther y le dijo que retiraría a sus hombres de la misión si el austriaco no empezaba a tomarse más en serio las amenazas contra su vida. La Interpol ya había informado de la entrada en Estados Unidos de varios agentes del primer ministro europeo cuya hija Gunther había puesto en un compromiso.

Pero Gunther insistía en que la cena llevaba semanas planeada, y se preguntaba en voz alta por qué no aparecía en la agenda de Derek.

Derek también se lo preguntaba. Conociéndolo tan bien como creía conocerlo, sabía que tendría programado hasta el último minuto, y eso significaba que Gunther mentía. No obstante, al final Derek transigió por complacer a su cliente. Puse buena cara y acepté la derrota, aunque por dentro me carcomían los demonios. ¿Sabía Gunther que Derek y yo habíamos hecho planes? ¿Le importaba? ¿Y qué podía tener de divertido una cena con un grupo de hombres?

Oh, qué tonta era. En la cena habría mujeres, claro. Gunther era un tipo apuesto, un artista de fama internacional. Podía organizar una gran fiesta con una sola llamada telefónica. Uf, no me hacía ninguna falta la imagen de Derek rodeado de chicas alegres con ganas de juerga. Respiré hondo y metí esos pensamientos en el cajón de las cosas que prefería dejar de rumiar.

Mientras me deseaba buenas noches, Derek susurró que su plan original había sido pasar la noche conmigo. Estaba claro qué quería decir. Aquello me produjo cosquillas en el corazón, aunque yo hubiera preferido sentir las cosquillas en otras partes del cuerpo. En fin, mi vida amorosa dejaba mucho que desear y decidí pensar en otras cosas.

Estaba recogiendo mi abrigo del guardarropa trasero cuando alguien me tocó en el hombro, matándome del susto.

—Eh, Brooklyn.

El pecho me tembló de miedo. Pero solo era Ned. Nada de qué preocuparse. Me había pillado con la guardia baja, eso era todo.

—Eh, hola, Ned. ¿Qué tal te va?

—Bueno —dijo lanzando miradas a todas partes—, el ambiente está raro.

Esas cinco palabras eran lo máximo que Ned me había dicho en todos los años que llevaba viniendo aquí.

—Era de esperar, supongo. Pero todavía tienes un empleo, ¿no? Todo saldrá bien, ¿vale?

—Eh..., mi prensa y yo —mientras hablaba se mordisqueaba la piel alrededor del dedo anular— somos un equipo.

—Claro que sí —dije despreocupadamente, aunque por dentro me preguntaba por qué Ned había elegido esa noche y me había elegido a mí para hacer una demostración de sus emergentes habilidades sociales—. Bueno, será mejor que me vaya. Buenas noches.

—Tú eres lista.

Retrocedí, sorprendida.

—Gracias.

—Eh... —Apretó los labios y frunció el ceño en un gesto taciturno—. Ella era mala.

Lo miré con preocupación.

—Lo siento, Ned. ¿Layla se portó mal contigo?

—Eh... —Miró a su alrededor furtivamente, luego susurró—: veo cosas.

—Eh... —Ahora sonaba como él—. ¿Qué clase de cosas?

—Tú estate atenta —dijo en voz baja, y luego añadió—: bueno, buenas noches. —Y salió arrastrando los pies de la sala.

Abrí la boca para pedirle que volviera, pero la cerré. ¿Qué es lo que había visto? Desconcertada, miré de nuevo a mi alrededor. Luego me sacudí los escalofríos que me habían provocado sus últimas palabras: «Veo cosas».

En ese momento, no se me ocurría qué cosas había visto Ned. Mi vida ya era bastante rara de por sí.

«Veo cosas». ¿Me vigilaba Ned? Me abotoné el abrigo y me encaminé a la puerta principal, donde me di la vuelta y miré fijamente la sala. No vi a Ned, pero sabía que estaba ahí, en alguna parte, observando. No sabría decidir si eso era bueno o malo.

Al pasar por la galería, me fijé en Naomi, que bebía vino y era el centro de atención junto a la barra. Unos segundos más tarde, la inspectora Lee volvió a entrar en la galería con dos agentes uniformados.

Se abrieron paso entre la gente y fueron directamente hacia Naomi. Vi el momento en que Naomi se dio cuenta de lo que estaba pasando: abrió los ojos de par en par, se dio la vuelta y se alejó a toda prisa. Lee indicó a los agentes que fueran tras ella por el pasillo que llevaba a los baños.

Pobre Naomi. No estaba siendo su noche.

La clase del lunes se canceló a causa del funeral y del velatorio de Layla, así que la noche del martes estaba de regreso en mi aula disponiendo en el sitio de cada estudiante los materiales que iban a necesitar las tres noches siguientes para confeccionar un diario tradicional: un cartón grueso cortado a medida para las tapas, pliegos también cortados a medida y un refuerzo para el lomo. Asimismo, dispuse unos trozos de tela sobre el mostrador lateral para que escogieran entre ellos. Ahí estaban todos los estampados y colores concebibles para las cubiertas, además de un pesado papel de construcción para las guardas encoladas, que es el papel ornamental que se pega a las guardas interiores para ocultar los cartones descoloridos y las marcas de uso.

Alice llegó con unos minutos de antelación y me ayudó a reunir las herramientas que íbamos a necesitar durante la semana. Tras manifestar su confusión y preocupación por el enfrentamiento que había tenido la noche anterior con Naomi, cambió de tema y empezó a hablar emocionada sobre nuestro fin de semana en Sonoma. Luego preguntó por Gabriel.

—Está bien —dije—. He hablado con mi madre esta tarde. Sigue en el hospital, aunque mañana irá a nuestra casa. Ha tenido algunos problemas para dormir, pero supongo que ya los ha resuelto. Todavía estoy helada por lo que pasó.

—Fue pavoroso.

—Lo sé. Pero él es muy fuerte. Mi madre se lo llevará a casa y lo mimará tanto que él mismo saldrá corriendo de allí pidiendo socorro.

—Tu madre es maravillosa —dijo Alice.

—Gracias. A mí también me lo parece. Tendría que haber tenido diez hijos: desde que todos nos hemos ido de casa, está empezando a adoptar gente. Primero fue Annie, ahora Gabriel.

—Eres muy afortunada. Tiene un gran corazón.

—Sí —fruncí el ceño—. Ya empiezo a sentir a Annie como si fuera mi hermana, pero no me gusta pensar en Gabriel como mi hermano.

Ella sonrió.

—Te entiendo. Es terriblemente mono.

Abrí mi bolsa de plástico con cierre zip donde guardaba el pegamento en barra.

—Oh, es algo más que mono.

—Sí, incluso con la cabeza vendada y tumbado en una camilla, me hice una idea de lo guapo que es.

Mientras caminaba alrededor de la mesa colocando una plegadera de hueso en el sitio de cada alumno, la observé. No sabía cómo le sentaría a mi falsa hermana Annie, pero me pregunté hasta qué punto sería una locura liar a Gabriel con Alice. Era una chica guapa, inteligente, divertida, empática y animada. Pero pese a esas cualidades, había en ella una pizca de fragilidad. Me daba la sensación de que Gabriel le haría trizas el corazón y yo acabaría perdiendo la amistad de uno de ellos. O de los dos.

Aunque, bien pensado, ¿era Gabriel un amigo de verdad? Solté aire despacio. No, era más bien una molestia sumamente atractiva. Hacía muy poco que lo conocía y solo lo había visto unas pocas veces. Aparecía en los momentos más inesperados, y me había salvado la vida más de una vez. Ahora sabía que también había salvado las vidas tanto de mi padre como del gurú Bob. Estaba hecho todo un héroe, sin duda, pero ¿era posible que fuera un espía o una especie de mercenario? Sabía que había eludido la ley cuando la ocasión lo requería. Bien mirado, tal vez no fuera la mejor opción para Alice.

Y tampoco es que ella me necesitara para que le arreglara la vida. ¡Si tenía un prometido, por el amor de Dios! En mi emoción por cambiar mi carrera de investigadora por la de celestina, me había olvidado por completo de Stuart.

Riendo para mis adentros, acabé de repartir pinceles para encolar mientras llegaba el resto de mis alumnos.

Dado que habíamos perdido la clase del lunes por la noche, así como media clase del jueves pasado tras el descubrimiento del cadáver de Layla, tuve que anular la confección del libro en miniatura de esa semana e ir directamente al diario de mayor tamaño. Hice una rápida recapitulación de las técnicas básicas de encuadernación del siglo xix que habíamos utilizado la semana anterior. Prometí a mis alumnos que la semana siguiente tocaríamos el siglo xx y nos divertiríamos un poco.

—Esta noche os haré una introducción rápida a la encuadernación del siglo xviii, pero no haremos ningún trabajo práctico en ese estilo.

—¿Por qué no? — preguntó Jennifer.

—Por varias razones —dije—. La primera y más importante: la encuadernación del siglo xviii tiene que ver sobre todo con las herramientas. De algún modo, tienes que pelearte con el libro para darle forma. Era la época de lo dorado y predominaba lo francés.

Fui pasando algunas fotografías que mostraban diferentes estilos de dorado sobre cubiertas de libros.

—Hay quien diría que si estás estudiando la encuadernación del siglo xviii es porque, en esencia, estudias la obra de Pierre-Paul Dubuisson, el maestro encuadernador francés, dorador real de Luis XV. Estas son sus obras en comparación con las de sus alumnos. Se ve claramente quién es el maestro.

Sin previo aviso, Mitchell se lanzó a hacer una imitación grosera y levemente lasciva de Maurice Chevalier. Algo sobre una invitación para ir a su casa a ver sus dorados.

La clase rio a carcajadas.

—Gracias —dije riéndome con los demás—. Es la propuesta más seria que he recibido en las últimas semanas. —Tristemente, era verdad—. He hecho algunas presentaciones académicas de la obra de Dubuisson junto con algunos estudios de sus trabajos de dorado en comparación con los de sus alumnos. Pero os ahorraré los detalles.

—No tienes por qué —dijo Alice con lealtad.

—Gracias, Alice —me reí de nuevo—, pero pasaré a nuestro siguiente libro.

Como teníamos que repetir los mismos pasos que habíamos seguido para confeccionar el libro de la semana pasada, los alumnos avanzaron fluidamente por todo el proceso con solo unos pocos recordatorios por mi parte. Eso me vino muy bien porque me costaba mucho mantener la concentración. Me devoraba la curiosidad por lo que había pasado con Naomi: ¿la detuvo anoche la policía?

Por fin llegó el descanso para la cena y salí precipitadamente para averiguarlo. Llamé a la puerta de Naomi y casi me sorprendió cuando la oí decir:

—Adelante.

—Estás aquí —dije al abrir la puerta—. Estaba un poco preocupada.

—Ah, eres tú, Brooklyn —dijo con cierta decepción—. ¿Qué ocurre?

Vaya, qué poca calidez. ¿Esperaba que fuera otro quien llamara a su puerta? Me asombró verla ahí sentada como si esos últimos días no hubiera pasado nada que cambiara su vida. Pero me sorprendió aún más verla vestida a la última moda. Llevaba una chaqueta de color melocotón que se adecuaba a su tono de piel y se ajustaba perfectamente a su pequeño cuerpo, lo que le daba el aspecto de una genuina profesional. Se había maquillado sutilmente y el pelo se le rizaba con suavidad alrededor de la cara. El ratón había salido del armario, dicho sea mezclando un par de metáforas.

—Tienes un aspecto estupendo —dije.

—Gracias —respondió, y su expresión se suavizó un poco—. ¿Qué querías?

Entré en el despacho y cerré la puerta.

—Se trata de un problema delicado. Layla tenía un libro consigo la noche que murió. Era el *Oliver Twist* que yo había restaurado para ella. Me gustaría comprártelo cuando la policía lo devuelva.

Los ojos de Naomi se abrieron como platos... ¿por el miedo? ¿O eso no era más que una conjetura? Pero la expresión de su cara se calmó al instante y yo dejé de estar segura de lo que acababa de ver.

—Lo siento. No sé de qué libro estás hablando.

—Layla se refirió a él la noche de la fiesta de inauguración de Twisted, ¿te acuerdas?

—Lo siento, no puedo ayudarte.

Entrecerré los ojos. Ella se encogió. ¿A qué estaba jugando? Había pasado una mala semana, así que le concedí el beneficio de la duda y volví a explicar lo del libro.

—Dado que la policía se lo llevó como prueba, seguramente no te lo devuelvan a tiempo para la subasta, así que me gustaría comprártelo cuando por fin lo recuperes.

Ella suspiró.

—Ah, sí, creo que ya sé de qué libro estás hablando. —Se apartó el pelo de la cara y apretó la mandíbula—. Pero no, lo siento, no está en venta.

No sabía qué pasaba por esa cabeza suya, pero estaba llevando el asunto de Layla demasiado lejos. Y yo ya había desenvainado.

—Naomi, yo restauré ese libro. Me lo conozco de principio a fin y puedo asegurarte que no es lo que imaginas.

—¿De qué estás hablando?

—Estoy hablando de su valor de mercado. Es un libro verdaderamente hermoso y con mucho valor económico, pero no se trata de la rara primera edición que Layla pretendía que fuera la otra noche.

—Layla no mentiría.

Casi me entró la risa.

—Oh, por favor. Layla no paraba de mentir. Y esta vez mintió ante una sala repleta de donantes y patrocinadores del BABA. Lo hizo a sabiendas y deliberadamente.

—Cállate. No te creo.

Tuve que detenerme a pensar un momento. Naomi ostentaba cierto poder en el BABA, pero no creía que fuera capaz de sabotear mi carrera como su tía. Así que opté por seguir con la verdad hasta el final.

—Lo siento, Naomi, pero Layla no estaba siendo honesta con ese libro. Y si tú sigues adelante con su mentira e intentas hacerlo pasar por una primera edición, te descubrirán. Quienquiera que lo compre no tardará mucho en saber su auténtico valor.

¿Sabes hasta qué punto se recortará vuestra financiación si las empresas que os patrocinan se enteran?

La cara de Naomi había adquirido un tono gris enfermizo. Parpadeó deprisa y negó con la cabeza.

—No, no puedo..., no es... —balbuceó algo incoherente, se apartó de la mesa y salió del despacho a toda prisa.

—Pues sí que ha ido bien la cosa... —Suspiré y volví a la galería en busca de alguien más a quien intimidar.

—Hola, cariño.

La sorpresa y el placer me abrumaron. Derek merodeaba por la estantería del rincón norte, hojeando uno de los muchos otros ejemplares expuestos de *Oliver Twist*.

Deslicé los brazos alrededor de su cintura y apoyé la cabeza en su pecho duro como una piedra.

—Ah, qué maravilla. —Me envolvió entre sus brazos.

—¿Qué haces aquí? — pregunté.

—Esperaba verte, claro.

—Qué encanto.

—Soy un hombre encantador.

—Pero ¿Gunther no daba una clase esta noche?

—¿De verdad?

—Muy gracioso. Estás aquí por eso.

—Sí, pero todavía prefiero verte a ti. —Parecía reacio a dejarme ir y yo me sentí muy feliz de estar donde estaba. Pasado un momento, dijo—: Da igual lo que pase, esta noche te invito a salir.

—No me digas.

—Sí te digo. —Echó la cabeza hacia atrás y me miró frunciendo el ceño—. No tendrás otro compromiso, ¿verdad?

—¿Te importaría? —pregunté.

Torció los labios esbozando una sonrisa sensual.

—Claro que me importaría.

Palmeé la solapa de su traje de Savile Row de tropecientos dólares.

—En ese caso, estoy libre.

—Me alegro.

Seguimos sonriéndonos e intenté dar nombre a la emoción que me recorría. Me sentía... feliz. No, más que feliz: dichosa, completa.

De nuevo, mi cursilería. En realidad, no necesitaba a nadie que me completase, por el amor de Dios. Sola me sentía ya muy completa.

¿Y cuánto más completa podía hacerme sentir otra persona si ni siquiera había tenido una cita con ella? Habíamos coincidido en escenas de crímenes, en efecto. Pero a no ser que esos encuentros contasen como citas, apenas lo conocía.

¿Y cuán feliz y dichosa sería cuando se fuera? ¿Estaba dispuesta a asumir el dolor que eso me iba a provocar? Porque él, sin duda, iba a marcharse. Su hogar estaba a casi diez mil kilómetros de distancia. Solo había estado en San Francisco unas pocas veces, por negocios.

Pero nada de eso le importaba a mi corazón en ese momento. Ni tampoco a otras partes de mi cuerpo. No sabía qué estaba pasando entre Derek y yo, no sabía dónde acabaríamos, pero estaba harta de resistirme a la marea. Solo quería estar con él.

Apoyé la cabeza en la hombrera de su traje a medida.

—Nunca juegues a póquer —dijo, apartándome el pelo para frotarme el cuello con la nariz.

—¿Por qué no?

—Tu cara es un libro abierto.

Levanté la cabeza y estudié su rostro durante un momento, luego fruncí el ceño.

—Yo no puedo leer ni una palabra en la tuya.

—Eso se debe a que soy un agente muy bien formado —dijo inclinando la cabeza para pasar sus labios por mi mandíbula.

Me reí.

—Oh, mi comandante, ¿sabe si de verdad funciona esa línea?

—Me da la impresión de que está funcionando ahora mismo —susurró, y me besó el cuello.

Tras ese excitante descanso para cenar, di la segunda parte de la clase más rápido de lo normal. Hubo más risas y montones de preguntas. Intenté ir un poco más despacio y atender a las necesidades de todos, pero solo quería salir de allí.

Ya me había dado a mí misma la lección sobre dar muestras de ansiedad, pero, afrontémoslo, había suspendido. Según parecía, había abierto mi corazón de par en par. Adelante, llámenme idiota; el insulto no sería peor de lo que pasaba por mi cabeza, con cincuenta y siete sinónimos de la palabra «tonta» entre todo ello.

De algún modo, me las apañé para terminar la clase. Me aseguré de que todos fueran acompañados a sus coches. Por una vez, Mitchell no me prestó atención. Salió con las otras dos bibliotecarias, enfrascado en una profunda conversación.

Ordené el aula y salí a la galería. Derek no estaba en las inmediaciones, así que saqué la cabeza por rincones y pasillos; luego entré en el aula de Gunther: estaba vacía. Vi luces en el ala de despachos. Caminé por el pasillo, pensando que Derek estaría hablando con alguno de los administradores.

Naomi era la única que seguía por allí. Estaba sentada en su mesa, aporreando una calculadora y anotando números en una hoja de papel. Una única lámpara iluminaba el tablero de la mesa, dejando su cara entre las sombras.

—Hola, Naomi —dije.

Le tembló la mano y el lápiz se deslizó por la hoja, dejando un garabato.

—Maldita sea.

—Siento haberte asustado —dije.

Exhaló y vi aparecer una arruga en su rostro.

—No pasa nada. Creía que todos se habían ido. Escucha, respecto al libro... —dijo borrando el garabato.

—Ah, podemos hablar de eso más tarde —Miré por el pasillo. Ahora tenía cosas más importantes en las que pensar que el *Oliver Twist*—. Estoy buscando a Derek Stone. Se supone que había quedado con él después de mi clase.

—¿De verdad? —Los ojos le brillaron maliciosamente—. Pues se ha ido hace un rato.

Fruncí el ceño. Tal vez no me había entendido.

—¿Derek Stone? ¿El británico? ¿Se ha ido?

—Sé quién es —dijo sin dejar de pasar la goma de borrar por el papel—. Se fue con la policía.

Me quedé helada, sin saber si la había oído bien. Su goma de borrar me estaba poniendo de los nervios.

—¿La policía ha estado aquí?

—Sí. Oh, tú debías de estar en clase.

—Así es. ¿Y se fue al mismo tiempo que la policía?

Rio entre dientes, con desprecio.

—Bueno, yo no lo diría así.

Tuve que contenerme para no estrangularla a la vez que alzaba la voz.

—Y en ese caso, ¿cómo lo dirías exactamente?

Ella levantó la mirada y me la clavó, y en ese momento vi cuánto me aborrecía. Supongo que por lo que había dicho un poco antes, cuando acusé a su querida tía difunta de mentir.

—La policía se lo llevó para interrogarlo —dijo.

Conmocionada, me costó pronunciar la pregunta:

—¿Por qué?

Soltó un bufido de exasperación y agitó el lápiz.

—Oh, vamos, Brooklyn, ya sabes lo suyo con Layla.

Mis oídos empezaron a zumbar y sentí que me mareaba.

—¿Qué tenía con Layla?

Ella esbozó una mueca.

—¿Debajo de qué piedra has estado escondida?

—No estoy segura. —Las rodillas me flaquearon y tuve que agarrarme al quicio de la puerta—. Acláramelo tú.

Sonrió con suficiencia.

—¿Derek y Layla?

—¿Qué les pasa?

—Tenían una aventura, Brooklyn. Layla rompió con él. Él lleva un arma. Dos más dos...

CAPÍTULO CATORCE

¿Derek? ¿Layla? ¿Una aventura?

No, eso no era verdad. Salí tambaleándome del despacho; entonces me detuve y miré fijamente a la pared, intentando centrarme. Pero no podía. Sentía náuseas y tenía la garganta tan seca que no era capaz de tragar.

Me di la vuelta y volví a entrar en el despacho de Naomi. Ella levantó la mirada y capté un destello de triunfo en sus ojos. En ese momento, supe con certeza que se estaba inventando la historia. A todas luces, la mala fe corría por las venas de la familia de Layla. Me preparé, respiré hondo varias veces y me esforcé por recobrar algo de la fuerza que había perdido hacía un minuto.

—Mientes —dije, y di otro paso dentro de su despacho.

Los labios de Naomi dibujaron una sonrisa de satisfacción,

—Oh, oh, parece que Brooklyn está celosa. ¿Así que no sabías qué se traían entre manos esos dos?

—No —dije, ahora con mayor facilidad—, porque no existe nada parecido a «esos dos».

Se lamió los labios, una pista evidente de que se lo estaba inventando todo a medida que lo contaba.

—Desde luego que sí.

—No estoy segura de por qué me mientes, Naomi. Tal vez porque antes te amenacé por el libro. Pero, ahora mismo, eso me da igual. Solo quiero que sepas que si le has mentido a la policía sobre Derek, ese libro será la menor de tus preocupaciones.

—Ni miento ni tiene nada que ver con el libro. —Se levantó y rodeó la mesa hasta sentarse en el filo. Estaba imitando a su tía, e incluso sabiendo que mentía, yo quería quitarle esa falsa sonrisa de la cara dándole un puñetazo—. Lo siento, cariño. Supongo que no lo sabías. Pero no tendría que sorprenderte tanto. Ya sabes que Layla se tiraba todo lo que se movía. Por descontado, en el caso de Derek, no puedo echarle la culpa. Es un chico muy mono.

—Mono —murmuré, y me entraron unas ganas incontenibles de estrangularla. De repente, me pasaron imágenes por la cabeza de Layla agarrando el brazo de Derek la primera noche, de Layla restregando su pierna contra la de Derek, de Layla palmeándole el trasero.

Y, en ese momento, me alegré mucho de que estuviera muerta. La odiaba. Y así lo dije. Al menos, para mis adentros.

Mientras tanto, Naomi suspiró soñadoramente.

—En realidad, lo de mono no describe bien a Derek, ¿verdad que no? Más bien está bueno y es sexi. Y peligroso, ¿lo sabías? No me importaría conseguir a alguien de ese tipo para mí misma.

Esas vulgaridades eran una incongruencia saliendo de su boquita ratonil. Negué con la cabeza.

—¿Sabes, *querida*? No sé por qué Layla te tenía en tan poca estima, con lo mucho que te pareces a ella.

Bufó y sus mejillas empezaron a enrojecerse. Supongo que había tocado una fibra sensible, así que proseguí:

—Estoy segura de que si llamamos a la policía ahora mismo y les decimos que has cometido un error, lo entenderán.

—No es ningún error —gritó, y su labio inferior se adelantó dibujando un mohín.

—Pues muy bien, aférrate a esa historia que te has inventado, pero te sugiero que busques el modo de guardarte las espaldas, porque esto te perseguirá y terminará estallándote en el trasero.

Dicho lo cual, salí del despacho, recogí mi abrigo de la barandilla de la galería donde lo había dejado y corrí a mi coche.

El trayecto a casa fue, en términos emocionales, delicado. Sabía que Naomi estaba llena de veneno, pero mi cabeza no dejaba de imaginar posibilidades que muy bien podían ser ciertas.

Recordé la noche de la muerte de Abraham, cuando conocí a Derek en la Biblioteca Covington. Vigilaba la atestada sala principal. Era una persona ajena a ese mundo que observaba el ir y venir de los ricos e influyentes que allí se habían congregado. Más de una vez lo descubrí mirándome con cara de pocos amigos desde la otra punta de la amplia sala. Más tarde, en el taller de Abraham, me encontró cubierta de sangre y me acusó de asesinato. Fue un extraño comienzo para lo que acabó por convertirse en una amistad encantadora, y en algo más.

Pero ahora recordé que Layla Fontaine estuvo allí esa noche. ¿Fue entonces cuando se conocieron? ¿Asistieron a la presentación de Abraham como pareja?

—Oh, déjalo —murmuré. Entonces recordé otra cosa y golpeé el volante asqueada.

Layla había estado en Edimburgo durante la Feria del Libro. Varias noches, Derek no pudo verme. Entonces no le di importancia. ¿Por qué iba a hacerlo? Pensé que tenía obligaciones en Holyroodhouse Palace, pero ya no estaba tan segura. Tal vez

Layla y él habían estado retozando por todo Edimburgo mientras yo...

Ah, Dios, a ese ritmo acabaría loca antes de llegar a casa, así que no volví a casa. En su lugar, atravesé la ciudad hasta Pacific Heights. Me sentía tan mal que pensé que conducir arriba y abajo por unas colinas asombrosamente empinadas podía calmar mi cerebro desbocado y confuso. O al menos darme otra cosa con la que obsesionarme.

Cuando me mudé a San Francisco, consideré un deber de buena ciudadana practicar la conducción por las colinas. Después de hacerlo varias veces, me di cuenta de lo divertido que era, de una manera extraña y alocada. Siempre proporcionaba una agradable distracción.

Esa noche, me quedé sin aliento en una ocasión mientras ascendía una peligrosa colina en Filbert Street, donde se me caló el coche y tuve que alternar entre el freno de mano y un manejo virtuoso de los pedales. Y la oración. No fue divertido, pero sí emocionante y conseguí llegar al final de la cuesta.

Todas las calles eran de un único sentido, así que tuve que dar la vuelta, tomar Leavenworth hasta Chestnut y de ahí a Larkin Street antes de poder conducir cuesta abajo por la hermosa y turística Lombard Street, con sus curvas serpenteantes hasta lo absurdo, sus arbustos de hortensias de un rosado intenso, sus setos verde claro y sus incoherentes palmeras. Era una noche despejada y, al tomar la primera curva, una alfombra de luces urbanas onduló hacia el brillante pilar de la Coit Tower, que se alza como un centinela en la cima de Telegraph Hill.

En la siguiente curva pude atisbar la superficie de ébano de la bahía. Muchos kilómetros al otro lado del agua, el vago contorno de las siluetas de las colinas Berkeley se recortaba contra el cielo nocturno.

A esa hora de la noche había solo unos pocos coches más descendiendo, así que levanté el pie del pedal de freno y tracé rápidamente las dos curvas cerradas y retorcidas que me faltaban y por las que aquella calle de ladrillo rojo era conocida con toda justicia.

Años atrás, cuando mis padres nos trajeron por primera vez siendo todavía unos niños, nos apeamos en tropel del vehículo y bajamos a la carrera las escaleras que flanquean ambos lados de Lombard. Estoy segura de que íbamos gritando, empujándonos y riéndonos durante todo el descenso. Cuando llegamos abajo, cruzamos y ascendimos por el otro lado de la calle, parándonos cada pocos pasos para darnos la vuelta y contemplar las vistas increíbles de la ciudad, con las aguas azules de la bahía y la isla de Alcatraz al fondo. Recordé haber pensado lo mucho que me hubiera gustado vivir en una de las casas que se alineaban en una de las calles más sinuosas del mundo. Ahora, mientras descendía conduciendo, pensé en lo espantoso que sería tratar con la invasión diaria de turistas y las filas constantes de coches, los fotógrafos y los niños chillones.

Pese a los omnipresentes turistas, los coches y los niños, yo amaba San Francisco. ¿Quién no se enamoraría, aunque solo fuera un poco, de una ciudad en la que podías caminar hasta un bar y sentarte entre un trotskista y una *drag queen* para acabar tres horas más tarde viendo un partido de los Giants con ambos? Para tratarse de una ciudad que era conocida por su falta de pretensiones, San Francisco era desvergonzadamente autocomplaciente. Sus vecinos la adoraban. Una de las primeras cosas que aprendía un nuevo residente era que los habitantes de San Francisco escribían en mayúscula la ele y la ce cuando se referían a la ciudad de San Francisco. Esta era La Ciudad. Y mientras muchas ciudades no requerían la plena colaboración de sus moradores, San Francisco sí la exigía.

Sonreí mientras volvía a descender sin esfuerzo por Filbert, sintiéndome mucho mejor que antes. Las colinas habían cumplido su función.

Me dirigí a casa y menos de quince minutos después entré en mi aparcamiento. Encontré mi sitio, apagué el motor y reposé la cabeza en el duro plástico frío del volante.

Por desgracia, las dudas sobre Derek y Layla habían vuelto con toda su fuerza, y supe que no sobreviviría esa noche si no encontraba otra distracción. Así que saqué mi móvil y llamé a Robin.

A la mañana siguiente, me desperté hinchada y tan cansada que no quería levantarme de la cama. Me sentía acalorada y me pregunté si tendría fiebre. Me dolía todo y estaba convencida de que estaba a punto de coger un constipado o la gripe.

Me quedé en la cama, pensando en la noche anterior. Mi estado era lamentable y, como buena amiga, Robin había venido corriendo a hacerme compañía. Sirvió unos vinos y me escuchó despotricar. De vez en cuando, me recordaba que la aventura de Layla y Derek era una mentira como un piano, y yo le daba la razón y las gracias. Entonces le soltaba otra diatriba. Creo que nos reímos mucho. Al menos eso espero.

Supongo que al final no tenía gripe, y sí, posiblemente, una leve resaca. Nos terminamos una botella entera de vino. Yo la terminé, más bien. Creo que Robin se bebió una copa, solo por hacerme compañía. Era realmente la mejor de las amigas.

Me levanté de la cama y me dirigí tambaleándome a la cocina, donde me zampé dos ibuprofenos, luego encendí la cafetera y fui hasta la ducha dando traspiés. Dejé que el agua me cayera por encima durante un largo rato, procurando no pensar. Pero fue imposible: toda clase de ideas errantes seguían mortificándome.

Repasé cada palabra que Derek me había dicho desde que lo conocía, aislándola y revisándola por si su significado cambiaba a la luz de acontecimientos posteriores.

Me miré en el espejo. Lo más patético era que yo me hacía eso a mí misma, sabiendo con seguridad que Naomi mentía. ¿Por qué tipo de tormentos pasaría si creyera que contaba la verdad? Era enfermizo y lo detestaba.

Me refugié en el trabajo. Saqué el libro del gurú Bob de mi bolso para empezar su restauración. Era una pequeña joya y me alegró y honró que hubiese confiado en mí para que me encargara de ella, pero ese día me costaba concentrarme.

Sin embargo, horas más tarde había fotografiado cada centímetro del libro y lo había desmontado pieza por pieza. Salvé cuanto trozo de hilo o tendón pude, coloqué todos los fragmentos sobre mi mesa de trabajo y tracé un plano con tiras anchas de papel de construcción blanco. Amaba mi oficio, pero estaba cansada y de mal humor y me moría de ganas de echar una siesta.

Ya eran las tres y sabía que, si me acostaba ahora, me quedaría tan dormida que acabaría saltándome la clase. Así que me preparé un poco de Peet's Coffee con la esperanza de que me estimulara lo bastante. Me sentí levemente mejor dos tazas más tarde. Mientras lavaba la taza en el fregadero, sonó el teléfono. Atravesé corriendo la habitación para responder.

—No es verdad —dijo Derek lisa y llanamente.

Mi corazón dio un vuelco al oír el sonido de su voz y tuve que agarrarme al filo del taburete para mantener el equilibrio. Me temblaban las manos. ¿Cuándo me había convertido en una pusilánime?

—¿Y por qué iba a creerte? —dije odiando el tono vulnerable de mi voz. Aunque creía a Derek, quería escucharlo negando la mentira de veinte formas distintas.

—No es verdad —repitió, pronunciando con claridad cada palabra—. No sé por qué Naomi mintió a la policía, pero voy a averiguarlo.

—¿Cómo sabes que fue Naomi?

Hizo una pausa.

—Tú también lo sabes.

—Sí.

—¿Y qué más sabes?

—Creo que lo hizo para atacarme.

—¿Y por qué iba a utilizarme para atacarte?

Apreté los dientes y dije:

—Es posible que la amenazara un poco.

Le oí suspirar; luego dijo:

—¿A qué hora tienes tu clase?

—Empieza a las seis.

—Vale, estaré ahí dentro de diez minutos.

—Muy bien. Puedes... —Pero ya solo se escuchaba el tono de marcar. Iba a dejarle aparcar en el edificio, pero supuse que sabría apañarse por su cuenta.

Miré a mi alrededor y vi más platos sucios en el fregadero y los cojines del sofá esparcidos por todas partes. Empecé a moverme afanosamente por el loft, recogiendo y limpiando, abrillantado la mesita de centro y preparándome mentalmente para volver a ver a Derek. Limpiar siempre me ayudaba a distraerme de los problemas. Era extraño que mi casa no brillase de suelo a techo.

Y, con todo, pese a lo divertido que era restregar el fregadero, empezaron a venirme a la cabeza toda una serie de pensamientos. ¿Había pasado Derek la noche en una celda? ¿O la policía lo había soltado y había vuelto al BABA a buscarme? Seguramente no, y ya estaba bien que así fuera. Yo me había pasado la noche farfullando como una boba. ¡Pobre Robin! Ella me había escuchado parlotear sin parar, balbuciendo tonterías sobre Derek, preguntándome qué había hecho y cuándo. ¿Y qué importaba?

Pese a que había pillado a Naomi en cada una de sus mentiras, había dejado que mis temores sacaran lo peor de mí. Había estado envuelta en una repugnante y miserable bruma roja de celos. ¿O las brumas de celos son de color verde? Como fuera, no había sido agradable.

Supongo que cualquiera puede llegar a la conclusión de que mis sentimientos hacia Derek eran incluso más intensos de lo que yo creía. Y eso era lo que más miedo me daba. Me entraron ganas de agarrar la fregona y pasarla por el suelo de la cocina. Pero no podía. Disponía de cinco minutos para lograr un aspecto presentable, así que corrí a mi habitación e hice lo que pude.

Llamaron a la puerta. Empecé a correr por el pasillo, pero a medio camino patiné hasta detenerme. No iba a permitir que me oyera corriendo a la puerta.

¿Desde cuándo me dedicaba a ese tipo de juegos?

Me aparté el flequillo de la frente de un soplido y fui caminando hasta la puerta.

—Ah, hola. —Ahí, en ese momento, no sonó torpe. En absoluto. O no mucho.

—Ya era hora —dijo él en voz baja, y dio un paso dentro de la casa, pero yo lo percibí como si hubiera dado el paso dentro de mí, ajustando su boca a la mía.

Y eso era lo único que importaba.

Una hora más tarde estábamos en la calle después de haber mantenido una agradable conversación y tomado un poco de té... Vale, no fue exactamente así. Tras aquel largo y seductor beso en la puerta, Derek me había empujado a la sala de estar, donde había insistido en que nos sentáramos y habláramos.

Allí se dedicó a mitigar los temores que pudiera tener sobre él y Layla. Por descontado, le aseguré que no le había dado la menor importancia al asunto, pero él se empeñó en contarme la historia al completo.

No había tenido trato con Layla con anterioridad, pero un amigo mutuo le había pedido que la vigilara mientras él estuviera en la ciudad. De eso hacía semanas, y habían acordado encontrarse y tomar un cóctel la noche del acto en la Biblioteca Covington, cuando Abraham murió. Derek me descubrió con sangre en las manos, y lo demás era historia. No había vuelto a tener contacto con Layla, de manera que yo había echado por tierra su gran cita. No lo lamentaba.

Cuando Derek apareció en el BABA con Gunther, Layla creyó que era el momento de retomar el hilo donde lo habían dejado y tomarse unos cócteles después de la fiesta. Derek se apresuró a quitarle la idea de la cabeza.

No estaba tan seguro de los motivos de Naomi como lo estaba yo. Sospechaba que Layla había mentido a su sobrina sobre él para guardar las apariencias. Tenía su parte de razón, pensé. Después de todo, ¿qué les parecería a sus subordinadas que la gran y poderosa Layla fuera incapaz de conquistar a un hombre y llevárselo a la cama?

Me quedé de pie en la acera mientras Derek abría la puerta del pasajero de su Bentley.

—Puedo conducir mi propio coche —dije a modo de queja.

—¿Para qué vas a molestarte? Te llevaré a tu clase y después iremos a cenar. ¿Te gusta la comida italiana?

Lo miré por encima del hombro.

—¿Es el papa católico?

—Decidido; italiano pues —dijo palmeándome el trasero—. Anda, sube al coche.

Me reí ligeramente, me acomodé en el suave asiento de cuero del Bentley y me ajusté el cinturón de seguridad. El coche olía a nuevo. Eso era sexi. O tal vez ese era mi estado de ánimo.

Derek subió y puso el motor en marcha.

—Tengo que hacer una parada. ¿Te importa?

—No, tenemos tiempo.

—Muy bien. —En cuestión de minutos, condujo sobre las vías bacheadas de los tranvías que recorrían Market Street y prosiguió por Kearney hasta Pine. Charlamos de cosas normales: el tiempo, mi familia, las magníficas litografías de Gunther. Avanzó dos estrechas manzanas hasta Stockton y entró en el elegante porche para vehículos del Ritz-Carlton.

—¿Paramos en tu hotel? —pregunté con cierta incredulidad, aunque no debería haberme sorprendido. Al fin y al cabo, no era más que un hombre—. Para eso sí que no tenemos tiempo.

Aunque, si se me presionaba un poco, estaría más que dispuesta a obedecer. Estaba aprendiendo rápidamente que era ese tipo de chica.

Él comprobó la hora en su reloj y me lanzó una mirada.

—Tienes razón. Tú tienes que estar en el trabajo dentro de una hora y yo pretendo dedicarle más tiempo a lo nuestro.

Rompí a sudar y empecé a silbar. Él se rio.

—Simplemente he olvidado la cartera, cariño. Solo tardaremos un momento.

—Muy bien. —Porque, sinceramente, ¿con qué frecuencia se me presentaba una oportunidad de entrar en el Ritz?

—No es propio de ti olvidar la cartera —dije mientras entrábamos en el silencioso vestíbulo.

—Tenía prisa por verte.

Le sonreí. No estaba mal como excusa, pero las había oído mejores.

Subimos en el ascensor hasta el ático. Pensé en el precio. La *suite* del ático del Ritz-Carlton costaba ¿cuánto?, ¿Diez mil dólares la noche? El hombre tenía una buena cuenta de gastos.

Derek se detuvo en la habitación 919, deslizó su tarjeta llave por la ranura y abrió la puerta.

—Puedes contemplar la vista mientras busco mi...

Se detuvo tan bruscamente que casi choco contra él.

—¿Qué tienes que buscar?

—Mierda.

Derek raramente decía tacos.

—¿Qué pasa?

—Quédate aquí —dijo alargando la mano por detrás de su espalda para agarrarme el brazo.

—¿Qué pasa, Derek?

Se dio la vuelta y se llevó un dedo a los labios.

—Chiss. Alguien ha estado aquí.

—A lo mejor fue la doncella —susurré.

—No.

—¿Cómo lo sabes?

Me miró por encima del hombro.

—Un hombre sabe cuándo han asaltado su fortaleza.

El corazón se me disparó. A ver, ¿por qué me parecieron sus palabras tan sexis cuando tendrían que haberme sonado ridículas? Tal vez había algo en el acento británico que les concedía aplomo.

Era mi turno de agarrarle el brazo mientras miraba angustiada a mi alrededor.

—Podrían seguir dentro.

—Tú quédate aquí —dijo con un tono apremiante que raramente le había escuchado.

Asentí rápidamente.

—Muy bien.

No tuvo que repetírmelo. Hacía poco que me habían asaltado en una habitación de hotel y no me apetecía repetir la experiencia. Observé desde la seguridad del elegante recibidor cómo realizaba una rápida pero profesional revisión de la habitación. Tras mover todos los cojines y mirar debajo del sofá, se acercó a la mesa del comedor, a las sillas y la mesita de centro. Por último, se aproximó a la pequeña mesa estilo regencia que había junto a los ventanales. Revisó todos los cajones, que sacó uno por uno para darles la vuelta y ver si había algo sujeto. Pasó suavemente las manos sobre la superficie, se agachó y palpó la mesa por debajo.

—Ah —dijo, y se arrodilló para ver bien lo que fuera que había palpado. Tras eso se levantó con algo entre las manos.

—¿Es una bomba? —pregunté, encogiéndome contra la pared de la entrada.

—No —dijo desconcertado—. Es un libro. —Retiró un trozo de cinta adhesiva de una bolsita con cierre zip mientras se acercaba a mí. Entré en la habitación y me encontré con él a medio camino, observando cómo abría la bolsita y sacaba un libro. Parecía ensimismado mientras lo estudiaba. Luego levantó la mirada.

—Supongo que esto es de tu competencia —dijo pasándome el libro—. ¿Alguna idea?

Fruncí el ceño.

—Lo primero es que es muy extraño.

El libro era de cuero marroquí de color carmesí, y estaba en un estado casi perfecto. En el lomo, elaboradamente dorado, podía leerse el título, *La leyenda de Sleepy Hollow*, escrito en letras doradas entre bandas levantadas. Los tres filos de las páginas también estaban dorados. Lo abrí para comprobar la fecha de publicación: 1905.

En la guarda volante interior, frente a la página de títulos, había una ilustración a todo color obra de Arthur Rackham. En ella aparecían Ichabod Crane y una bonita joven ataviada con un vestido de volantes rosa caminando bajo un árbol nudoso. Oculta entre las ramas del árbol había una pandilla de duendes de aspecto perverso, sonriendo como maníacos.

—Oh, es precioso —susurré dándole la vuelta para ver la articulación trasera a lo largo del lomo. Era fuerte. Y estaba en un estado perfecto.

—Sí, supongo que es muy bonito —dijo a regañadientes—, pero no tengo la menor idea de por qué lo han escondido aquí.

—No. —Ciertamente era un libro precioso y sumamente raro; de eso no me cabía la menor duda. Imaginé que un coleccionista estaría dispuesto a pagar veinte mil o treinta mil dólares, si no más, por él—. ¿Qué hacía esto metido en una bolsita debajo de tu mesa?

Derek se puso a la defensiva.

—Yo no lo puse ahí.

—Claro que no —dije—, solo me preguntaba quién lo hizo. Y por qué.

Podía percibir la tensión que irradiaba Derek. Mientras yo estudiaba el libro, caminaba arriba y abajo por delante de mí. Estaba visiblemente furioso. Hizo que me preguntara cómo era posible que alguien como él, con su legendario autodominio y su ferviente creencia en el orden de la ley, podía verse en una situación en la que tuviera que defenderse de la policía.

Es posible que se sintiera hecho un lío y desconcertado, aunque él quizá lo describiría en términos menos dramáticos. Pero las palabras no importan, conocía esa sensación. Sentía su dolor.

—Si supiera quién lo hizo —dijo con sequedad—, a estas alturas estaría encarcelado.

Desconcertada, negué con la cabeza.

—¿Qué intentaban probar?

—¿No es obvio? —Me quitó el libro de las manos y lo estudió unos segundos, luego me lo devolvió—. No me sorprendería descubrir que este es uno de los libros de Layla. Está claro que alguien lo puso aquí para tenderme una trampa.

—¿Y cómo entraron? —De inmediato hice un gesto descartando la pregunta—. No sigas: el servicio de habitaciones. —Yo tenía un conocimiento personal de lo fácil que era robar una llave del carrito del servicio.

—Exactamente.

—Pero ¿quién? ¿Naomi otra vez?

—No lo sé. —Apretaba con fuerza los puños mientras caminaba—. ¿Es lo bastante inteligente para llevar a cabo un plan tan complejo?

—Es bastante inteligente, pero esto requiere de algo más que mera inteligencia. Es demasiado osado, es casi... diabólico.

—Sí, lo es. —Apretó los dientes—. Y voy a averiguar quién lo hizo.

—Te ayudaré —me apresuré a decir.

Ladeó la cabeza para estudiarme.

—¿Qué pasa? —pregunté por fin—. Lo haré. Me da igual lo que...

—Sí, tu ayuda puede serme de utilidad.

—... pienses, yo soy... ¿Qué has dicho? A ver, no es que puedas impedírmelo, pero... ¿de verdad?

Me lanzó una sonrisa sexi y maliciosa. Me pregunté si podría oír mi corazoncito tamborileando cuando se la devolví.

—Sí, de verdad. —Su sonrisa se desvaneció y me acercó una mano para acariciarme la mejilla—. Porque quienquiera que haya pretendido tenderme una trampa también te ha hecho daño a ti, cariño. Y eso no puedo perdonarlo.

CAPÍTULO QUINCE

De camino al BABA para enfrentarnos a Naomi, llamé a la policía para denunciar el asalto a la *suite* de Derek. Me pasaron al buzón de voz de la inspectora Lee, donde le dejé un resumen de lo sucedido en el hotel, con el hallazgo del libro, y le informé de adónde nos dirigíamos ahora.

Mientras Derek detenía el Bentley justo delante de las puertas del BABA, la inspectora Lee me devolvió la llamada. Puse el teléfono en modo manos libres.

—Ni se les ocurra entrar ahí hasta que llegue —gritó Lee—. He llamado a una unidad para que se encuentre con ustedes. Deberían estar ahí en un par de minutos. Dos minutos. ¿Me oye?

—La he oído —dije—. Pero yo tengo una clase que dar y Derek está perdiendo el tiempo aquí, conmigo.

—¡No entren en ese edificio! —gritó la policía.

—No hace falta ponerse histérica, inspectora —dijo Derek con calma—. La esperaremos.

—¿Histérica? —dijo en voz baja, con un tono cargado de veneno—. Usted no ha vista a una histérica, colega. Pondré sus culos al rojo vivo en la celda de comisaría si no están fuera del edificio cuando llegue.

—¡Qué rigurosa! —dije buscando la mirada divertida de Derek.

—Tampoco han visto a alguien riguroso de verdad —nos advirtió Lee.

—Ahora siento curiosidad —dijo Derek.

Ella gruñó y colgó.

Me guardé el móvil en el bolsillo de mi chaqueta.

—Creo que le caemos bien.

—¿Y por qué no íbamos a hacerlo? —Se inclinó hacia delante, abrió la guantera y sacó una pistola que asustaba con solo verla—. A propósito, me parece que deberías esperar en el coche.

—Ni hablar. Guau, ¿una pistola? —Hice un gesto de rechazo con la mano—. Ahí dentro hay gente. Mis alumnos. Eso no es necesario, ¿verdad que no? Solo se trata de Naomi, que no es precisamente una...

—¿Una qué? —dijo—. ¿Una asesina? Eso no lo sabemos, ¿verdad que no?

—Pero...

—Cariño, lo creas o no, soy un profesional muy bien preparado. No voy a entrar ahí pegando tiros.

—Lo sé, lo sé —dije mientras el miedo y los nervios se instalaban en mi corazón—. Pero tu arma es muy grande.

—Gracias, cariño.

Me reí por la nariz, femenina hasta el final.

Acercó la mano al tirador de la puerta y le agarré el brazo.

—Démosles un minuto, por favor. Preferiría que se enfrentara a ella la policía.

—Estás a punto de salirte con la tuya —dijo cuando las luces de un coche patrulla centellearon a nuestras espaldas—. En cualquier caso, han llegado rápido, eso se lo reconozco.

—Desde luego. —Tenía la sensación de que la inspectora Lee había amenazado a sus agentes con la ira de Dios si no llegaban aquí antes de que entráramos. Era bueno saber que podía recurrir a trucos como esos.

Nos apeamos. A esa hora de la tarde, el aire era más que fresco. Me ceñí con fuerza la chaqueta mientras saludábamos a los dos agentes en la acera. Uno era una mujer rubia con el pelo recogido en una cola de caballo. El otro era el agente Ortiz.

—Hola, agente —dije, y le sonreí.

Él me miró con suspicacia. Eso me dolió. Yo no le había hecho nada. Todavía.

—Agentes —dijo Derek con tono jovial—. Me alegro de que se hayan unido a nosotros. ¿Pasamos? —Alzó el brazo e hizo un gran gesto en el aire, como si estuviéramos a punto de entrar en un salón de baile.

—Ustedes no van a ninguna parte, amigo —dijo Cola de Caballo.

—¿Y usted es...? —preguntó Derek con su acento de mayordomo británico más afectado.

—Norris, del DPSF.

Derek inclinó la cabeza y cambió a su tono de voz a lo James Bond con licencia para matar, suave como la seda.

—Derek Stone, a su servicio, agente Norris.

Ortiz no prestó la menor atención a ninguno de los dos y levantó la barbilla hacia mí.

—¿Qué está pasando aquí?

—Naomi Fontaine —dije—. Creemos que ha colocado pruebas falsas en la habitación de hotel del señor Stone. Queremos hacerle algunas preguntas, por eso llamamos a la inspectora Lee, para que nos acompañara. Solo queríamos hacer las cosas como es debido.

Derek añadió:

—No habrá ningún problema, pero nos alegramos de que estén aquí. ¿Entramos?

—No tan rápido, amigo —dijo Cola de Caballo.

—No pasa nada, Norris —dijo Ortiz—. Yo iré primero, ustedes quédense atrás.

Derek se encogió de hombros, pero obedeció.

Norris estiró los músculos de sus hombros haciendo bailar su coleta.

—En marcha.

Lo único que se puso en marcha fueron mis ojos mientras ella se ajustaba la pistolera con gesto viril. Entonces empezó a caminar y todos la seguimos camino al despacho de Naomi. La puerta estaba abierta, pero el agente Ortiz llamó de todos modos.

Ella levantó la mirada y se quedó boquiabierta.

—¿Pero qué demonios...?

—Hola, Naomi —dije saludándola con la mano desde detrás de los policías.

—¿Qué pasa?

Me incliné para ver la mirada del agente Ortiz.

—¿Le importa? —dije. Me colé por un lado y sostuve en alto el *Sleepy Hollow*—. Derek encontró este libro en su habitación de hotel. ¿Te suena de algo?

Su rostro palideció por completo y su boca esbozó una mueca parecida a la de una trucha que ha mordido un anzuelo. Abrir, cerrar, abrir, cerrar.

—Yo... yo... ¿De dónde lo has sacado?

—Acabo de decírtelo. ¿No estabas escuchando?

Ella negó con la cabeza.

—Yo no... yo no... —Agarró su bolso—. Voy a llamar a mi abogado.

Norris chilló:

—¡Deje el bolso donde estaba! —Ambos policías sacaron sus armas.

Naomi gritó, dejó caer el bolso y puso las manos en alto.

La inspectora Lee llegó corriendo por el pasillo empuñando su arma.

—Quiero a mi abogado —gimió Naomi.

Me volví hacia Derek.

—Supongo que eso responde la pregunta de quién lo hizo.

Derek miró fijamente a Naomi.

—Antes de que te metan entre rejas, quiero saber por qué estabas interesada en tenderme una trampa.

Los ojos de Naomi se dilataron.

—No... no fui yo.

—Y, pese a todo, quieres un abogado —dije, y la señalé con el dedo—. No es precisamente un gesto de buena fe, Naomi. —Me volví hacia la inspectora Lee—. Va a detenerla, ¿no?

—¿Con qué cargo? —preguntó Lee—. ¿Ser idiota?

—Ojalá —murmuró Norris, enfundando a desgana su arma.

—¿Allanamiento de morada? —sugerí, y luego señalé el libro—. ¿O robo de un objeto artístico de gran valor?

—¿A quién se lo robó?

Miré a Derek frunciendo el ceño.

—Supongo que a Layla.

Lee se abrió la chaqueta y también enfundó su arma.

—De manera que, en esencia, se lo robó a sí misma. Vamos, salgamos de aquí.

—¡Brooklyn! —gritó Naomi—. Yo no lo hice.

La fulminé con la mirada.

—Me cuesta mucho creer nada que tú digas, Naomi. —Salí al pasillo a tiempo de ver a Karalee metiéndose de un salto en su despacho y cerrar la puerta de golpe. Genial. Cuantos estaban en el edificio se enterarían de lo sucedido en cuestión de minutos.

Naomi salió corriendo al pasillo.

—Esperen. ¿Pueden devolverme el libro?

—Civiles —dijo Norris en voz baja con la mano apoyada en su arma.

Lee rio de incredulidad.

—¿Eso es un chiste, verdad, señora Fontaine?

—No —dijo en serio—. Necesito el libro para...

Ladeé la cabeza.

—¿Para qué?

—Es una prueba —dijo Lee poniendo fin a la conversación.

Metí el libro en la bolsita y se lo entregué a la inspectora.

Los ojos de Naomi se abrieron de par en par; luego sus hombros se hundieron, volvió a su despacho y cerró la puerta.

Derek y yo seguimos a la policía de regreso a la galería.

Lee se dio la vuelta y alzó la mano para que Derek se detuviera.

—Tendremos que registrar su habitación de hotel, comandante.

—¿No lo han hecho ya? —pregunté.

Lee me miró como si hubiera estado fumando lechuga o algo por el estilo.

Yo la miré y luego miré a Derek.

—Pero usted lo detuvo —dije titubeando—. ¿Por qué no...?

Derek apoyó la mano en mi hombro.

—No me detuvieron, cariño, solo me interrogaron.

—Oh, bueno. —Me volví a Lee—. Deberían buscar huellas dactilares en su habitación de hotel.

—Guau, una idea genial —dijo Lee.

Sacudí la cabeza y suspiré.

—Adelante, búrlese, pero he tenido un mal día.

—Ya, yo también —dijo con un tono de nuevo amigable.

—No encontrará ninguna huella dactilar —dijo Derek con severidad.

Lee se encogió de hombros filosóficamente.

—Aun así, probemos.

Como había predicho Derek, la policía no encontró ninguna huella en su habitación de hotel, de manera que Naomi eludió la cárcel. Por el momento.

Después de mi clase, Derek y yo fuimos a un maravilloso restaurante italiano cerca de Nob Hill. Mientras cenábamos costillitas tiernas en una reducción de vino de Barolo y raviolis rellenos de boniato, todo ello acompañado por un asombroso Bartolo Mascarello, Derek me contó de qué se había enterado en comisaría. Había pasado la mitad de la noche con la inspectora Lee. Sospechoso o no, todavía tenía ese aire de comandante británico a su favor, y caía bien a los policías de San Francisco.

Maldita sea, ¿y a quién no?

La noche de la muerte de Layla, la policía confiscó su ordenador. Entre sus archivos personales y de trabajo encontraron varias cuentas bancarias en las que se hacían grandes ingresos con regularidad. En un libro de cuentas distinto constaban anotados tres adelantos de veinte mil dólares relacionados con unos libros que aparecían en una lista, cuya entrega estaba programada para esa misma semana.

¿Adelantos de veinte mil dólares ¿Por cada libro? Recogí mentalmente la mandíbula que se me había caído al suelo.

—¿Había una lista de los libros a la venta?

—Sí —dijo Derek, y probó el vino.

—¿Y bien? —Esperé, pero él parecía decidido a atormentarme mientras hacía girar su copa. Dio otro sorbo—. Derek, bébete el maldito vino y dime qué libros aparecen en la lista.

—Paciencia, cariño. Tu padre no aprobaría que bebiera algo tan exquisito como esto de otro modo.

—En eso tienes razón —gruñí, y me dejé caer en el respaldo del reservado—. Pero solo dime si uno de los libros era un *Oliver Twist*.

Sus ojos centelleaban cuando dejó la copa en la mesa.

—Me parece que eso ya lo habías adivinado.

—Así que lo era —susurré, entonces intenté recomponer lo sucedido—. Creía que lo reservaba para la subasta, pero la verdadera razón por la que Naomi no quería venderme el libro era que ya estaba comprometida con otro comprador.

El sumiller sirvió más de aquel maravilloso líquido en mi copa. Cuando se fue, miré a Derek.

—Ese *Oliver Twist* no vale veinte mil dólares, y eso solo era un anticipo. Me refiero a que hice un gran trabajo restaurándolo, pero ¿cuánto esperaba Layla que le pagaran? Fuera lo que fuese, se trataba de una venta absolutamente fraudulenta.

—Sí —dijo él, y se llevó a la boca un suculento trozo de ternera—. ¿Y dónde encaja Naomi en todo esto?

—No lo sé. —Corté un esponjoso ravioli.

—Bueno, puedo decirte que la policía fue a hablar con Naomi el lunes por la noche.

—Los vi entrar. —Tragué el trozo de ravioli y casi me desmayo. La salsa de mantequilla era extraordinaria—. Ay Dios, necesito un momento.

—Está bastante bueno, ¿verdad?

—Celestial. —Di un sorbo de vino, luego solté aire poco a poco—. ¿Por dónde iba? Ah, sí, la policía se presentó durante el velatorio, cuando la gente ya se iba. La inspectora Lee tenía a Naomi en su punto de mira, y dio la impresión de que venían a detenerla. Pero anoche estaba de vuelta en el trabajo, libre como un pájaro.

—Se limitaron a confiscarle el ordenador —me reveló Derek—. Lo han revisado a fondo. Parece que ella no tenía ni idea de los anticipos.

—Oh, claro que estaba al corriente —dije distraídamente señalando a Derek con mi tenedor—. Está ocultando algo. Si no, ¿por qué iba a ponerse tan nerviosa cuando le pregunté por el *Oliver Twist*?

—Y ese ¿era el mismo *Oliver Twist* que Layla iba a subastar en el festival Twisted?

Pensé la respuesta mientras masticaba unas judías en su punto.

—Eso creía, pero ahora ya no estoy tan segura. Si se trata de una lista de preventas, ¿cómo van a subastarla?

—¿Tal vez hay dos *Oliver Twist*?

—Ni idea —dije, y agarré mi copa.

—Creo que deberíamos hacerle otra visita a Naomi.

Mientras nos íbamos en coche del restaurante, llamé a la inspectora Lee para explicarle la situación. Le describí la reacción de Naomi cuando le mencioné que quería comprar el *Oliver Twist*.

—Juraría que estaba al corriente de los anticipos de Layla —dije—. Voy a enfrentarme a ella, con o sin presencia policial.

—Será con —ladró la inspectora Lee—. Espéreme.

—Con mucho gusto —dije, y le guiñé un ojo a Derek, quien ya había apostado a que la inspectora no se perdería algo así por nada del mundo.

—Y, para que lo sepa —dijo Lee—, le devolvimos ese *Oliver Twist* hace unos días.

Miré fijamente a Derek.

—La trama se complica —dijo él en voz baja.

—Eso parece. —De manera que anoche, cuando le pregunté a Naomi si podía comprar el *Oliver Twist*, ella ya lo había recuperado de la policía. Tenía que saber perfectamente de qué libro le estaba hablando. Y, a juzgar por la marchita palidez de su rostro cuando le dije que no era una primera edición, estaba dispuesta a apostar a que ya lo había vendido.

Era medianoche cuando aparcamos el Bentley delante del edificio, así que dudaba que encontráramos a Naomi trabajando. La inspectora Lee ya estaba allí, esperando con otros dos agentes. El BABA estaba cerrado por la noche, pero a través del vidrio texturizado de la parte inferior de la puerta podía verse el brillo de unas luces bajas.

Como era de esperar, después de que la inspectora aporreara la puerta con el puño durante casi un minuto, Ned se acercó moviéndose pesadamente para franquearnos la entrada.

—Eh... —dijo—. Es tarde.

—Sí, vuelva a la cama —dijo Lee.

—Bueno —dijo Ned, y se alejó con torpeza.

Lee fue por delante hasta el despacho de Naomi y abrió la puerta.

—Trabaja hasta tarde, señora Fontaine.

Naomi lanzó un grito sobresaltada.

—¡Un poco más y me mata del susto! ¿Qué quieren? No estoy haciendo nada malo.

—En ese caso no le importará enseñarme en qué está trabajando —dijo Lee. Rodeó la mesa y le quitó el ordenador de las manos. Yo estaba segura de que nada obtenido de ese modo podría presentarse ante un tribunal, pero aun así me gustó.

—Ya se ha llevado mi ordenador de trabajo —gritó Naomi, intentando recuperar el portátil—. ¡Ese es mío!

—Parece una hoja de cálculo de Excel —dijo Lee, y buscó mi mirada mientras empezaba a leer la pantalla—. Es una lista de libros y precios. ¿Qué es esta columna? —Entornó los ojos para ver mejor la pequeña pantalla— «Fecha de adquisición». «Fecha de compra». «Fecha final».

—A menudo vendemos nuestros libros —se defendió Naomi—. No es ningún delito. Los libros pertenecen a Layla. Quiero decir, a mí.

—Pero vender un libro como una pieza más rara o mejor de lo que es para subir su precio sí es un delito —dije—. Se llama estafa. Es como el robo, solo que bastante peor. —Muy bien, aquello me lo estaba sacando de la manga. En silencio supliqué a la inspectora Lee que me siguiera la corriente.

La mirada de la policía se centró en Naomi.

—¿Estafa usted a sus clientes, señora Fontaine?

Naomi respiró hondo, temblando.

—¡No sabía que era una estafa! Layla vendía libros a toda esa gente, y me empezaron a llamar. Querían su dinero. O... o querían sus libros. Se presentó aquí un hombre, y no hablaba en broma. Me amenazó, me dijo que lo lamentaría si no obedecía, así que le di el libro que quería.

—¿El *Oliver Twist*? —pregunté.

La cara de Naomi era una máscara de conmoción y dolor.

—Dijo que Layla se lo había prometido. Dijo que ya le había pagado una parte del dinero, así que le di el libro y él me pagó lo que faltaba.

Jadeó. Estaba claro que deseaba no haber aceptado ese dinero. Pero lo había hecho, y yo creí que su confesión demostraba que no estaba hecha para caer tan bajo como su tía Layla.

—¿Qué aspecto tenía ese hombre? —preguntó Lee—. El que le dio el dinero.

—Era... —Naomi hizo una mueca y apartó la mirada.

—Siga —la empujó Lee.

Ella respiró hondo.

—Era asiático.

—Ah, mi gente —murmuró Lee—. ¿Y qué más? ¿Alto? ¿Gordo? ¿Bajo? ¿Calvo?

—Alto. De complexión normal. —Levantó la mirada a Lee con una sonrisa servil—. Y era muy apuesto.

—Estupendo. ¿Recuerda su nombre?

Ansiosa ahora por complacer, Naomi asintió.

—Señor Soo.

—¿Y cuánto dinero le dio?

Naomi se mordisqueó el labio inferior. Vi cómo su cerebro calculaba qué cifra darnos.

—¿Cuánto dinero, señora Fontaine? —repitió Lee, esta vez con más suavidad, pero también con más seriedad.

Los hombros de Naomi se agitaron con nerviosismo.

—Diez mil dólares.

—¿En efectivo?

Asintió, a todas luces infeliz al verse obligada a revelar la verdadera cantidad.

—No es de extrañar que pudieras permitirte un nuevo guardarropa —dije sorprendida.

—Es mi dinero —respondió con tono desafiante—. Soy la familiar más cercana de Layla, así que heredo su negocio de libros.

—¿Negocio de libros? —aquello me asqueó—. Yo diría banda de ladrones de libros.

—No soy una ladrona. El libro me pertenecía.

—¿Ah, sí? —pregunté—. ¿No pertenecería más bien al BABA?

—Deberíamos acabar esto en comisaría —dijo Lee. Le hizo un gesto al policía que esperaba al otro lado de la puerta del despacho, que se adelantó de inmediato.

—No —exclamó Naomi, que se echó a llorar.

No podía culparla. Yo estaba segura al noventa y nueve por ciento de que era inocente, porque, por más que había intentado emular a su tía Layla vistiéndose como una fulana y gestionando sus negocios como un tiburón, Naomi no había estado a su nivel. Había dado lo mejor de sí, pero le faltaba el ingrediente esencial: los genes de la auténtica arpía.

De manera que, si Naomi era inocente, ¿quién asesinó a Layla Fontaine?

CAPÍTULO DIECISÉIS

Derrotada, Naomi se puso en pie y el policía la hizo salir por la puerta. No la esposaron porque no la estaban deteniendo. Solo se la llevaban a comisaría para interrogarla.

La inspectora Lee los siguió por la puerta y luego por el pasillo. Iba a sumarme a ellos cuando me di cuenta de que se habían ido sin el portátil de Naomi.

Vacilé durante un nanosegundo; entonces lo cogí para echar un vistazo a la pantalla. Eh, no pude resistirme. La hoja de cálculo no era muy extensa, pero en ella se listaban al menos veinte libros. Localicé tanto el *Oliver Twist* como *La leyenda de Sleepy Hollow*.

No es raro que Naomi se quedara lívida cuando me vio con el *Sleepy Hollow*. Alguien —¿tal vez el señor Soo?— también podría haberla amenazado por ese libro.

En la parte baja de la pantalla, vi la pestaña de una segunda hoja de cálculo y cliqué encima. Ante mi vista apareció una lista de nombres que casi siempre sonaban extranjeros. De algún modo, eso tenía sentido. Había un mercado enorme para los libros artísticos y de anticuario en Asia y Oriente Medio, donde los compradores estaban dispuestos a pagar los precios más altos por los libros de mayor calidad.

En una columna aparte, el nombre del señor Soo aparecía anotado en la mayoría de las celdas, y un tal señor Tangorand ocupaba el resto. Las columnas no tenían ningún encabezamiento. ¿Eran compradores? ¿O tal vez intermediarios?

—¿Todavía investigando, cariño?

Me sobresalté al oír la voz de Derek.

—Deja de acercarte tan sigilosamente.

—Mejor yo que la inspectora Lee —dijo en voz alta—. Que, dicho sea de paso, todavía no ha salido del edificio.

—Vale, vale. —Mientras volvía a dejar el portátil en la mesa, me fijé en la esquina de una tarjeta profesional que asomaba bajo el protector de escritorio de Naomi.

Tiré de ella y la agité en el aire.

—Es del señor Soo.

Derek negó con la cabeza.

—Eres imposible. Anda, salgamos de aquí.

Nos subimos al Bentley y, en lugar de encender el motor, Derek se quedó mirándome. Yo no estaba segura de por qué. Entonces alargó la mano y me alisó el pelo, quitándomelo de delante de la cara, mientras uno de sus dedos me acariciaba lentamente la mejilla. Y entonces lo supe.

Se inclinó hacia delante y yo fui a su encuentro. El beso fue cálido, dulce, intencionado. Maravilloso.

—¿Dónde te gustaría ir?

Sabía qué me estaba preguntando. Era el momento de la verdad. ¿Tenía elección? En un plano semántico, por descontando que podía elegir. Pero si uno escuchaba las mariposas de mi estómago, estaban gritando —tan alto como puedan gritar las mariposas—: sí. Los martillos neumáticos de mi corazón aporreaban diciendo: adelante, ve, es el momento. El deseo inundaba mi cerebro y sentía que se me ruborizaba la cara. Así que supuse que tenía la respuesta.

—Volvamos a tu hotel.

Derek entornó los ojos, luego los relajó y finalmente sonrió y volvió a besarme.

—Gracias.

¿Me lo estaba agradeciendo? Yo también quería agradecérselo, pero me quedé sentada en silencio, intentando simplemente respirar mientras él ponía el coche en marcha y arrancaba lentamente. ¿Estaba tan nervioso como yo? Tal vez. Conducía más despacio de lo habitual.

Cuando entramos en la cochera del Ritz-Carlton, dos aparcacoches se apresuraron a abrirnos las puertas.

Atravesamos el vestíbulo, cogidos de la mano. Me sentía como si todos los ojos del hotel estuvieran fijos en nosotros. ¿Sabrían lo que íbamos a hacer? Se me empezó a secar la garganta. Tuve que mojarme los labios y respirar varias veces lenta y profundamente.

Mientras esperábamos el ascensor, sonó el móvil de Derek. Quería gritarle: ¡no contestes! Pero me controlé. Sacó el teléfono, me apretó la mano y se apartó de las puertas de los ascensores.

—Soy Stone —dijo respondiendo a la llamada.

Mientras alguien le hablaba, me envolvió con un brazo y me atrajo contra él. A continuación, lanzó un gruñido de protesta y soltó un improperio.

—¿Es una broma? —dijo. Nos miramos y añadió—: Bien, estaré ahí dentro de poco.

Colgó y me atrajo aún más para sumergir su cara en mi pelo. Le oí decir otra grosería. Esa forma de hablar era tan poco natural en él que me aparté.

—¿Qué pasa? —pregunté—. ¿Qué te han dicho? ¿Quién era?

—La inspectora Lee —dijo con su boca de nuevo pegada a mi cuello—. Naomi acaba de acusar a Gunther delante de la policía.

Mientras esperábamos a que el aparcacoches trajera de vuelta el Bentley de Derek, también le llamó Gunther para exigirle que pagara su fianza. Derek le explicó a su cliente que, dado que todavía no lo habían detenido, podía estarse adelantando un poco a los acontecimientos.

Pero Gunther no estaba de humor para sutilezas. La policía había entrado en su habitación de hotel y la estaba registrando. Nos dirigimos hacia allí. Mientras conducía, Derek me puso al corriente de lo que le había contado la inspectora Lee.

Todo había sucedido mientras Lee interrogaba a Naomi. Ella le había preguntado por qué había intentado implicar a Derek en el asesinato al insinuar que había tenido una aventura con su tía Layla.

Naomi había hablado largo y tendido sobre cómo Layla solía alardear de sus conquistas. Y se suponía que Derek había sido una de ellas. Dijo que su tía intentaba seducir a todo hombre que apareciera por el BABA. Dio varios nombres, y Lee los anotó todos. Luego Naomi dejó caer la bomba de Gunther. Según ella, Layla y Gunther habían acabado juntos la noche que este llegó a la ciudad. Desde entonces se habían acostado con regularidad. La noche que Layla murió, Gunther se presentó en el BABA para tener sexo con ella en su despacho.

Puaj. Yo había estado en ese despacho. Me alegré de no haber tocado nada.

Lee le dijo a Naomi que eso se lo estaba inventando, pero la chica insistió en que no mentía. La policía no tuvo más alternativa que localizar a Gunther en su hotel e interrogarlo. No tardaron en conseguir una orden de registro y, tras un examen preliminar de su habitación, los policías encontraron otra rareza bibliófila de anticuario oculta en el armario, detrás de su ropa.

La inspectora Lee quería que yo examinara el libro.

Gunther quería que Derek estuviera presente mientras lo interrogaban.

Yo quería estar a solas con Derek.

¿Me habían lanzado una maldición? Distinguí con claridad un patrón en todo lo que pasaba: todo el mundo conseguía lo que quería menos yo y, posiblemente, Derek. Con ojos semientornados, lo observé atentamente mientras conducía. Había tensión en sus labios por la irritación y las emociones reprimidas. Dobló la esquina siguiente con un giro más cerrado de lo necesario. No podía culparlo. Yo me sentía más frustrada de lo imaginable. Y no había nada que pudiera hacer en un futuro previsible.

Así que me concentré en otras cuestiones. ¿Qué significaban los libros en las habitaciones de hotel? ¿Quién los puso allí? Si había sido Naomi, ¿por qué lo hizo? ¿Le molestaban los hombres en la vida de Layla? ¿Por qué acusar a Derek? Según se vio, él tenía poca relación con Layla, pero Naomi parecía creer otra cosa.

Me pregunté si habría más libros colocados en otras habitaciones de hotel que todavía estaban por descubrir. Era una manera extraña de distraer a todo el mundo del verdadero crimen.

Derek era completamente inocente, sin duda, pero yo no distinguía a Gunther de una rata. Qué sabía yo de él, aparte de que le gustaba ir de juerga y llamar la atención de los demás. Supongo que también deseaba a Layla. Solo eso ya lo hacía formar parte de mi lista de posibles sospechosos.

Llegamos al Clift Hotel y subimos en el ascensor hasta la sexta planta. Los policías se arremolinaban en el pasillo delante de una habitación. Nos dirigimos hacia ellos.

—Están aquí —gritó uno de los agentes al interior de la habitación. Luego señaló con la cabeza hacia la puerta—. Pasen.

Entramos en la *suite*, un agradable espacio con mobiliario ultramoderno de Philippe Starck de madera clara, cubierto con elegantes telas de color blanco, lavanda y coral. Gunther caminaba furioso junto a la mesa del comedor. Estaba hecho un desastre, con la ropa arrugada y el pelo erizado, posiblemente por habérselo agarrado y mesado con sus propias manos de pura exasperación. Sus zapatos estaban bajo la mesa. Derek se acercó a él mientras yo buscaba a la inspectora Lee. Fue ella quien me encontró a mí.

—Aquí está —dijo al salir del dormitorio. Me tendió el libro—. Ya lo han examinado en busca de huellas.

Debí parecer tan horrorizada como me sentía, porque al instante añadió:

—No hemos estropeado nada.

—Espero que no —murmuré. El libro seguía todavía en su bolsa con cierre zip. La abrí y lo saqué. Lo estudié durante unos minutos, dándole vueltas entre mis manos, revisando las articulaciones, el dorado, el cuero, el papel.

—Es una auténtica belleza —dije. No me cabía duda de que se trataba de una primera edición de *La isla del tesoro*, fechada en 1883, y eso lo convertía en una pieza ciertamente rara y delicada. La cubierta de cuero marrón solo tenía unos ligeros rasguños en unos pocos puntos. El frontispicio, una soberbia ilustración a color de tres piratas regocijándose sobre un cofre lleno de oro, estaba cubierto por una página de tela inserta en el libro. Eso solía hacerse en libros con grabados delicados para evitar que las ilustraciones se deteriorasen con el roce de las páginas.

—Tenga cuidado con este —dije al devolvérselo a la inspectora Lee—. Seguramente vale treinta mil o cuarenta mil dólares.

Lee examinó el libro con incredulidad.

—Se está burlando de mí.

—En absoluto —dije—, así que intente que no se le caiga al suelo.

—¿Y eso cómo se explica? —murmuró mientras le daba la vuelta al libro y lo hojeaba—. Las ilustraciones son bonitas, pero no deja de ser un libro. ¿Por qué iba a querer alguien gastarse tanto dinero en él?

—Es una pequeña obra de arte —dije—. Hay amantes de los libros a los que les fascina el arte con que estos se elaboran, y están más que dispuestos a pagar esos precios.

—Pues eso será, si usted lo dice...

Recordé haber visto *La isla del tesoro* en la pantalla del ordenador de Naomi. Cerré los ojos con fuerza intentando rehacer la hoja de cálculo mentalmente. Según recordaba, el precio que vi podía rondar los cien mil dólares.

Quería echar otro vistazo a esa hoja de cálculo. ¿Quién era el comprador del libro? ¿Había pagado ya el anticipo? ¿Estaba previsto que recogiera el libro pronto?

—¿Podemos hablar en privado en alguna parte? —pregunté.

La inspectora Lee me miró con suspicacia; luego dijo:

—Venga a mi despacho. —Atravesó el dormitorio y entró en el suntuoso baño de la *suite*—. Y bien, ¿qué pasa, Wainwright?

Miré alrededor, a las paredes de mármol bruñido y a la cabina de ducha tropical.

—Muy bonito.

—A mí me gusta —dijo ella encogiéndose de hombros—. ¿Qué tiene en la cabeza?

—Ya vio la hoja de cálculo de Naomi, ¿verdad?

—Ay Dios, déjeme adivinar. Usted también la vio.

—Bueno, la tenía allí delante, así que...

—Sí. Lo sé. Vaya al grano.

—Estaba pensando que si quiere atrapar a esos estafadores, puedo ayudar a tenderles una trampa. —Animada, empecé a andar por el baño—. No es posible que Naomi sea la líder de la organización. Seguramente lo era Layla, y alguien nuevo la habrá sustituido. Podemos descubrir quién. Yo entiendo de libros, así que seré su contacto, inspectora. Estoy segura de que están timando a los compradores. Recuerdo que *La isla del tesoro* aparece en la lista con seis cifras. No vale tanto, presentan el libro como más de lo que es e inflan el precio. Lo mismo sucede con el *Oliver Twist*. No es una primera edición, pero alguien creerá que sí y pagará el precio. Yo puedo llamar y organizar un encuentro. Luego podríamos...

—Bueno, bueno, tranquila, chica —dijo Lee, descartando la idea con un gesto de las manos.

—Vamos, seguro que funcionará.

—No estamos llevando a cabo ninguna operación encubierta —dijo con retintín—. Esto no es como en la tele, Brooklyn, y usted no es Angie Dickinson.

Fruncí el ceño.

—¿Angie Dickinson?

—¿*La mujer policía*? ¿La sargento Pepper Anderson? Vamos, por favor. ¿Es usted antiamericana o algo así?

—Oiga, que esa serie es anterior a mi época.

—Y a la mía también —dijo ella sonriendo—, pero a mi padre le encantaba.

Sonreí a desgana.

—Vale, supongo que eso es un gran NO a la operación encubierta.

—Supone usted bien —zanjó la inspectora—. Pero gracias por el ofrecimiento.

Me encogí de hombros.

—Cuando cambie de opinión, ya sabe dónde encontrarme.

—Lo sé, gracias. —Su teléfono sonó. La dejé allí hablando y volví al salón, donde Derek me esperaba.

—Lo siento, pero voy a tener que quedarme un rato —dijo acariciándome la espalda—. ¿Quieres que pida un taxi para que te lleve a casa?

—¿Te vas a pasar toda la noche aquí metido?

—Eso empieza a parecer.

—En ese caso, supongo que yo...

En ese momento, el inspector Jaglom entró en la *suite* seguido por los dos agentes que previamente habían estado cn el pasillo. Todos se unieron a la inspectora Lee, que salió del dormitorio y se acercó al cliente de Derek.

—Gunther Schnaubel —dijo ella—, queda detenido por el asesinato de Layla Fontaine.

Me desperté a la mañana siguiente y me preparé una taza de café; luego llamé a Derek. Él contestó al instante; sonaba cansado.

—¿Fuiste a casa anoche? —pregunté.

—No, todavía estoy en comisaría.

Me solidaricé con él, y luego le pregunté:

—¿Has averiguado lo que pasó? ¿Por qué han detenido a Gunther?

—Tienen un informe de la Interpol. A Gunther lo detuvieron varias veces en Austria por allanamiento de morada. Fue hace años, pero eso no les ha importado.

—Oh, suena muy mal.

—Sí, ¿verdad? No solo tiene los conocimientos para forzar mi habitación de hotel, también tuvo una aventura con una víctima de asesinato. Todo es circunstancial, pero pueden retenerlo cuarenta y ocho horas más mientras intentan reunir otras pruebas.

—Pero ¿por qué iba a entrar en tu habitación y esconder un libro allí?

—Para dirigir la atención de la policía hacia mí y desviarla de él.

—Pero, en ese caso, ¿por qué iba a esconder un libro en su propia habitación?

—Eso mismo le digo yo a la policía —contestó con cansancio—. Dicen que podría tratarse de una treta para alejar las sospechas de sí mismo, y por eso van a retenerlo al menos un día más.

—¿Tienes que quedarte ahí?

—No, estaba a punto de irme cuando has llamado.

—Bien —dije—. Deberías dormir un poco.

—Por desgracia, ahora mismo solo sirvo para eso. Pero me gustaría verte más tarde. ¿Tienes algún plan para hoy?

Vacilé, pero luego confesé la verdad:

—Pensaba acercarme en coche a Chinatown.

—Ah, esa es mi chica.

Aparcamos en el garaje de Union Square y caminamos una manzana por Grant Avenue hasta las escaleras de Chinatown. Derek se había empeñado en acompañarme, y yo me alegraba. Aunque en el pasado había recorrido docenas de veces las animadas calles de Chinatown, nunca antes lo había hecho en una misión para descubrir a un posible extorsionador.

Suponía que sería difícil llamar extorsionador al señor Soo hasta oír su versión de la historia, y me alegraba en todo caso de contar con la compañía de Derek.

Caminamos por la estrecha acera, pasando por delante de comercios de electrónica, teterías y joyerías llenas de piezas de marfil, jade y ámbar, así como de miles de abalorios con los colores del arcoíris. Las tiendas de recuerdos vendían cualquier baratija concebible conocida por el hombre, desde zapatillas de seda con bordados de cuentas y carteras de todos los colores hasta rascadores de espalda de madera, cometas de todas las formas y tamaños, elegantes jaulas para pájaros, teteras de estilo chino, joyeros y delicados huevos sobre soportes de madera.

Las carnicerías exhibían hileras de patos cocinados, colgados de rejillas metálicas, secándose con la brisa. Pequeñas coles chinas, tirabeques y repollos de hoja rizada llenaban los puestos de verduras a la entrada de los mercados. Aspiré los aromas de las empanadillas fritas y los panecillos de salchicha y me entraron ganas de comerme todo lo que olía.

Dos manzanas más allá, en el corazón de Chinatown, encontramos la dirección que aparecía en la tarjeta del señor Soo.

—Es un local de comida para llevar —dije echando una mirada de decepción al interior de aquella tasca de mala muerte. La cajera estaba sentada en un taburete alto, y hacía oscilar suavemente un pie mientras leía una revista y jugueteaba con una mano con su tupido pelo. No era la forma más seductora de atraer clientes.

Comprobé la tarjeta de Soo. «*Suite* 317», rezaba.

Dejamos atrás el escaparate del restaurante y nos detuvimos en una puerta contigua. Una ventana empañada, con forma de ojo de buey, permitía ver el interior. Derek levantó una mano para protegerse del resplandor del sol mientras miraba.

—Si te quedaras aquí fuera, no pensaría mal de ti —dijo.

—Pero yo sí —repliqué con determinación. No tenía la menor intención de acobardarme en ese momento—. Vamos.

Abrió la puerta y entramos. La puerta se cerró de golpe a nuestras espaldas, sumiendo instantáneamente en la oscuridad aquel espacio cerrado. Un estrecho pasillo conducía a un tramo de escaleras y empezamos a subir. Yo intentaba no respirar demasiado hondo. El lugar era frío, húmedo y sombrío, y olía a aceite de sésamo y cerdo agridulce.

—Supongo que estará en la tercera planta —dije en voz baja.

Derek fue por delante hasta el rellano de la tercera planta y abrió otra puerta que daba a un largo pasillo mejor iluminado, con puertas a ambos lados de oficinas y apartamentos. Llegamos al 317 y llamamos.

No me sorprendió que no respondiera nadie, pero me dejó pasmada que Derek intentara girar el pomo y este cediera con facilidad.

—¿Seguro que debemos entrar? —pregunté, sin saber si podíamos entrar en la vivienda privada de alguien. Aunque, la verdad sea dicha, no sería la primera vez que lo hacía.

—Es una oficina —dijo Derek mientras abría la puerta.

—Oh, bien. —Lo seguí dentro de la oficina del señor Soo, donde una pared de cristal separaba la pequeña y sórdida área de espera de una sala interior. Un revestimiento oscuro y lleno de marcas cubría las paredes hasta media altura; por encima de él, un papel pintado con motivos florales verdes y rosas se caía a pedazos. Junto a una pared había dos desvencijadas sillas plegables con una pequeña mesa de plástico entre ellas. Pese a lo deteriorado del entorno, resultó extrañamente consolador ver dos ejemplares muy usados de la revista *Fine Books & Collections* sobre la mesa.

Yo también estaba suscrita a esa respetada revista profesional, y lo tomé como una buena señal: quienquiera que trabajara allí, se tomaba en serio los libros.

Derek llamó a la puerta que daba a la habitación contigua. Una vez más, no obtuvo ninguna respuesta.

—¿Está cerrada? —pregunté.

—No. —Abrió la puerta y entró. Lo seguí y patiné hasta poder detenerme.

La habitación era un desastre. Había dos sillas almohadilladas boca abajo, destripadas. Su relleno algodonoso estaba esparcido por el suelo y algunos trozos flotaban en el aire, agitados por nuestros movimientos. Habían volcado una de las estanterías de libros, que estaban tirados por todas partes, revueltos y amontonados, con las cubiertas abiertas y las páginas dobladas. Era un caos.

—Oh, esto es horrible —exclamé recogiendo un volumen de lo alto de una de las pilas—. Son libros caros. ¿Cómo han podido...?

Unas pisadas resonaron en el pasillo. Derek se llevó un dedo a los labios, luego me agarró de la mano y corrió a otra puerta. Yo esperaba que nos condujera a la salida, pero no fue así. Derek la abrió y entramos en un baño diminuto y estrecho, con apenas espacio para una persona, un retrete sucio y un lavamanos en el que no cabrían mis dos manos. Los accesorios estaban oxidados y el grifo goteaba.

Derek cerró la puerta y echó el pestillo justo cuando los pasos resonaron en el área de espera. El ruido sordo de las pisadas se aproximó y llegó a la habitación de los libros, al otro lado de la puerta.

Tragué saliva con nerviosismo y apoyé la cabeza en la espalda de Derek, deslizando los brazos alrededor de su cintura. Sentí cómo se tensaban los músculos de su cuerpo mientras conteníamos la respiración.

—¿Pero qué coño...? —dijo una áspera voz masculina.

Unos nuevos pasos se unieron a los primeros y su autor maldijo de forma aún más grosera.

—¿Qué hacemos ahora?

—Encontrar ese libro, maldita sea.

—Eso es imposible. Debe de haber mil libros aquí.

—Pues empieza ya. No pienso irme sin él.

—Mierda —se quejó el otro. Pero empezó a mover cosas, buscando algo.

Hice una mueca al oírles tirar los libros. Derek me apretó la mano comprensivo, y yo le habría besado. Aquel espacio era diminuto e incómodo, no mucho mayor que el baño de un avión, pero si tenía que verme tan cerca de otro ser humano en un lugar cerrado, estaba más que conforme con que fuera con él.

De repente, recordé otro espacio diminuto en el que me había ocultado recientemente. Entonces me asusté cuando me di cuenta de que Derek también se había escondido allí. Aquellos eran buenos tiempos.

Uno de los hombres debió de intentar levantar la estantería volcada porque oí chirriar la madera.

Entonces, uno de ellos empezó a gritar.

—¡Oh, Dios santo! —A eso siguieron más gritos.

—¿Qué pasa? —dijo su compinche—. ¡Cállate! Ah, mierda, larguémonos de aquí.

Los dos hombres se pusieron en marcha precipitadamente y uno de ellos cayó al suelo; luego ambos salieron corriendo de la habitación y huyeron por el pasillo.

Se hizo el silencio. Me di cuenta de que estaba conteniendo el aliento, tan tensa que creía que iba a partirme por la mitad.

Derek abrió tranquilamente la puerta, luego se echó hacia atrás, aplastándome hasta que pudo pasar de costado por el umbral y salir del diminuto y opresivo lavabo.

Yo lo seguí, jadeando para recobrar el aliento.

Él agarró la pesada estantería y la levantó.

Chillé, no pude evitarlo. Reconocí al muerto enterrado bajo cientos de libros y la pesada estantería.

Era el asiático que había visto saliendo enfurecido del despacho de Layla la primera noche de clases.

—El señor Soo, supongo —dijo Derek.

Tenía que ser él. En la mano aferraba el *Oliver Twist* que yo había restaurado con tanto esmero.

En su frente había un orificio de bala.

CAPÍTULO DIECISIETE

—¡Otro cadáver!? —exclamé tras haber alcanzado oficialmente el límite de mi paciencia—. ¿Qué está pasando conmigo? ¿Fui una asesina en serie en una vida anterior? ¿Por qué no dejo de encontrar gente muerta?

Ya bastaba.

—Coincido en que todo se ha vuelto un poco preocupante —confesó Derek mientras se esforzaba por mantener la estantería suspendida en alto.

—¿Preocupante? Confío en que sea otra forma de decir totalmente injusto y de lo más irritante.

—Algo por el estilo —dijo haciendo una mueca mientras cambiaba de postura para bajar la estantería.

—Eh, espera, quiero mi libro —señalé el *Oliver Twist*, que seguía en la mano del difunto. Empecé a apartar libros de mi camino.

—Lo siento, cariño —empujó la estantería para que al caer no siguiera aplastando al desgraciado señor Soo.

—Pero, Derek, eso vale...

—Da igual —me agarró del brazo y me condujo a la puerta—. Ahora nos vamos de aquí.

Lo miré consternada por encima del hombro.

—Solo tardaríamos un segundo en...

—No tenemos ese segundo, cariño. —Miró a ambos lados del pasillo y echó a correr hacia las escaleras—. ¿Oyes esas sirenas? —dijo al llegar al final del pasillo y abrir la puerta que daba al rellano—. La policía se detendrá justo delante de este edificio, te lo garantizo. Ya he pasado varias horas bajo el escrutinio policial, no quiero atraer su atención más de lo necesario.

—Supongo que tienes razón. —Había comprobado que el libro estaba bastante apartado del hilo de sangre que manaba de... en fin, mejor dejarlo, pensé estremeciéndome ante la imagen del señor Soo yaciendo muerto en aquella habitación. Me molestaba dejar allí el *Oliver Twist*, pero sabía que el libro acabaría siendo una prueba y, con el tiempo, se lo devolverían a Naomi, que a lo mejor todavía me lo vendía.

Derek era más importante ahora mismo. Tenía que alejarse de aquí.

Bajamos corriendo las escaleras mientras las sirenas de la policía perforaban el aire, cada vez más fuertes. Como cabía esperar, se detuvieron bruscamente en la calle lateral que bordeaba el edificio del señor Soo.

Una vez en la planta baja, caminamos a paso rápido hacia la parte trasera del edificio y salimos a la estrecha calle de un solo sentido que discurría paralela a Grant. Una calle peatonal entre edificios de oficinas que pasaba por delante de varios restaurantes modestos nos llevó hasta la calle siguiente, Kearny. Desde allí volvimos caminando a Union Square mirando escaparates por el camino.

Pese a servir de línea divisoria entre las tiendas de moda de Union Square y los rascacielos monolíticos de Financial District, Kearney Street tenía algo sórdido con sus tiendecitas de rebajas, sus locales de comida irreconocible, sus servicios de cambio de moneda y algún que otro bar.

Pero en la ciudad hacía un día espléndido, con un cielo azul brillante y una magnífica brisa que corría entre los cañones que formaban los rascacielos a nuestra izquierda. Parecíamos encontrarnos a un millón de kilómetros de distancia del lúgubre escenario del crimen de Chinatown y, al doblar por Post Street, me dio la sensación de que disponíamos de todo el tiempo del mundo.

—Lamento que hayas tenido que dejar tu libro allí —dijo Derek mientras pasábamos por delante del escaparate de Brooks Brothers en el que se exponía un traje de hombre color marrón junto a un impecable vestido rosa de algodón. El vestido era asexual y conservador hasta lo imposible, de manga corta, con una pechera con pliegues y un lacito en el cuello. Lo digo en serio: aquello era un babero. ¿Quién se pondría eso? Tuve que obligarme a apartar la mirada.

—No, tenías razón —dije por fin—. Había que salir de allí antes de que llegara la policía. Pero encontrarán el libro y lo utilizarán como prueba contra esos tipos.

Se llevó mi mano a sus labios y la besó con dulzura.

—Sí, eso harán.

—Siento haber perdido los papeles —dije al recordar mi ataque de nervios mientras esperábamos a que el semáforo se pusiera en verde en Post y Grant—. He visto a ese hombre allí tirado y no lo he podido soportar. Demasiados cadáveres, supongo.

—Me sorprende que hayas aguantado tanto tiempo —dijo Derek apoyando la mejilla en mi mano—. Sé que ha sido traumático para ti.

—Todo esto me parece cada vez más raro —reconocí—, pero no es excusa para perder el control de esa manera.

—Querida, eres una mujer fuerte, no debes ser tan dura contigo misma. —Me rodeó con un brazo y cruzamos la calle juntos.

Un mar de emociones invadió mi cuerpo al escuchar sus amables palabras. No estaba segura de merecerlas, pero me conmovieron de formas que no sabría describir. Tal vez más tarde, cuando estuviera sola, lo recordaría y me preguntaría si ese era el momento más perfecto de mi vida.

Y qué triste que tales momentos perfectos quedaran marcados por la presencia de cadáveres.

Media manzana más adelante doblamos la esquina para entrar en Maiden Lane y yo me detuve a mirar un camafeo de doce mil dólares en el escaparate de Gump's. Era una talla de marfil de un rostro femenino impecable, precisa y elegante. Iba montado en una pieza de ámbar tan oscura y matizada que parecía azul de medianoche. Unos diminutos diamantes con engarces de platino rodeaban el marfil y se entrecruzaban formando un lazo bajo el rostro de la mujer.

—Me pregunto quién habrá llamado a la policía —reflexioné, obligándome a apartar la mirada del camafeo.

—Alguien estaba vigilando ese edificio —dijo Derek con naturalidad.

Lo miré.

—Quizá otro inquilino oyó a esos dos tipos gritando y llamó al 911.

Negó con la cabeza.

—No es el tipo de sitio al que la gente invita a la policía de buena gana.

—Cierto.

—Y el momento de su aparición me parece demasiada casualidad.

Me di la vuelta para mirarlo a la cara.

—¿Crees de verdad que alguien nos vio entrar en el edificio y llamó a la policía?

Se encogió de hombros.

—Eso es espeluznante.

—No podría estar más de acuerdo.

Nerviosa, miré a nuestro alrededor, luego me estremecí. ¿Había alguien vigilándonos en ese mismo momento? No quería creerlo. Tal vez alguien, a saber, el asesino, había estado vigilando la oficina del señor Soo para saber quién se presentaba. Eso tenía cierta lógica. Pero ¿vigilarnos a Derek y a mí? ¿Seguirnos? ¿Por qué?

«Veo cosas».

Me estremecí al pensar que Ned podía estar allí cerca vigilándonos. Pero eso era ridículo. Ned nunca salía del BABA. Pese a todo, no pude quitarme de encima la idea de que alguien nos había estado observando cuando entramos en el edificio.

—Los dos hombres que entraron en la oficina del señor Soo no sonaban como prominentes ciudadanos, ¿verdad que no?

—No —dijo Derek, y lo dejó ahí.

Avanzamos media manzana más a lo largo de Maiden Lane y nos detuvimos a mirar la comida de aspecto delicioso que se exponía en el escaparate de un diminuto bistró de estilo italiano. Resultaba mucho más placentera a la vista que aquel asombroso camafeo. El hambre que había sentido en Chinatown ahora se había vuelto canina.

Derek, bendito sea, me hizo pasar al acogedor restaurante, donde pedimos una ensalada y un sándwich para compartir. Decidí tomarme también una copa de vino. Me la merecía. Derek pidió una botella pequeña de San Pellegrino.

—¿En qué tipo de negocio crees que estaba metido el señor Soo? —pregunté una vez nos sentamos.

—Diría que en las estafas con libros.

—Eso pienso yo. Esa oficina era un auténtico almacén de libros.

—Sí, lo era —dijo Derek, partiendo un bollo para mojar el denso pan italiano en un aceite de oliva muy untuoso—. Yo diría que compraba y vendía, pero sobre todo que intermediaba con libros, grabados y obras de arte relacionadas.

—Al menos era un buen lector —reflexioné mientras daba un mordisco al grueso y jugoso sándwich de queso y *prosciutto*.

—Ahora ya no —dijo él.

Derek me dejó temprano en el BABA y me prometió volver luego a recogerme. ¿Me atrevería a pensar que esa noche sería la noche? Mejor que no me hiciera ilusiones...

Lo primero que vi al entrar fue a Alice y Naomi, que hablaban en voz baja pero acaloradamente junto a la guillotina en la galería inferior.

La buena noticia era que, al menos, hablaban.

Cuando Alice me vio, me hizo un gesto con la mano para que me acercara.

—Brooklyn, no vas a creerte lo que le ha pasado a Gunther.

Miré a mi alrededor con cautela. El festival Twisted estaba en su punto álgido, y había visitantes paseando por la galería, contemplando las elegantes exposiciones y observando las estanterías con atención.

—¿Por qué no seguimos esta conversación en el despacho de Naomi? —dije, y soné tan fastidiosamente madura que me dio vergüenza.

—Muy bien —dijo Naomi, y se encaminó contoneándose en esa dirección.

Cuando cerramos la puerta a nuestra espalda, la emoción de Alice se disparó:

—Lo han detenido. ¿Puedes creértelo?

—Ay Dios —dije—, ¿de verdad?

—Sí, ¿no es terrible?

Naomi gruñó.

—Alice, no seas ingenua. Brooklyn finge que no lo sabe, pero está al corriente. Su novio es el guardaespaldas de Gunther.

Un momento. ¿Incluso Naomi sabía cuándo mentía? Eso era muy injusto.

—Naomi, cállate —dije sin mucha convicción.

Alice no nos prestaba atención a ninguna de las dos.

—He tenido que cancelar la clase de litografía de Gunther, pero la subasta es el próximo fin de semana. Él es nuestro nombre más conocido. La gente espera que esté presente. ¿Qué haremos sin él? ¿Cómo ganaremos dinero en la subasta?

—Deja de quejarte —dijo Naomi.

Pero Alice prosiguió su diatriba.

—¿Qué vamos a hacer? No podemos cancelarla a estas alturas. Con toda esa gente... y con toda esa comida... Los del catering estarán... Oh, Dios, los del catering. —Se calló e intentó recuperar el aliento, pero no podía. Empezó a resollar descontroladamente.

—Alice, estás hiperventilando —dije, alarmada—. Naomi, ¿tienes una bolsa de papel o algo en lo que pueda respirar?

—¿Y por qué iba a tener bolsas de papel? Tú... tú ¡haz que pare!

Los resuellos de Alice eran más ruidosos y frenéticos. Sus ojos, presa del pánico, se habían dilatado. Justo cuando me parecía que iba a desmayarse, Naomi se colocó delante de ella y le dio una bofetada.

—Ahí tienes —dijo Naomi frotándose las manos—. Tal vez esto la calme.

—Por Dios santo, Naomi, ten un poco de compasión —dije.

Pero la respiración de Alice se ralentizó al instante. Dio unas pocas bocanadas controladas e hizo un gesto para indicar que estaba bien. Se hundió en la silla más próxima y se echó hacia delante para poner la cabeza entre las piernas.

Naomi y yo intercambiamos una mirada. Alice era frágil hasta lo increíble. Todo le afectaba sobremanera. ¿Podría dedicarse a esta profesión? Tenía mis dudas. Sobre todo si tenía que trabajar con Naomi cada día.

Al cabo de unos minutos de tenso silencio, Alice levantó por fin la cabeza, inhalando y exhalando lentamente.

—Vale, vale. Estoy mejor. Lo siento, antes casi me da un ataque.

—¿Casi? —dijo Naomi con un tono que indicaba lo horrorizada que estaba. Tal vez se parecía más a Layla de lo que todos habíamos creído. Pero, sinceramente, en ese momento no podía echarle la culpa. La pobre Alice era un caso perdido.

—Mira —dijo Naomi—, voy a asumir yo la responsabilidad de la subasta y de la gala del sábado por la noche. Tú no puedes hacerte cargo. No quiero ver aparecer a los técnicos de emergencias en pleno acto porque una uña rota te está provocando un maldito ataque al corazón, por el amor de Dios.

Alice agitó débilmente la mano.

—Muy bien. Te encargas tú. Esta vez observaré, y quizá asuma la responsabilidad del próximo evento.

—Sí, claro —dijo Naomi esbozando una sonrisa burlona—. Yo me encargaré de todo, como siempre.

Miré la hora en mi reloj.

—Escuchad, tengo que dar una clase —dije. No quería encontrarme en medio de otra riña si esas dos empezaban de nuevo.

—Sí, lo que sea —dijo Naomi, que salió del despacho murmurando—: Piradas. Estoy rodeada de piradas.

Preocupada, miré a Alice. Ella alzó la cabeza despacio y me devolvió la mirada, esbozando una sonrisa de satisfacción.

Entonces, lentamente, caí en la cuenta.

—Lo has hecho a propósito, ¿verdad?

—Bueno, la verdad es que no esperaba que me abofeteara con tanta rabia. —Pero entonces se encogió de hombros alegremente—. La hace feliz sentir que está al mando. Estaré atenta para asegurarme de que el poder no se le sube a la cabeza y empieza a creer que el centro es suyo. Pero las cosas deberían funcionar con más fluidez a partir de ahora, ¿no crees?

Durante el descanso para la cena, me pareció que necesitaba un poco de consuelo familiar, así que llamé a mi madre para ver cómo estaba Gabriel. Lo habían acogido en casa desde que había salido del hospital.

—Todavía tiene pesadillas —dijo—. Estoy preocupada.

—¿Y de qué tratan?

—No cuenta nada al respecto. Duerme mucho. Le he confeccionado una pulsera mágica sanadora y la lleva puesta todo el tiempo. Y estoy probando algunos hechizos con él. Pero no recuerdo si el conjuro de sanación se hace con luna llena o con luna creciente.

—Mamá, eres nueva en esto de la wicca. No me lo vayas a convertir en un gato negro ni nada por el estilo.

—No seas tonta, mujer: Gabriel no podría transformarse en un gato negro.

—Me alegro.

—No, sería mucho más probable que se convirtiera en un cuervo.

Ay Dios.

—El caso —prosiguió— es que tu padre ha estado haciéndole compañía, hablando de vino y noticias del mundo y cosas así. Y Annie y yo estamos haciendo de enfermeras, así que, en ese sentido, parece bastante contento.

—No me extraña —comenté con ironía; luego le dije que intentaría subir a casa el fin de semana siguiente para hacerle una visita.

—Le alegrará mucho saberlo, cariño. Es un encanto de hombre, ¿verdad?

—Sí, lo es —dije riéndome—. Pero, mamá, asegúrate de revisar la cubertería antes de que se vaya.

Entre la muerte y el funeral de Layla, mis alumnos habían perdido varias horas de clase, así que el martes por la noche les ofrecí recuperar una clase el viernes. Que estuviera disponible un viernes por la noche era una confirmación de mi triste vida personal, pero al menos no estaría sola. Todos mis alumnos también estaban libres.

Tras hacer la enésima demostración del proceso de centrar los cartones y el endurecedor del lomo sobre las cubiertas de tela, y de pegar correctamente las guardas, los alumnos ya estaban a solo unos pasos de acabar los diarios tradicionales que habían empezado esa semana.

Derek cumplió lo prometido y me recogió después de clase para llevarme a casa. Tenía una botella de champán esperándonos en la nevera, y nos imaginaba acomodados en el sofá, dando sorbos al líquido burbujeante y mordisqueando queso brie sobre tostadas calientes.

Aparcó su coche en el espacio para visitantes de mi garaje. Subimos en el ascensor hasta mi planta y abrí la pesada puerta metálica. Cogidos de la mano, caminamos hasta mi puerta. Casi vibraba anticipando lo que iba a pasar.

—Yuju, ¿Brooklyn? —me llamó Vinnie desde su puerta, que estaba doblando la esquina.

Gemí en voz alta.

La voz de Derek sonó grave y ronca.

—No respondas. Se irá.

La tentación era irresistible, pero nada propia de una buena vecina.

—Lo siento mucho —susurré. Esbozando una mueca, respondí—: Hola, Vinnie. ¿Qué hay?

La oímos recorrer el amplio pasillo a paso ligero.

—Tenemos... Oh, hola, Derek —dijo Vinnie sonriendo animadamente—. Me alegro mucho de verte.

Derek había conocido a mis vecinas hacía alrededor de un mes, después de que un perverso asesino intentara liquidarme en mi casa.

—Hola, Vinnie —la saludó él con cordialidad—. ¿Cómo estás?

—Bastante bien. ¿No es esto una agradable sorpresa?

Mientras ella corría de vuelta a su apartamento, yo abrí la puerta del mío.

—¡Suzie! —gritó Vinnie—. Brooklyn está en casa con Derek... ¿Te acuerdas de Derek? Ven rápido a saludarlos. Trae la botella de vino.

—Ay, por Dios bendito —dije en voz baja, y me eché a reír al ver que Derek se golpeaba la cabeza contra la pared. Entré. Él me siguió, pegado a mi espalda, me agarró por la cintura, me dio la vuelta y me besó. Hundí los dedos en su pelo mientras las rodillas me flaqueaban.

La respiración de Derek se convirtió en un jadeo entrecortado en el momento en que tuvo que interrumpir el beso porque las botas con punteras de acero de Suzie repicaban contra el suelo de madera delante de mi puerta.

Suzie entró.

—¿Qué hay, Brooklyn? ¿Qué hay, Derek?

—Suzie —la saludó él, de nuevo con cordialidad, y le dio un abrazo—. Estás tan guapa como siempre.

Que pudiera sonar tan elegante y caballeroso después de darme un beso abrasador que me había dejado temblando era un misterio para mí insondable.

—Oh, tú si tienes buen aspecto —dijo Suzie, nerviosa y ruborizada tras el abrazo de Derek. Ni siquiera una lesbiana que calzaba botas con punteras de acero podía resistirse a sus encantos.

—Pasad —dije, haciendo un gesto para que entraran en la sala de estar—. Poneos cómodas mientras guardo mis herramientas en el estudio.

—¿Estás segura? —preguntó Suzie—. ¿No tenéis que salir corriendo a ningún sitio? ¿Podemos haceros compañía un rato?

—Quedaos —dijo Derek con generosidad, y yo le lancé una sonrisa de agradecimiento. Ellas eran, después de todo, mis vecinas favoritas y unas queridas amigas. Aun así, tanto buen karma me estaba poniendo de los nervios.

Vinnie entró al cabo de un minuto con una gran bolsa de sobras de comida tailandesa. Como acabo de decir, eran mis vecinas favoritas, y la comida gratis era solo una más de las razones.

La acompañé a la cocina, donde se puso a trabajar vaciando la bolsa y buscando sitio en la nevera para que cupieran todas las cajitas.

—¿Hay alguien en casa? —preguntó una voz desde la puerta.

—Es Robin —dije un tanto desconcertada.

—¡Qué bien! —exclamó Vinnie doblando la bolsa—. Vas a celebrar una fiesta.

—Eso parece —respondí mientras lanzaba una mirada de perplejidad a Derek antes de correr a la puerta.

Robin ya estaba dentro, colgando su abrigo en mi armario de la entrada. Le di un abrazo.

—¿Qué estás haciendo aquí?

—Yo también me alegro de verte. —Sostuvo una botella de vino en alto—. Mi cita se canceló. Pensé que te podría venir bien una amiga que te escuche despotricar un poco más. Pero ya oigo que tienes la casa llena.

—Pues sí —dije, y entonces bajé la voz para añadir—: Derek está aquí.

Los ojos se le pusieron como platos.

—¿Que está aquí?

—Sí.

—¿Quieres que eche a todo el mundo?

Me reí.

—No, estamos bien. Muy bien, de hecho. Por favor, no cuentes nada de lo que pasó la otra noche.

—¿Y por qué iba a hacerlo?

—Ya sé que no lo harías a propósito. Solo eso.

—Bueno, ahora que lo dices, me pregunto cuánto podría sacarte yo si te extorsionara...

—Ni se te ocurra —la advertí mientras volvía al salón.

—Tienes razón —dijo ella, sacudiendo la cabeza con tristeza—. Sabes muchos más secretos de mí de los que yo nunca podré desvelar sobre ti.

—Lo cual suena como otro resumen de mi vida —convine—. Pese a todo, no te olvides.

Todos se saludaron y se sirvió más vino. Me crucé con la mirada irónica de Derek y me reí. Él sonrió. ¿Qué otra cosa podíamos hacer más que aceptar lo inevitable?

—¿Cómo se encuentra Gabriel? —preguntó Robin mientras se llenaba la copa de vino hasta arriba—. ¿Y cómo está tu nueva amiguita, Alice? ¿Se lo pasó bien en Dharma antes de que empezaran los fuegos artificiales?

Puse al día a todo el mundo de la recuperación de Gabriel, del tratamiento de Alice en el *spa* y de cómo iba el recuento de cadáveres. Mis amigas parecían especialmente interesadas en los detalles de esto último.

—¿Crees que el ataque contra Gabriel está relacionado con los otros asesinatos? —preguntó Robin.

—En absoluto —insistí—. Lo único que los asesinatos del BABA y el ataque en Dharma tienen en común soy yo, y me niego a aceptar que nada de esto esté relacionado conmigo. No tendría ningún sentido.

—¿De verdad, Brooklyn? —dijo Vinnie—. ¿Tú eres la única que estabas cerca cuando se produjeron todos esos ataques?

—Sí.

—No —dijo Derek—. Gunther también estaba allí.

—¿Gunther? —Sorprendida, me volví hacia él—. ¿Crees que tu cliente tuvo algo que ver con el disparo a Gabriel?

—No, claro que no —dijo recostándose en la silla roja—. Tan solo señalo que no eres el único elemento en común, como insistes en decir.

—Muy bien, saquemos a Gabriel de la ecuación —dije—. Tenemos la agresión a Minka, luego el asesinato de Layla, y ahora también la muerte del misterioso señor Soo. Todos están relacionados con el BABA. Y hay un montón de sospechosos entre los que elegir.

—Bueno, imaginemos quién lo hizo —dijo Robin con seriedad mientras se levantaba del sofá—. Voy a buscar un cuaderno y haremos un gráfico.

—Me encantan los juegos de mesa —dijo Vinnie.

Me reí; entonces miré a Derek de soslayo y vi que sacudía la cabeza.

Me encogí de hombros.

—Eh, es mejor que el Trivial Pursuit —dije.

—No lo niego. Y veo que te lo pasas de lo lindo —respondió Derek en un tono casi acusador.

—Y yo veo que es increíble que estés aquí conmigo —dije en voz baja.

Alargó la mano y me apretó la rodilla con cariño.

—Suzie, ¿no hacen una pareja encantadora? —dijo Vinnie mirándonos afectuosamente a ambos.

—Son de lo más adorable —respondió Suzie con tono divertido. Se levantó y recogió la botella de vino vacía que había sobre la mesa—. Vamos, Vinnie, traigamos más vino.

Derek se esforzó por no reírse. A mí me ardían las mejillas. Siempre he odiado que las parejas se miren acarameladas delante de sus amigos. Ahora lo estaba haciendo yo. Había perdido todo el sentido de la dignidad y no me importaba en absoluto.

—Aquí está —dijo Robin, que había vuelto con un cuaderno rayado y un lápiz—. Vamos a resolver un asesinato.

—Dos asesinatos —la corrigió Vinnie mientras dejaba una botella de vino recién abierta sobre la mesita de centro—. Más los ataques a tu amigo Gabriel y esa zorra de Minka.

Robin casi se atraganta de la risa y Suzie sonrió orgullosa.

—Es imposible no quererla.

—Perdonadme —dijo Vinnie frunciendo el ceño—, no quería hablar mal de las zorras.

Después de que Robin escribiera una larga lista de sospechosos y móviles, Derek se levantó y la examinó. La estudió durante un instante y sus ojos brillaron con inteligencia.

—Muy bien, hagamos lo siguiente —dijo con resolución palmeando el respaldo de la silla roja—. Brooklyn, cariño, siéntate aquí para que puedas concentrarte mejor.

De repente sentí aprensión, pero me deshice de ella y cambié de silla. Me senté sobre mis piernas cruzadas y me removí hasta que me sentí a gusto.

Derek me acarició el brazo.

—Ahora vamos a repasar punto por punto los ataques a Minka y Layla. ¿Te parece bien?

—Claro —dije, esperando lo mejor.

Él miró a mis tres amigas.

—Vosotras tomáis notas y señaláis aquello que no encaje, ¿de acuerdo?

Vinnie asintió con seriedad.

—Esto se pone interesante —dijo Suzie, y se acomodó en su esquina del sofá.

—Empezaremos con la noche del asesinato de Layla —dijo Derek—. Estabas en tu aula, ¿es así?

—Sí. La cola se había secado y estábamos martilleando los lomos de los libros para darles forma.

—Bien —dijo él, acuclillándose delante de mí y apoyando las manos en mis rodillas—. Cierra los ojos, cariño, y recuerda. ¿Quién estaba en el edificio aquella noche?

Recordé a Naomi y Karalee, a Marky y a Ned. Minka también había vuelto del hospital, aunque no la vi hasta más tarde. Supuse que todos sus alumnos estarían con ella.

—Ahora estás en tu aula —dijo Derek en voz baja—. ¿Puedes verla?

Tras un momento de concentración, pude imaginar el aula, los alumnos y el olor de la cola.

—Bien, ¿y en qué lugar del aula estabas? —preguntó Derek.

Respondí, y volvimos a avanzar y a retroceder. «¿Qué herramienta tenía en la mano?». «¿Quién más estaba en el aula?». «Imagina a los alumnos. Rodea el aula y di sus nombres».

Hice lo me indicaba.

—Ahora oyes el disparo —dijo—. ¿Quién está contigo en el aula?

—Todos mis alumnos — dije, pero entonces fruncí el ceño—. No, espera. Cynthia Hardesty había salido a hacer una llamada. Y Alice se había ido corriendo al lavabo. Y Gina... no, Whitney. No, espera. Las dos estaban en el aula. Gritaron y se metieron abrazadas debajo de la mesa.

—¿Qué más?

—Kylie tampoco está. ¿Fue al servicio? Y no veo a Jennifer. Pero seguramente estaba. Es muy callada. —Suspiré—. Eso es todo lo que puedo recordar.

—A ver, recapitulando —dijo Derek, mirando sus propias notas—, Cynthia, Kylie y Alice se encontraban fuera del aula cuando se oyó el disparo.

Cerré los ojos e intenté imaginar el aula en ese momento preciso.

—Sí, estoy bastante segura.

—Oyes el disparo y corres por el pasillo —prosiguió Derek—. Allí ves el cadáver. ¿Quién va contigo?

—Mitchell —respondí de inmediato—. No se quedó en el aula.

—¿Quién más? —preguntó Derek, dando pasos en todas direcciones mientras me acribillaba a preguntas—. ¿Dónde está todo el mundo ahora? ¿A quién ves a continuación?

Seguí los pasos que me marcaba y recordé a Alice y a Gina en la punta del pasillo que da a la galería, y a Mitchell diciendo que había mandado a Ned a vigilar el otro pasillo. Pero esa noche no vi a Ned en ningún momento.

Conté la exhibición de dolor de Tom Hardesty y el desprecio de Cynthia hacia Layla. También les hablé de las pisadas de Minka y recordé que Mitchell la había obligado a mantenerse alejada.

—Muy bien, cariño —dijo Derek con tono tranquilizador—. Ahora dime, ¿dónde está Naomi?

Abrí los ojos y lo miré fijamente.

—No estaba allí. Apareció a los pocos minutos. Dijo que estaba haciendo un recado. Se descompuso al ver a Layla. Intentó acercarse y tuve que retenerla, había perdido el control por completo. —Vacilé y entonces añadí—: Parecía fuera de sí, pero no la juzgaría por eso.

—¿Qué más recuerdas?

—Recuerdo que llegaste tú, con Gunther. Estaba enfadado y discutía con el inspector Jaglom.

—Sí, de eso me acuerdo yo también.

Miré a mis tres amigas sentadas en el sofá, una junto a la otra, como cosidas a sus asientos.

—Esto es genial —dijo Suzie—. Sigue.

—Vale —dije sonriendo. Levanté la mirada a Derek—. Si asumimos que el autor del disparo fue la misma persona que agredió a Minka, entonces no pudo ser Gunther. El lunes no estaba en la ciudad.

Derek cruzó los brazos sobre el pecho mientras reflexionaba.

—Pero lo cierto es que sí estaba. Llegó el domingo por la noche, con tres de mis hombres. Lo acercaron en coche al centro de artes del libro. Se las apañó para eludirlos dos veces y yo me cabreé muchísimo; por eso vine en avión el lunes por la tarde.

—¿Así que Gunther ya estaba en la ciudad?

—La trama se complica —murmuró Robin teatralmente.

—Pero Gunther no pudo matar al señor Soo. Estaba en la cárcel —dije mirando a Derek.

—Sí, yo también lo había pensado —contestó Derek, y nos sonreímos. ¿Nos sonreímos durante demasiado tiempo? ¿Mis amigas pensaron que teníamos que buscar una habitación ya?

Para distraerme, cogí el cuaderno, me recosté en la silla y repasé la lista de nuevo.

—Todavía podría ser cualquiera.

—Menos tú —dijo Robin.

—Menos yo, claro —dije con alivio, e hice una tercera columna con la gente que quedaba descartada como sospechosa. Anoté mi nombre en la lista; luego añadí el de Derek.

Tras unos cuantos estimulantes sorbos de vino, Derek y yo hicimos el mismo ejercicio para la noche de la agresión a Minka.

Volví a pensar en el aula el lunes por la noche; luego nombré a las personas que habían salido, una por una. Recordé que había intentado escabullirme para hablar con Layla, pero que Kylie me lo impidió al solicitarme una explicación sobre alguna técnica. ¿Enhebrar? ¿Coser? Algo así.

—De manera que Alice, Cynthia y Whitney estaban fuera del aula durante el tiempo en que agreden a Minka —reiteró Derek.

—Sí —dije.

—Eso significa que Alice y Cynthia son ahora el común denominador de los ataques en tu lugar de trabajo —dijo Vinnie.

—Muy bien —dijo Derek guiñándole un ojo a Vinnie, que se pavoneó complacida. No podía reprochárselo.

—Y Naomi —añadí—. Supuestamente estaba en su despacho con la puerta cerrada cuando agredieron a Minka. Cuando salió, parecía hacerse la tonta.

—Voto por ella —dijo Suzie, y Vinnie le dio unas palmaditas en la pierna para animarla.

—¿Adónde había ido Alice? —preguntó Derek.

—Al lavabo, probablemente —dijo Robin, sonriendo.

—Sin duda —dije yo, recordando—. Se pasa el día en el lavabo. O enviando mensajes a Stuart.

—¿Estás segura de eso? —preguntó Derek.

Robin se rio.

—No pensarás que Alice tiene algo que ver con esto, ¿verdad?

—Todavía no descarto a nadie —dio Derek pensativo.

—Tú me has visto desmayarme al ver sangre, ¿no? —dije—. Pues lo de Alice es diez veces peor.

—Es muy sensible —concedió Vinnie.

—Ni siquiera podría levantar un arma, menos aún dispararla —dijo Suzie, divertida—. Se desmayaría con solo oír la detonación.

—Pero estaba en Dharma cuando dispararon a Gabriel —insistió Derek.

—Oh, vamos —dijo Robin—. La chica es una pobre debilucha.

—Además, estaba en el *spa* cuando sucedió —dije.

—¿Seguro? —preguntó Derek, con una ceja levantada para expresar sus dudas.

—Y no olvides —dije—que el asesino tiene que saber entrar en una habitación de hotel para esconder los libros.

—¿No te cuesta imaginártela allanando una habitación de hotel? —dijo Robin entre risas.

—Es muy delicada —comentó Suzie—. La noche que la conocimos no paraba de llorar.

Miré a Derek.

—Es una tontería incluirla en la lista de sospechosos —dije—. A ver, ¿dónde alguien tan joven, inocente y sensible como Alice iba a aprender cómo se fuerza una puerta?

—Oh, ya no es tan joven —dijo Vinnie, echándose hacia delante en su asiento—. Tiene los lóbulos de las orejas de una mujer mucho mayor.

—¿Cómo? —Robin rio—. Venga ya.

—Es verdad —insistió Vinnie—. Mi madre, Padma, es especialista en cosmética facial, y tiene alma de artista. Ha estudiado la estructura facial, los huesos y la piel, y me ha contado muchas cosas.

—La madre de Vinnie quería que las dos abrieran un *spa* en Bombay —reveló Suzie.

—¿De verdad? —preguntó Robin—. ¿Sabes hacer todo lo necesario para llevar un *spa*?

—Sí. —Vinnie se estremeció ligeramente—. Y no puedo aguantarlo. ¿Te imaginas pasarte el día exfoliando pies o encerando labios de bigotudas?

Suzie se partía de risa.

—Pero ¿qué decías de los lóbulos de las orejas? —insistió Derek trayéndonos de vuelta al tema principal.

—Ah, sí —Vinnie se puso seria—. Si los lóbulos de las orejas hablaran, te dirían que tu Alice no es ninguna niña. Calculo que tiene cuarenta años, como mínimo.

CAPÍTULO DIECIOCHO

Yo estaba boquiabierta. Robin parecía haberse quedado muda. Ambas miramos a Derek, que cerraba los ojos para concentrarse. Todos nos volvimos a Vinnie, que seguía tranquilamente sentada dando sorbos a su copa de vino.

—¿Es eso posible? —preguntó Robin finalmente.

—Es un hecho muy conocido en mi país —dijo Vinnie con despreocupación—. La diadema que lleva puede servirle para mantener tensa la piel. Es un viejo truco.

¿Podía ser cierto? ¿Era Alice tan mayor? Con cuarenta años no se es vieja, pero ella no parecía haber cumplido ni los treinta. Y ahora que lo pensaba, su vestuario refinado y elegante aumentaba su apariencia juvenil. ¿Era todo fingido?

E incluso si era mayor de lo que creíamos, ¿por qué mataría Alice a Layla?

—¿Cuál es su móvil? —pregunté—. Empezó a trabajar en el BABA hace poco más de un mes. Layla era muy agradable con ella, resultaba tan raro que hasta daba miedo. Era casi maternal con Alice. Nunca vi ninguna animosidad entre ellas.

—Tal vez Alice tenía algo que podía utilizar contra Layla —dijo Derek.

—¿Quieres decir que la chantajeaba? —pregunté—. ¿Que Layla se veía obligada a darle un trato especial para que Alice no revelara algo? Es rocambolesco.

—No te olvides de Gabriel —dijo Robin—. ¿Qué podría tener contra él?

—Tal vez tendríamos que preguntárselo a Gabriel —dijo Derek, mirando por la ventana hacia la luna que se alzaba sobre el Puente de la Bahía.

—Sí, tal vez. —Me froté la sien, donde un dolor de cabeza empezaba a latir con fuerza ante la idea de que Alice pudiera ser una asesina a sangre fría. Miré a Derek—. Estás haciendo de abogado del diablo, y te lo agradezco, pero lo cierto es que no conoces a la chica. Es dulce y reflexiva. Sensible. No me la imagino en el papel de asesina.

—Recuerda a Ted Bundy, el asesino en serie —comentó Derek con tono siniestro.

—Oh, por favor...

—Según todas las versiones, era un hombre muy atractivo —dijo Vinnie, asintiendo.

—Y encantador —añadió Robin.

Vinnie se volvió hacia mí.

—Lo siento, Brooklyn —dijo—. No debe de resultar agradable darte cuenta de que te ha engañado una persona que considerabas una amiga. Pero tienes que admitir que es posible. Alguien está matando a esa gente. Debemos tener en cuenta todas las posibilidades.

—Sí, claro, sé que tienes razón. —Repasé la lista de nombres del cuaderno—. Pero precisamente por tener en cuenta todas las posibilidades, me gustaría valorar de nuevo a Naomi. Ella tenía mucho más que ganar que los demás, tanto económica como profesionalmente. Y también está Cynthia Hardesty. Odiaba a Layla.

—Pero ¿cómo se relacionan con Gabriel? —intervino Derek—. Ninguna de esas mujeres estaba cerca de Dharma el sábado por la tarde.

—Lo sé, lo sé. Me estoy agarrando a un clavo ardiendo. —Alcé la mirada hacia él y me agarré a otro clavo—: Es posible que el ataque a Gabriel no esté relacionado con los otros.

—Pero, cariño —me replicó con amabilidad—, si nuestra asesina es Alice, todo está relacionado.

—Pero ¿cómo va a estar relacionada Alice con Gabriel? ¿Y qué me dices del señor Soo?

—Todavía no puedo responder a esas preguntas —dijo él—. Pero empecemos con el hecho de que estaba en Dharma cuando dispararon a Gabriel. Y podría haber conocido al señor Soo a través de Layla.

—A Gabriel le dispararon cuando ella estaba en el *spa* —repliqué.

—¿Según quién?

Tuve que pensar. Alice y mi hermana Savannah habían llegado corriendo poco después de que subieran a Gabriel a la ambulancia. Los momentos no coincidían. Pero podía preguntar a Savannah si había estado todo el rato con Alice. No quería interrumpir la conversación, así que tomé nota mental para llamar a mi hermana a la mañana siguiente.

—Esto... —dijo Robin animadamente—, a lo mejor Layla tenía un lío con Gabriel, y Alice...

—Déjalo ahí —dije, completamente alterada por la imagen—. Si vuelvo a oír que otro hombre que conozco se acostaba con Layla, ingresaré en un maldito convento en el Tíbet.

Mis amigas rieron mientras Derek tosía discretamente. Luego me puso la mano en el hombro.

—Brooklyn, dime, ¿hasta qué punto conocías a Gabriel y a Alice?

Turbada, me recosté y reflexioné sobre la pregunta. Le había quitado importancia al pasado, pero para mí estaba claro que Gabriel era un ladrón, tan simple como eso. Sofisticado, guapísimo, heroico y refinado, pero solo un ladrón. ¿Por qué había acudido al gurú Bob en busca de refugio? ¿Quién lo perseguía? Yo sabía que el gurú Bob se fiaba de él y apostaría a que mi padre también. Y yo me fiaba del gurú Bob y de mi padre. Tenía que pensar más sobre Gabriel antes de divulgar sus secretos.

Alice era una historia diferente. Si me había estado engañando todo ese tiempo, no tendría ningún problema con arrojarla a los leones.

—Lo único que sé con seguridad de Alice es que llegó al BABA de la mano de Layla.

—Eso es sospechoso desde el principio —dijo Robin con aspereza.

—Cierto —admití, y me levanté para caminar por delante del sofá. Pensaba mejor andando. Les conté todo lo que creía saber sobre Alice, parte de lo cual ya se lo había dicho a Derek: el internado católico, los problemas estomacales, la conferencia donde había conocido a Layla—. Oh, y está comprometida con un tipo que se llama Stuart —añadí.

—¿Stuart? ¿Quién iba a inventarse un nombre como ese? —preguntó Suzie, perpleja.

Nuestras risas rompieron la tensión.

—Según Layla —añadí—, Alice está especializada en la recaudación de fondos para las artes.

—Arte y dinero —dijo Vinnie con tono reflexivo—. Para un ladrón astuto con una buena tapadera, es el mundo perfecto en el que infiltrarse.

Suspiré.

—Vale. Gabriel también se vio arrastrado a ese mundo, así que estoy dispuesta a admitir que una relación entre él y Alice no es imposible, aunque sí muy improbable.

—Pero ¿por qué iba a dispararle? —dijo Robin—. Eso es perturbador.

—Tal vez Gabriel la reconoció —dijo Derek—. O, más probablemente, Alice lo vio primero, lo reconoció y supo que tenía que deshacerse de él antes de que la viera y echara su tapadera por tierra.

—Para proteger a su banda de estafadores —susurró Suzie, y sus ojos se dilataron asombrados—. Es como en *Oliver Twist*. Increíble.

—Oh Dios mío —dije—. Layla era Fagin.

—Pero Alice es Sikes —dijo Suzie, apuntándome con un dedo—, ya puestos a hablar de psicópatas.

Me estremecí. Bill Sikes era la personificación del mal en *Oliver Twist*.

—No son más que especulaciones —dije sin mucha convicción.

—¡Oh! —Vinnie se removió emocionada—. Esto me recuerda un viejo episodio de la serie *Ladrón de guante blanco* con una trama parecida. Los malos trafican con antigüedades asiáticas, pero los libros raros nos sirven igual. Bien. Alice quería controlar el territorio de Layla y el señor Soo era el intermediario de Layla. Alice tenía que librarse de ambos para que su gente ocupara sus puestos. El centro donde enseña Brooklyn se parece al museo privado de *Ladrón de guante blanco*. Ambos son una fachada perfecta para actividades ilegales.

Suzie miró a Vinnie con cariño. Crucé una mirada con Robin y ambas sonreímos. Vinnie estaba enamorada de la televisión y la cultura pop americanas.

—Supongo que todo es posible —concedí finalmente, y me volví hacia Derek—. ¿Qué hacemos ahora?

—Hola a todos, os presento a Derek Stone —anuncié la noche siguiente al empezar mi clase de restauración—. Es quien me lleva de vuelta a casa.

—Un chófer inmejorable —murmuró Whitney.

Estaba de acuerdo con ella.

—Estará por aquí para ver qué hacemos en clase. Espero que nadie se moleste.

—Por mí está bien —dijo Gina con una voz inesperadamente sensual. Intercambió miradas con Whitney, que se escondió debajo de la mesa simulando que rebuscaba algo en su bolso. Cuando emergió, lucía unas mejillas perfectamente sonrosadas y se había pintado los labios.

Muchas de las mujeres que había alrededor de la mesa repitieron un comportamiento similar.

—¿Qué tal? —dijo Mitchell con un gesto de la cabeza a modo de saludo a Derek.

—Bien, gracias —respondió Derek en voz baja—. ¿Y tú?

Mitchell gruñó, dando de ese modo su aprobación a la intrusión de Derek en sus dominios. Eso fue todo. La danza ritual masculina había acabado.

Le lancé una mirada rápida a Alice, que me miraba fija y elocuentemente, luego movió las cejas y me hizo un guiño. Le devolví la sonrisa, rezando para que pareciera que me comportaba de una manera natural con ella. Me sentía como una completa impostora.

Nos habíamos quedado despiertos hasta muy tarde preparando nuestro plan de acción. Derek daría vueltas por mi clase y, de vez en cuando, fingiría que comprobaba su correo, mientras en realidad tomaba fotos de mis alumnos. Más tarde le enseñaríamos las fotos a Gabriel para ver si reconocía a alguien.

Dado que Robin se había excedido con varias copas de vino, Derek había insistido en que pasase la noche en casa; él volvería conduciendo a su hotel. La posibilidad de que Derek y yo acabáramos acostándonos alguna vez empezaba a parecer el remate de un mal chiste.

Esa noche, mientras mis alumnos acababan su segundo diario, di una clase sobre cómo mezclar la cola blanca con ciertos polvos y pastas para conseguir diversas texturas y resultados.

—Cuanto más fina sea la capa de cola —expliqué—, más útil nos resultará para el trabajo de restauración, el parcheado de desgarrones delicados y la fijación de hilos sueltos.

El espesado era otra historia. Les enseñé lo que le pasaba a la cola cuando se mezclaba con engrudo. El uso de la metilcelulosa daba un resultado distinto. En esencia, la adición de otro compuesto tendía a ralentizar el proceso de secado, y permitía que el encuadernador manipulase las páginas o las guardas encoladas a placer.

—La metilcelulosa también puede utilizarse para espesar el agua cuando se marmolea papel. —Sostuve en alto una bolsita con el compuesto—. Es importante comprobar siempre el equilibrio del pH de cualquier solución para determinar su efecto en el papel al que se aplica.

En ese momento me fijé en la mirada inexpresiva que había aparecido en el rostro de Mitchell y supe que había dado excesiva información a mis alumnos.

—Vale. He hablado demasiado.

Todos rieron y yo sugerí que nos tomáramos un descanso.

Durante la pausa para cenar, Derek corrió al café de la esquina en busca de cafés con leche y bollos para compartir.

Cuando volvió acompañado de la inspectora Lee, me esforcé cuanto pude para parecer serena y normal en lugar de mostrar lo sorprendida que estaba de verla. Supongo que eso fue un error.

—¿Se encuentra usted bien? —me preguntó Lee, con los ojos entrecerrados por la sospecha.

—Perfectamente —dije con una voz tres octavas más aguda de lo normal—. ¿Qué me cuenta, inspectora?

Vi que Derek alzaba la mirada al techo, pero era culpa suya por presentarse con la policía.

Lee se apoyó en la mesa y cruzó los tobillos.

—No sabrán nada de la muerte de un tal señor Soo, ¿verdad que no?

—¿De qué me suena ese nombre? —pregunté, y me oí hablando como si fuera tonta. Buf, ¿cuándo aprendería a mentir como era debido?

Lee se burló.

—Naomi Fontaine mencionó su nombre hace dos noches, con usted delante; quizá le suene de eso.

—Oh, sí, es posible.

Observó atentamente mi cara mientras decía:

—Está muerto.

Parpadeé unas cuantas veces y dije:

—Me toma el pelo.

—Por favor, Wainwright, no exagere.

No era la primera vez que oía esa advertencia, pero seguía irritándome que cualquiera pudiera adivinar cuándo mentía.

Lee sacó un cuaderno y pasó las hojas hasta que encontró una fotografía sujeta a una página.

—Debe de ser la peor mentirosa del mundo.

—Pero eso es bueno, ¿no le parece? —dije.

—Claro, por supuesto. —Me pasó la foto—. Aquí tiene su fotografía, ¿le suena?

Le eché un rápido vistazo, me estremecí y aparté la mirada. Maldita sea, sí, claro que me sonaba. Acababa de verlo el día anterior, muerto debajo de una estantería. Haciendo una mueca, me obligué a mirar de nuevo la foto.

—Sí, es el hombre que salió gritando del despacho de Layla la primera noche que estuve aquí. El asiático del que le hablé.

Volvió a guardar la foto en su cuaderno.

—Encontramos una llave en su bolsillo con el logo del Bay Area Book Arts. Resulta que es la llave del despacho de la señora Fontaine.

—¿De verdad? —dije—. Supongo que se conocían muy bien.

—Esa es una de las teorías.

—¿Cree que la misma persona los mató a los dos?

Cruzó los brazos delante del pecho.

—¿Y usted qué cree?

—Parece más que probable. —Distraídamente, di un sorbo a mi café con leche, suplicando no echármelo por encima de la camiseta—. ¿Sabe ya si los asesinaron con la misma arma?

—Llámeme loca, pero de momento no voy a revelar nada al respecto. —Se dio la vuelta y paseó por el aula, deteniéndose ante la gran prensa metálica. Cogió la manija y giró la tuerca un par de centímetros—. Tienen trastos muy interesantes aquí.

—Sí, así es. —La observé con cansancio mientras volvía hacia mí.

Se metió las manos en los bolsillos.

—Sí le diré una cosa: creo que la señora Fontaine y el señor Soo traficaban con libros raros, robados y falsificados.

—Vaya —sonreí.

—Pues sí —asintió.

—Y bien —dije, calibrando su reacción—. ¿Qué le parece ahora mi operación encubierta?

Se rio y luego me lanzó con una mirada que me decía que esperase sentada.

—Sí, ya la llamaremos...

Después del descanso, Alice entró corriendo en el aula y me cogió de los brazos.

—¿A que no sabes qué ha pasado?

—¿Qué? —pregunté.

—Estoy tan contenta —dijo—. Han soltado a Gunther.

—Oh, me alegro —respondí fingiendo sorpresa—. Eso debe de significar que es inocente.

—Sí, y ha aceptado dar una clase el sábado por la tarde. Pero hay más: he hablado con algunos miembros del consejo. Están encantados con que hayan metido a Gunther en la cárcel. Supongo que corrió la noticia y la venta de entradas para la gala ha aumentado en más de un veinte por ciento.

Bailó a mi alrededor. Cuando finalmente se detuvo, dispuse de unos segundos para estudiar su cara. Las finas arrugas alrededor de sus ojos estaban esmeradamente enmascaradas con una base de maquillaje mate, natural pero espesa. También distinguí unos diminutos pliegues en los lóbulos de las orejas. Ciertamente parecía mayor de lo que al principio había creído, y esa idea me estremeció hasta la médula.

—Eso está muy bien —me las apañé para decirle con una sonrisa; luego me recordé que intentar parecer más joven no la convertía en una perversa asesina.

—Gracias —dijo conteniendo el aliento—. Sé que es una locura, pero creo que la mera idea de tratar con un posible criminal ha multiplicado las donaciones. Nos llegan peticiones de entradas de toda la ciudad. Va a ser un inmenso éxito.

«Tratar con un posible criminal». Tuve que morderme la lengua para no hacer comentarios.

—Me alegro mucho por ti —dije con la voz más sincera y animada que fui capaz de poner.

Los demás alumnos volvieron del descanso y todo el mundo se puso a trabajar. Derek se paseó por el aula fingiendo interés en los avances de cada estudiante. Habló en voz baja con casi todos, haciéndoles preguntas y animándolos. Cuando acabó, se apoyó en el mostrador delantero y comprobó su correo. Las mujeres del aula, incluida yo, lanzaban miradas disimuladas en su dirección a la menor oportunidad.

Un sociólogo habría tenido una oportunidad de oro para observar el comportamiento femenino cuando un nuevo macho alfa se introduce en un grupo.

Los pechos de mis estudiantes se proyectaban hacia delante, los hombros se echaban hacia atrás, el pelo se ahuecaba con más frecuencia y las risas eran un poco más agudas. Y tal vez fuera yo la única que lo notaba, pero la tensión se podía cortar con una plegadera de hueso.

Cuando por fin di por terminada la clase esa noche, me pareció que había pasado una eternidad.

Alice fue la última en salir. Agitó la mano emocionada, lanzó una mirada furtiva a Derek y me dio el visto bueno levantando los pulgares. Un gesto que haría una amiga.

Sonreí y me despedí con la mano, pero en cuanto salió por la puerta, me desmoroné sobre la mesa, agotada. O bien era una psicópata asesina o yo acababa de traicionar una nueva amistad. Fuera como fuese, me sentía una mala persona.

Derek estaba detrás de mí y me masajeaba los hombros.

—Te sentirás mucho mejor cuando hayamos descartado que cometiera algún delito.

Me di la vuelta para mirarlo a la cara.

—¿Me lo prometes? Porque ahora mismo me siento bastante mal. No le echaría la culpa si no me volviera a dirigir la palabra.

—No tiene por qué saberlo —susurró—. Y todo es por una buena causa. —Me dio un beso en la comisura de los labios—. ¿Lista para salir?

—Sí. —Recogí mi bolso y salimos cogidos del brazo. En la galería, Karalee estaba acabando un recorrido guiado por las instalaciones para un pequeño grupo. A causa del festival Twisted, la cifra de visitantes había aumentado mucho esa semana, y se habían ampliado las horas de visita. Además, se servían refrigerios durante todo el día, y los encargados del catering estaban empezando a recoger.

Me acerqué a Derek y susurré:

—¿Pudiste sacar buenas fotos?

—He podido tomar varios primeros planos de los actores principales —dijo con los labios pegados a mi oreja. Un hormigueo me recorrió la piel cuando desplazó la boca a lo largo de mi cuello. Tardé un minuto en recordar que estábamos en la galería, a la vista de todos, hablando sobre fotografías de posibles sospechosos de asesinato.

—Buen trabajo —acerté a decir, y lancé un suspiro—. Cuanto antes vea Gabriel las fotos, antes pondremos fin a esta farsa.

Derek condujo hasta mi casa y aparcó el Bentley en el espacio para visitantes del garaje.

—¿Crees que podremos entrar a hurtadillas en tu casa sin que nadie se dé cuenta?

Me reí.

—No si subimos en ascensor.

—¿Dónde están las escaleras?

—Ahí.

—Bien. —Me acarició la mejilla. Su mano cálida recorrió mi piel mientras volvía mi cara hacia la suya. Se inclinó, me besó y saboreé la dulce sensación. Me desarmó su delicadeza cuando sus manos se deslizaron entre mi pelo y me acercó hacia sí.

Su móvil vibró ruidosamente en el silencio de su coche.

Derek gruñó.

—Voy a tirar ese aparato.

—Soy yo. Estoy maldita —dije, echándome hacia atrás en el asiento—. No culpes al teléfono.

Respondió a la llamada. Al cabo de un minuto, colgó y se apoyó en el reposacabezas. Con los ojos cerrados, dijo:

—El yerno celoso del primer ministro acaba de intentar matar a Gunther.

Pasé otra noche sin dormir, sola. A las cuatro de la madrugada, no aguantaba más. Llamé a Derek para saber lo último sobre Gunther y su potencial asesino.

—Gunther está alterado, pero ileso y a salvo —dijo Derek con una voz que sonaba cansada—. El yerno y su cómplice están detenidos y en la cárcel hasta que los procesen para su extradición.

—¿Sabes qué sucedió?

—Sí. Gunther estaba de copas por North Beach y conoció a una mujer. Ella quería irse y Gunther no quería que mis hombres lo siguieran; para eludirlos, fingió que iba al lavabo y salió a la calle por la cocina. Rodeó el edificio para ir hasta la entrada del club, y allí lo atacaron. El yerno se quedó a un lado mientras su secuaz lo intentaba apuñalar.

—Es horrible —dije sin añadir lo que pensaba de un hombre que pagaba miles de dólares por protección y se negaba a usarla.

—Sí, lo es —dijo Derek—. Es una suerte que mis hombres ya estén acostumbrados a la estupidez de Gunther. Llegaron a tiempo de rescatarlo y detener a su atacante.

—Me alegro de que todo haya acabado —dije.

—Yo también.

Así que ahí acabaría todo. Gunther iba a dejar la ciudad en los próximos días y eso significaría el final de nuestra incipiente amistad, o lo que fuese aquello. Le deseé felices sueños y colgamos. Estaba convencida de que no volvería a pegar ojo, pero conseguí dormirme al cabo de un rato.

El sábado por la mañana, Derek pasó a recogerme a las nueve y fuimos en coche a Sonoma en un tiempo récord. Mientras atravesábamos Sausalito y entrábamos en San Rafael, le conté por fin la historia de Gabriel que me había relatado el gurú Bob.

—¿Y eso sucedió hace cinco años? —preguntó Derek.

—Sí.

Se quedó pensando un momento.

—¿Y Robson dijo que Gabriel acudió a él en busca de refugio?

—Eso dijo. Pero ¿por qué?

—No estoy seguro. —Se encogió de hombros—. Lo mires por donde lo mires, todo parece improbable. Si Gabriel no reconoce a nadie en las fotos, volveremos a la casilla de salida. E incluso si reconoce a alguien, ¿estará dispuesto a abandonar la seguridad de Dharma para ayudarnos a tender una trampa?

—Creo que sí —dije—. Después de todo, un hombre que asciende una montaña en Afganistán durante una guerra tribal para salvar gente no permitiría que una pequeña amenaza de muerte le detuviera.

Hicimos una apuesta sobre qué foto reconocería Gabriel. Yo aposté por Naomi. O por Cynthia. O Ned. Cualquiera menos

Alice. La idea de haber llevado a una asesina brutal a mi casa y habérsela presentado a mis amigas me provocaba dolor físico.

Derek me contó que la noche anterior había pensado en llamar a la policía para contarles el resultado de nuestra lluvia de ideas, pero que en el último momento decidió no hacerlo. Todavía le escocía su reciente interrogatorio, y tampoco estábamos seguros de que nuestro plan fuera a dar ningún resultado. De manera que, por el momento, actuaríamos por nuestra cuenta. Si dábamos con algo, se lo comunicaríamos de inmediato a los inspectores Lee y Jaglom.

Solo ahora me daba cuenta de lo traumático que tuvo que ser para él que lo detuvieran para interrogarlo. Días más tarde, veía que todavía lo alteraba que las mismas instituciones a las que él había jurado defender con su vida se hubieran negado a creerle.

Para que luego hablen de traiciones.

Esperaba que el trayecto a Sonoma le ayudara a aliviar la tensión. Mientras contemplaba las colinas onduladas cubiertas de viñedos, sentía que mi propio estrés desaparecía por los músculos de mis hombros. Hacía días que no tenía el cuello tan relajado. Entonces Derek me cogió de la mano y todo volvió a su orden. Me sentí en paz. Sabía que eso no duraría, pero, por el momento, la vida era perfecta.

—¿Has hablado con Savannah? —preguntó interrumpiendo mis idílicos pensamientos.

Solté un gritito ahogado. Con toda la agitación de las últimas veinticuatro horas, había olvidado hablar con Savannah de Alice. Saqué mi móvil, marqué su número y esperé. Cuando respondió, le hice la pregunta. Necesitó unos cuantos segundos para pensar la respuesta.

—Ahora que lo dices, fue un momento extraño —dijo.

—¿En qué sentido?

—Alice y yo volvíamos caminando al local de Annie para encontrarnos contigo. Te vi delante de la tienda a una manzana de distancia, y te señalé para que Alice también te viera. Entonces apareció Gabriel, que llegaba caminando. Es un hombre atractivo, ¿verdad?

Mascullé que, en efecto, estaba de acuerdo con ella.

—Vale, pues justo en ese momento, Alice se agarró el estómago. Creí que iba a vomitar allí mismo.

—¿Y lo hizo?

—Dijo que necesitaba encontrar un baño y se marchó corriendo. Le grité que fuera a la tienda de China, que tiene uno en la trastienda, pero no creo que me oyera. Cruzó la calle a la carrera y desapareció por el pasaje que hay entre la tienda para bebés y Peregrine.

Peregrine era un bistró francés de Lane.

—¿Y tú qué hiciste? —pregunté.

—Yo seguí hasta la tienda de Annie —dijo Savannah—. Supuse que Alice iría allí cuando acabara. Puede que pasaran otros diez minutos hasta que oímos que alguien estaba herido. A esas alturas, Alice ya había vuelto y las dos corrimos a buscarte.

En ese momento fue a mí a quien le entraron ganas de vomitar. Exhalé con fuerza y miré a Derek, que me devolvió una mirada preocupada.

Si Alice había visto a Gabriel caminando hacia mí, había tenido tiempo de sobra para ocultarse entre dos tiendas al otro lado de la calle y apuntarle.

En el fondo de mi corazón, supe que Alice había intentado matar a Gabriel, pero no sabía por qué.

Eso también significaba que había llevado un arma consigo todo el tiempo: durante nuestro trayecto hasta Dharma, los pocos minutos que había pasado con mi madre, todo el tiempo que había estado en el *spa*, en el hospital, en casa de mis padres para comer.

Era como si la peor de mis pesadillas se hiciera realidad. Había llevado a una asesina implacable a casa de mi familia. No era fácil de asimilar, pero ya sabía qué tenía que hacer.

—¿Te veremos más tarde? —preguntó Savannah con tono amable.

—Estaré un rato en casa de mamá, pero luego tengo que volver a la ciudad.

Pusimos fin a la llamada y le conté a Derek todos los detalles.

Apretó la mandíbula e hizo un gesto de asentimiento con la cabeza.

—Vamos a hablar con Gabriel.

CAPÍTULO DIECINUEVE

Gabriel yacía pálido y aturdido bajo una manta blanca acolchada y unas frescas sábanas azules, con una pila de almohadas bajo la cabeza. Tenía la sien izquierda envuelta en una gran venda de gasa sujeta con tiras de esparadrapo. Solo verlo así era doloroso.

Alrededor de la muñeca llevaba una pulsera de aspecto andrajoso hecha de hilos y tiras de tela entretejidos; unidos a ella, palitos, ramitas de sauce y una bolsita con algo. ¿Hierbas? ¿Polvos de alas de murciélago? ¿Era ese el intento de mi madre de confeccionar una pulsera sanadora wicca? De ser así, resultaba un tanto burdo.

Derek se detuvo a hablar con mi padre durante un minuto antes de entrar en el dormitorio. Pude ver cómo abría los ojos y luego los entrecerraba ante la visión de Gabriel. Movió la mandíbula y yo me pregunté qué le estaría pasando por la cabeza.

Miré a Gabriel y luego volví a mirar a Derek, y vi que su expresión no era imperturbable.

—Tal vez no deberíamos despertarlo —susurró mi madre, que se tocaba las manos con nerviosismo—. Esta noche no ha dormido bien. Todavía tiene pesadillas.

—Es importante —dijo Derek.

—Estoy despierto —farfulló Gabriel. Sus ojos permanecían cerrados, pero su boca esbozó una mueca.

—Lo siento mucho —dije en voz baja.

Sus ojos parpadearon hasta abrirse.

—Hola, nena.

Derek frunció el ceño.

Sonreí.

—Gabriel, ¿cómo te encuentras?

—Como si me hubiera atropellado un autobús.

—Pobre chico —murmuré.

Se toqueteó la mejilla izquierda.

—Me duele aquí, a lo mejor querrías...

—Eh, echa el freno... —dije con una sonrisa—. Me parece que no conoces a Derek Stone.

Con un ojo abierto, Gabriel miró a Derek. Parpadeó una vez y luego sostuvo la mirada. Tras un largo momento, dijo:

—No he tenido el placer.

—Yo tampoco —replicó Derek.

—Derek Stone —dije—, este es Gabriel..., eh..., Gabriel. —Todavía no tenía ni idea de cómo se apellidaba.

—Gabriel es suficiente —murmuró. Con lo que pareció un esfuerzo sobrehumano, se quitó la manta de encima y se irguió. Supuse que no pensaba quedarse en la cama cuando otro macho alfa irrumpía en su habitación.

Gabriel extendió la mano y Derek se la estrechó con fuerza.

—Encantado de conocerte.

—El placer es mío —dijo Derek.

—Bueno, ¿no es bonito? —dijo mi madre, mientras miraba con afecto a ambos—. Ahora todo el mundo se ha hecho amigo.

Mi madre necesitaba de verdad encontrar algún pasatiempo.

—Gabriel —dije sentándome en la pequeña silla que mi madre había colocado al lado de su cama—, Derek tiene algo que nos gustaría que miraras.

—¿Sí? — dijo lentamente, y levantó la mirada hacia Derek frunciendo el ceño con suspicacia.

Derek buscó en su teléfono hasta que dio con la mejor imagen de Alice, luego se lo pasó a Gabriel, quien parpadeó para aclarar su visión y miró fijamente la pantalla. Sacudió la cabeza y volvió a parpadear.

—Mary Grace.

—¿Mary Grace? —Fruncí el ceño, primero mirando a Gabriel y luego a Derek para volver finalmente a Gabriel—. ¿Quién es Mary Grace?

Gabriel me miró, luego miró a Derek y por último volvió a fijar su vista en el teléfono.

—¿Qué diablos hace Mary Grace Flanagan en tu móvil?

—¿Quién es Mary Grace? —insistí.

No me hizo el menor caso y miró directamente a Derek.

—¿Qué ha hecho ahora?

—Puede que esté implicada en un doble asesinato —dijo Derek sin más—. Y tal vez fue quien te disparó. ¿Puedes explicarnos de qué la conoces?

Gabriel exhaló un largo suspiro.

—Me casé con ella.

—¡¿Qué!? —Debí de gritar porque puso mala cara. Derek me acarició el hombro como si fuera una yegua desbocada.

—¿Cuándo? —preguntó Derek.

—¿Por qué? —inquirí yo.

Gabriel negó con la cabeza y rio sin ganas.

—Estaba metida en una estafa. Teníamos que fingir que éramos un matrimonio. No es importante, pero debéis saber que Mary Grace es buena, muy buena en su trabajo.

—¿Y en qué consiste exactamente ese trabajo? —preguntó Derek.

Gabriel contó una historia asombrosa. En efecto, Mary Grace Flanagan se había criado en un orfanato católico dirigido por monjas, y había sido mala hierba desde el principio. Gabriel la había conocido hacía más de diez años en Baréin, cuando estaba implicado en una estafa de perlas de Tylos y ella se dedicaba al contrabando de iconos antiguos rusos a través de Oriente Medio hacia Europa occidental. Él tenía veintidós años y ella era diez años mayor. Se hicieron amantes, pero nunca se fiaron el uno del otro. Cuando se agotó la pasión, resultó que, después de todo, no había honor entre ladrones. Sin embargo, Gabriel siguió a su lado mientras ella organizaba el envío a Francia de unos Manuscritos del Mar Muerto falsos. Esperaba hacerlos pasar por unos manuscritos de las cuevas de Qumrán recién descubiertos, pero la operación no salió bien y Mary Grace desapareció de la faz de la tierra.

Me costaba hacerme una idea clara de Gabriel y Mary Grace juntos. Gabriel no quiso dar más detalles. ¿Qué significaba para él? ¿Había intentado tenderle una trampa a ella o había participado en la estafa?

—No me sorprende saber que es Mary Grace quien me ha disparado —dijo Gabriel con tono sombrío—. No sería la primera vez.

—¿Te ha disparado antes? —pregunté con incredulidad.

—Lo intentó —dijo. Entonces miró a Derek—. Si le vas a tender una trampa, quiero participar.

—No estoy seguro de que estés en condiciones —dijo Derek con calma.

Gabriel se levantó.

—Lo estoy.

—He preparado unos sándwiches —dijo mi madre desde la puerta—. También hay patatas fritas y galletas.

—Hagámoslo —dijo Gabriel; entonces dio un paso y se tambaleó. Derek y yo le cogimos a tiempo, pero él levantó las manos—. Puedo yo solo.

Caminó despacio hasta el espacioso comedor y se sentó en la gran mesa de madera oscura de estilo artesanal donde mi familia se reunía para comer desde hacía años.

Mi padre se nos unió, insistiendo en que probáramos unos sorbos de un nuevo chardonnay que había sacado de la barrica para la ocasión. Mientras comíamos los sándwiches, Derek y yo pusimos rápidamente al día a Gabriel sobre los ataques en el BABA. Mis padres escuchaban, añadiendo esporádicamente algún comentario con ideas que a mí me parecían útiles. Supongo que ellos tenían cierta experiencia con algunos elementos poco recomendables en sus vidas. Me dio la impresión de que no todos los seguidores de Grateful Dead eran paz y amor.

Después de comer, mi padre volvió al trabajo en la bodega y Gabriel y Derek se pusieron a hablar sobre los detalles de la operación mientras yo me fui con mi madre a la gran y soleada cocina.

—Cuéntame más sobre el aura gris que viste alrededor de Alice —dije.

Mamá dejó el estropajo en el portaesponjas que había junto al fregadero.

—A mí también me preocupó, así que busqué más información. —Me llevó al despacho de mis padres, que está junto a la cocina, donde sacó un viejo y grueso libro de las estanterías de la pared. Lo abrió sobre la mesa y pasó las páginas hasta llegar a una que tenía señalada—. ¿Ves? Mira aquí.

Empecé a leer sobre auras y sus significados, pasando por todos los colores del arcoíris hasta que llegué a los diversos matices de gris y negro.

Las auras grises eran a menudo un signo de enfermedad. Por lo general, el gris aparecía como un grupo de manchas irregulares alrededor de las partes del cuerpo más afectadas por tumores o anomalías celulares. Pero el libro también advertía que un aura gris podía indicar malos pensamientos o el lado oscuro de una personalidad.

—Por eso su aura era tan oscura —dijo mamá—. Primero pensé que se debía a una enfermedad, pero se trata de simple maldad. Si hubiera estado más atenta, habría evitado lo que le pasó a Gabriel...

—No es culpa tuya —dije agarrándola del brazo—. Ella nos engañó a todos.

—Cariño —dijo con afecto—, tampoco es culpa tuya.

—Mamá, la invité a mi casa, le presenté a mis amigas. Luego la traje aquí. Traje a ese demonio a Dharma. —Los ojos se me llenaron de lágrimas—. No sé si podré perdonármelo nunca.

Ella me acarició la espalda y me envolvió en un abrazo.

—Bueno, para empezar, me alegro de que no reconocieras su lado oscuro.

—¿Qué quieres decir? —Me aparté de ella y alcé las manos consternada—. Si yo lo hubiera sabido...

—No. —Me agarró los brazos y me obligó a mirarla directamente a los ojos—. Nunca te vuelvas tan cínica que lo primero que veas en la gente sea lo negativo en lugar de lo positivo.

—Pero pude...

Me zarandeó.

—Prométemelo.

—Vale, vale —dije, cediendo a lo inevitable—, te prometo que seré una boba ingenua el resto de mis días.

—Esta es mi chica —dijo ella sonriendo—. Mi ingenua preferida.

—Ya, gracias.

—Vamos, canta conmigo —se burló—. Ya sabes la letra: «Busca el lado bueno...».

Me reí.

—Dios santo.

Una vez Derek y Gabriel idearon el plan a seguir para atrapar a Alice (o comoquiera que se llamara), nos acomodamos en la silenciosa oficina de mis padres. Gabriel ordenó sus pensamientos y luego llamó a Alice desde su móvil.

—Hola, nena —dijo arrastrando las palabras.

Pareció que Alice reconocía su voz al instante.

—Claro que supe que eras tú —dijo él al cabo de un momento—. Detesto tener que decirlo, pero sigues sin dar en el blanco.

Ella respondió y él rio entre dientes.

—Sí, siempre has sido una buena tiradora. Si de verdad me hubieras querido matar, no habrías fallado.

Ella habló unos segundos más. Gabriel alzó la mirada al techo y dijo:

—Sí, yo también te quiero y te echo de menos.

Me miró y guiñó un ojo.

Derek observaba con una tensa sonrisa en la boca.

—Y la razón de la llamada, Mary Grace —dijo finalmente Gabriel—, es que quiero entrar en el negocio del libro.

Escuchó las protestas de la mujer durante un minuto entero.

—Ya me has disparado dos veces, Mary Grace —dijo por fin, con un tono cada vez más duro—. No voy a pasar la última por alto. O entro o acudiré a la policía.

Hablaron durante otro minuto. Gabriel le dijo que se reunirían en el BABA la tarde siguiente. Entonces interrumpió la llamada y nosotros acabamos de perfilar nuestro plan.

Esa noche, después de que Gabriel se quedara dormido en mi habitación de invitados, saqué sábanas y mantas a la sala de estar, donde Derek se había empeñado en dormir. Vino hasta mí y me quitó la ropa de las manos.

—Solo necesito una manta.

Desplegué la sábana por encima del sofá y empecé a remeter las esquinas bajo los cojines.

—Dormirás mejor con sábanas y una almohada.

—Me atrevo a decir que nada me ayudará a dormir bien esta noche.

Preocupada, pregunté:

—¿Quieres un poco de leche caliente?

—No. —Colocó la sábana bajo el último cojín grueso, se sentó en su improvisada cama y me tendió la mano.

—Ven aquí.

Con una sonrisa, me subí encima de él, acuné su cara entre mis manos y lo besé. Él me agarró y me devolvió el beso, con labios más exigentes, más apasionados que antes. Gemí cuando deslizó sus manos frías bajo mi fina camiseta y me acarició.

Unas pisadas resonaron en el pasillo. La débil voz de Gabriel me llamó:

—¿Nena? ¿Puedo beber un poco de agua?

—Por Dios santo —murmuró Derek contra mi pelo—. Estamos condenados, te lo digo yo.

Reí por no llorar.

—Sí, lo estamos.

—No, tú no.

—¿Qué quieres decir con eso? —pregunté mientras paseaba por el salón al día siguiente.

—Me refiero a que no vas a estar en la habitación con Gabriel y Mary Grace. —Derek volvió a probar el diminuto micrófono al final del cable que iba a sujetar con cinta adhesiva a la espalda de Gabriel. Este había aceptado ponerse el micrófono para grabar a Alice (o Mary Grace, o comoquiera que se llamara) admitiendo que había matado a Layla y al señor Soo.

La noche anterior, después de vernos tan bruscamente interrumpidos por Gabriel, Derek y yo habíamos permanecido despiertos, hablando durante horas. Nos reímos al saber que los dos habíamos intentado coleccionar sellos de pequeños, pero que nos había parecido tremendamente aburrido. Derek confesó que había deseado enrolarse en la Royal Navy desde que vio a los Sharks, un cuerpo de élite helitransportado de la Royal Navy, participar en un espectáculo público cuando tenía seis años. Tristemente, cuando fue lo bastante mayor para enrolarse, ya habían disuelto el cuerpo, pero él siguió decidido a volar en helicóptero.

El corazón se me derritió al imaginar a un niño alzando la mirada deslumbrado ante las emocionantes maniobras de aquellos osados pilotos de helicóptero.

Al final, me quedé adormilada en el sofá mientras Derek hacía una llamada a sus contactos en Scotland Yard para ver qué podía averiguar sobre las aventuras de Alice en Baréin. Según sus fuentes, todavía pesaban sobre ella varias órdenes de búsqueda y captura internacionales. En cuanto se dieron cuenta de con quién estaban tratando, Scotland Yard, a través de la Interpol, tomó el control de la investigación, y Derek fue legalmente autorizado para llevar a cabo la operación encubierta. La policía local quedaba a sus órdenes.

Eso no le había sentado bien a la inspectora Lee.

Y ahora, mientras seguía caminando por el salón, yo misma me sentía un poco de mal humor.

—No es como estar en la misma habitación que ellos. Solo quiero ser parte de la acción, como todos vosotros. Hay un pequeño armario en ese taller. Puedo meterme ahí dentro y...

—Ni hablar.

—No puedes mantenerme al margen.

—Creo que sí —dijo con calma mientras probaba los auriculares conectados a la grabadora.

—Pero ¿por qué? —Esbocé una mueca al oír el tono quejumbroso de mi voz—. Soy parte de todo esto.

—Eso no significa que vaya a permitirte...

—¿Permitirme? —Lo fulminé con la mirada—. Tú no tienes derecho a permitirme hacer o dejar de hacer nada. Yo hago lo que quiero.

Él alzó la mirada.

—Claro, cariño. Pero como recordarás, ya te he visto en el extremo equivocado del arma de un psicópata, y más de una vez. Y no es bueno para mi corazón.

Se palmeó el corazón para subrayar sus palabras.

Di un pisotón en el suelo.

—Eso es muy injusto.

—Me alegra que coincidamos —dijo—. Sería muy injusto que volvieras a hacerme sufrir ese dolor.

Se me hundieron los hombros.

—No es eso lo que quiero decir.

—Lo sé —respondió esbozando una sonrisa cariñosa.

Gabriel y Derek ya habían decidido que yo sería su «representante». No me impresionaba ni el título del cargo ni su descripción. Mis funciones consistirían sobre todo en chismorrear con Alice durante la gala, sin quitarle un ojo de encima mientras yo bebía champán caro, mordisqueaba blinis y caviar y me codeaba con los ricos y famosos de San Francisco.

Para que luego hablen de injusticias.

Me senté junto a Derek, acerqué mi silla y puse mis manos sobre la suya.

—Derek, lo estoy diciendo en serio. Alice me utilizó. Fingió ser mi amiga y se metió en mi casa y en mi corazón. Me siento mal por eso... y sucia.

—Cariño, no, no debes. —Se dio la vuelta en la silla y me abrazó con ternura—. Haría cualquier cosa para borrar esos sentimientos.

Me sorbí la nariz.

—La llevé a Dharma y la presenté a mi familia. A mi madre. Ellos acogieron con los brazos abiertos a esa fuerza oscura y destructiva. Nunca olvidaré la expresión del gurú Bob... —Me temblaban los labios.

—Oh, amor mío —dijo en voz baja mientras me acariciaba el pelo—. No sigas. Lo sé, lo sé. Es muy doloroso.

Asentí, incapaz de hablar.

—Pobrecita. —Se echó hacia atrás y me levantó la barbilla para que pudiera verle—. Pese a todo, de ningún modo dejaré que te escondas en ese armario.

Abrí la boca, luego la cerré.

Me guiñó un ojo.

—Buen intento, no obstante.

Gabriel seguía débil, pero estaba resuelto a llevar adelante la operación. Le habían cambiado la venda, de modo que en lugar de la gasa estéril blanca de veinte centímetros de anchura que el día anterior le tapaba la cabeza, ahora lucía un más sutil vendaje marrón de cinco centímetros.

Dos horas antes de salir, Gabriel tuvo que tumbarse en el sofá y descansar.

Lo miré con atención y luego miré a Derek.

—Me preocupa que se le acaben las fuerzas antes de que siquiera lleguemos al BABA.

—Me recuperaré, nena —se quejó Gabriel.

—Más te vale —dije—. No quiero darle a Alice la oportunidad de acabar el trabajo que empezó contigo.

—Eso me ha dolido —dijo con un gruñido.

—Lo siento —contesté frunciendo el ceño—, pero tu exmujer está en plenitud de facultades y tú apenas te aguantas de pie.

—Su debilidad puede venirle bien —dijo Derek.

—¿Cómo? —dije—. ¿Crees que despertará el instinto maternal de Alice?

—Yo confío en eso —dijo Gabriel.

—¿Creéis que tiene?

Ninguno de los dos respondió.

—Solo espero que la policía ande cerca —murmuré. Tenía mucha menos confianza en los instintos maternales de Alice que ellos dos.

—Cuanto menos evidente sea la presencia policial, mejor —dijo Gabriel con voz ronca—. Mary Grace puede oler un poli a un kilómetro de distancia.

Gabriel durmió media hora, luego se duchó y se puso su mejor traje de pistolero, negro de pies a cabeza. Estaba limpiando la barra de la cocina cuando entró en el salón. Me detuve a mirarlo.

El hombre parecía salido de la cubierta de una novela romántica muy apasionada, lo que significa que tenía muy buen aspecto. Servía para demostrar que Alice no era tan inteligente como se creía. Si yo fuera ella, no habría dejado que se me escapara.

Es un decir.

Entonces Derek entró desde el área de trabajo vestido con una vieja cazadora de cuero. Debajo llevaba una camiseta de la marina metida por dentro de unos vaqueros desteñidos que permitían intuir unos muslos musculosos. Nunca lo había visto con ropa tan informal. Supongo que puedo decir que me sorprendió con la guardia baja.

Me quedé helada. Busqué el estropajo. El tiempo se ralentizó mientras él se daba la vuelta, me miraba y sonreía. Mi respiración se agitó y el corazón me dio un vuelco.

Algo centelleó en los ojos de Derek. Cruzó la cocina, deslizó la mano alrededor de mi cuello, se inclinó sobre mí y juntó sus labios con los míos. Fue uno de esos besos que paran el corazón. La parte baja de mi estómago se tensó y mis piernas amenazaron con ceder. Sus labios se desplazaron lentamente por mi pómulo, besándolos hasta que llegó a mi oreja. Ahí, susurró:

—Se te ha caído el estropajo.

Me reí desconcertada y mi corazón empezó a latir de nuevo. Se agachó para recoger el estropajo y sonrió maliciosamente cuando me lo devolvió. Tras otro beso rápido y fuerte, se acercó a la mesa del comedor, donde su equipo y un sonriente Gabriel esperaban pacientemente.

Mientras miraba, Derek conectó el micrófono de Gabriel y ambos probaron el equipo durante unos minutos.

Todo parecía estar a punto, menos yo.

Abrumada por un mar de emociones, me dirigí tambaleándome a la cocina y me apoyé contra la superficie fría de la nevera para serenarme.

Hasta ahí llegaba el comportarme como la sofisticada urbanita por la que me tenía. Sí, cuando me metí en esa relación todas las cartas estaban sobre la mesa, y sabía que Derek se iría de la ciudad en cuanto Gunther terminara su trabajo en el BABA. Había estado comprometida antes y había sobrevivido más o menos bien a las rupturas. Y a decir verdad, yo había sido su principal responsable porque, para empezar, nada me había empujado a dar el sí.

Pero ahora sabía que la marcha de Derek me rompería el corazón. Lo echaría de menos más que a nadie ni a nada en mi vida.

Todo ese tiempo había estado preocupada porque mi karma nos mantenía apartados, cuando tendría que haberme preocupado de que mi karma nos mantuviera unidos. Porque ahora él se iría y yo me convertiría en un alma en pena con una vida miserable.

Respiré hondo y me aparté de la nevera. No podía darme el lujo de pensar sobre todo eso en ese momento. Tenía un trabajo que hacer, un libro que vengar y una asesina a la que desenmascarar.

CAPÍTULO VEINTE

C uando entré en el BABA me recibió un sonido atronador que me sacudió los nervios e hizo que quisiera dar media vuelta y regresar a casa. Durante unos segundos, me pregunté si Naomi había contratado un grupo de música para que tocara en vivo, pero no. Era el viejo equipo estereofónico de siempre, aunque a un volumen que hacía sangrar los oídos. Podría soportarlo. Podría soportarlo todo. Mantuve los hombros en alto y me sumergí en la multitud.

Esa velada del domingo por la tarde había sido idea de Naomi, y no era mala idea. La hora del día era la más apropiada para el espacio de la galería principal. El sol entraba a raudales a través de la amplia claraboya, proyectando esquirlas cristalinas de luz y color sobre la gente. Y en lugar de los habituales cuerpos vestidos de negro, muchas de las mujeres lucían tonos rubíes e incluso pastel. Constituían una bonita paleta de colores vivos que confería ligereza y *joie de vivre* a una comunidad artística habitualmente adusta.

Saludé con la mano a unos pocos conocidos y escuché fragmentos de conversaciones mientras me abría paso por la atestada sala. Arte, libros, música, películas, el tiempo, el medio ambiente, el cambio climático, el último escándalo que había estallado en el Ayuntamiento... Una conversación se fundía con otra hasta que llegué a mi destino: la barra, naturalmente. ¿A qué otro sitio iba a ir?

Eché un vistazo a la breve pero impresionante lista de vinos. Opté por vivir peligrosamente y pedí la copa de la casa, el TNT. Era la abreviatura de Tart'n'Twisted.[3] Me pareció muy acertado que hubieran añadido ese «agitado».

Di un sorbo y me pareció que era, en esencia, un gimlet de vodka helado, una de mis bebidas favoritas. Lo servían en una copa de martini con una rodaja de lima. Muy refrescante.

No es que estuviera nerviosa, pero me bebí la copa de dos tragos y pedí otra con la intención de que me durara la siguiente hora, aunque me sentía muy tentada de ponerme como una cuba y quedarme dormida en el sofá de algún despacho. Derek me despertaría cuando todo hubiera acabado y pudiéramos marcharnos conduciendo en el crepúsculo.

Pero al apartarme de la barra, atisbé a Alice al otro lado de la sala y supe lo que tenía que hacer. Había entablado conversación con Cynthia Hardesty, un emparejamiento interesante. Me pregunté con qué tonterías le estaría calentando la cabeza a la miembro del consejo. Tal vez ambas estuvieran dando rienda suelta a las preocupaciones que compartían acerca de Naomi. Si hoy no desenmascarábamos a Alice, ¿intentaría esta implicar a Naomi en la muerte de Layla? O, peor aún, ¿acabaría matándola también?

¿Y por qué no? Ya había asesinado a dos personas en su intento por ponerse al mando de la organización de Layla, dedicada a

---

3   Aplicado a un cóctel, «ácido y agitado». Otra acepción de *tart* es «furcia», de ahí el comentario inmediatamente posterior. *[N. del T.]*

las estafas con libros. Cuanto más poder tuviera, más fácil sería deshacerse de cualquiera que se interpusiera en su camino por conseguir el control total.

Mientras observaba a Alice, anticipé lo que estaba por venir y un estremecimiento recorrió mis hombros. Hoy se pondría fin a su asalto al poder. Hoy la haríamos caer.

Mis pensamientos pasaron a Gabriel, que en ese momento entraba a hurtadillas por la puerta trasera en compañía de Derek. Supuse que los inspectores Lee y Jaglom se encontrarían con ellos. Eso esperaba. Y esperaba que los escoltara un batallón de policías, aunque por más agentes que integraran ese batallón, me preocupaba que no fueran bastantes para proteger a Gabriel de la maldad de Alice.

Gabriel era mi preocupación principal. Estaba todavía muy débil. Al ver ahora a Alice y sabiendo de lo que era capaz, supe también que Gabriel no era rival para ella si no conseguía aprovechar su fuerza interior para compensar su falta de fuerza física.

Recorrí la galería inferior y fingí estudiar cada pieza de la subasta. Escribí mi nombre y la suma de mi puja en algunas de ellas. Codiciaba en especial un juego de cuchillos con hojas de acero criogénico y mango de cuero del magnífico encuadernador y artesano Jeff Peachey. Estaban pulidos a mano hasta alcanzar una precisión quirúrgica, y bellamente biselados para que pudieran utilizarse con la vitela más fina.

Suspiré. Incluso en peligro, podía ser tan esnob como la que más.

—Esa es una buena puja —dijo Alice a mis espaldas. Me había sorprendido con la guardia baja y sentí un pavor repentino.

Me di la vuelta y reí, esperando no sonar demasiado histérica.

—Eh, hola. Son unas piezas fabulosas para la subasta.

Sonrió.

—Ya me pareció que ese juego de cuchillos te gustaría.

—Peachey es un genio —murmuré. De repente, me acordé de que estaba en una misión y salí de mis ensoñaciones—. La fiesta es todo un éxito, Alice. Te felicito.

—Gracias —dijo—. Por más que me disguste admitirlo, el mérito es sobre todo de Naomi.

—Eso tiene que doler.

Reí con ella a pesar de la ola depresiva que me recorría. Alice y yo podríamos haber sido grandes amigas si no hubiera resultado ser una asesina fría como el hielo. Me obligué a volver a sonreír, sabedora de que tenía que mantener la ficción un poco más.

Se me acercó y me dijo en tono de broma:

—¿Y dónde está el macizo británico que no se separa de ti?

Intenté reírme tontamente como ella.

—Derek debería estar aquí dentro de un rato.

—Es un hombre afortunado —me aseguró.

—Vaya, gracias. —Apreté los dientes y le di un abrazo—. Eres un encanto.

Su mirada vagó por la sala. Intenté seguirla, y acabé centrándome en Cynthia Hardesty. La consejera se servía otra copa de champán de la bandeja de un camarero que pasaba por delante de ella.

—Te he visto hablando con Cynthia —dije bajando la voz—. ¿Pasa algo?

Alice siguió observando la sala antes de volverse hacia mí.

—Quería hablar de Naomi. Cree que mató a Layla, pero yo todavía tengo mis dudas. Puede que Cynthia sea la asesina y quiera desviar la atención de sí misma.

—Detesto decirlo —comenté—, pero no creo que pueda culparla después de ver cómo reaccionaba Tom cada vez que Layla entraba en una sala.

—Lo sé —dijo Alice sacudiendo la cabeza—. Tom tiene algo repulsivo. Pero ¿puedo confesarte una cosa?

Parpadeé.

—Claro.

—Tampoco me fío de Karalee. Últimamente, se comporta de una manera muy extraña. Y hoy mismo la he sorprendido en el despacho de Layla. Juraría que tenía intención de robar algo.

—Bromeas. —No lo soportaba más. Dejé mi copa vacía sobre una bandeja cercana—. Te voy a decir qué haré: la tendré vigilada y te informaré si noto algo raro.

—¿De verdad? ¿Lo harías? —Me agarró del brazo—. Muchas gracias. No me gusta ser tan suspicaz, pero no puedo evitarlo. A veces me quedo trabajando hasta tarde, y me angustia la posibilidad de que se produzca otro ataque.

—Ay, pobre —dije palmeándole la mano—. Debes de estar sometida a una presión tremenda.

«Entre asesinatos, estafas y todo lo demás», añadí para mis adentros.

—Oh, no te preocupes por mí —dijo con coraje—. Estaré bien.

—Eso espero. —Y esperaba también que tuviera una bonita celda con vistas al muro de la cárcel—. Voy corriendo al lavabo de señoras. Luego tal vez me sirva otro de estos TNT. ¿Ya los has probado?

—Solo un sorbo. He pensado que estaría mejor sobria.

—Una lástima, porque están geniales. Vuelvo enseguida. —Me despedí con la mano y me dirigí al lavabo. Una vez dentro, me apoyé de espaldas contra la puerta y exhalé aliviada.

Tendría que haberme sentido agotada, pero la rabia me daba fuerzas. Que Alice pudiera mantener la mentira con tanta facilidad me demostraba que tratábamos con una psicópata en toda regla. Estaba perfectamente dispuesta a implicar a quien fuera —a Cynthia, a Naomi o a Karalee, por nombrar solo a algunas—. Tuve que preguntarme si habría sacado mi nombre a colación ante otros como posible sospechosa. No me habría sorprendido.

Me refresqué la cara, respiré hondo y salí. Los lavabos estaban en el pasillo que conducía al taller donde Gabriel y Alice habían acordado reunirse. Comprobé mi reloj. Faltaban menos de diez minutos. Tenía que dar por sentado que los buenos ya ocupaban sus sitios.

El lugar que habían elegido era uno de los talleres individuales que el BABA alquilaba a encuadernadores y artistas que necesitaban un espacio para trabajar. Algunos se utilizaban como estudios individuales y para dar clases a pequeños grupos. Yo había impartido cursos magistrales para tres o cuatro alumnos y conocía su diseño. Todos contaban con una pequeña antesala que daba paso al taller principal, con un armario entre ambos espacios.

Nunca sabrían que me había escondido allí. Yo ya había cumplido con mi papel, vigilando a Alice tanto tiempo como había podido soportarlo. Ahora mi sitio era ese.

Si Gabriel ya estaba dentro y me veía, sería el final para mí. Pero si podía entrar sin que me viera nadie, podría escucharlo todo y sabría que Alice era la asesina de Layla. Me sentiría justificada, y, al mismo tiempo, nadie sabría que había estado allí. Derek no se preocuparía por mí y todo acabaría bien.

Sin pensármelo dos veces, avancé de puntillas por el pasillo hasta el taller. La puerta se abrió sin hacer ruido y entré sigilosamente. El aula estaba vacía.

El corazón me latía con fuerza. Con cuidado, abrí la puerta del armario y me deslicé dentro. El pequeño espacio estaba en penumbra, pero no completamente a oscuras, a Dios gracias.

Mis ojos se acostumbraron lentamente a la poca luz y pude ver los estantes que había encima de mi cabeza. Me acuclillé en el rincón y esperé.

Pasados menos de cinco minutos, oí que la puerta se abría y cerraba rápidamente.

Cinco minutos después, se abrió y cerró de nuevo.

—Hola, nena —dio Gabriel arrastrando las palabras con su deje característico.

—Vaya, mira a quién tenemos aquí —dijo Alice con una voz más ronca de lo habitual. ¿Incluso fingía la voz? Increíble.

—Yo también me alegro de verte —replicó Gabriel en tono de mofa—. ¿A qué viene esa farsa tuya de Alicia en el país de las maravillas?

—A mí me funciona —dijo—. Pareces un poco pálido. ¿Te encuentras bien?

—No sabes lo que agradezco tu preocupación, más teniendo en cuenta que tú disparaste la bala que me hizo esto. Sentémonos.

Invitarla a tomar asiento fue un movimiento inteligente. Era la única forma de que Gabriel soportara el esfuerzo.

—Mary Grace —dijo—, me ha sorprendido enterarme de que has entrado en mi mundo. Te has metido en el negocio de los libros.

—Es donde está el dinero.

—¿Así que te parece lucrativo?

—Voy tirando.

—Vamos, nena. Me han dicho que se te está dando de muerte.

—Oh, eso es un juego de palabras espantoso —dijo Alice, riéndose.

Negué con la cabeza sin dar crédito a que reconociera un juego de palabras que la acusaba de cometer un asesinato. Por lo que a mí respectaba, era casi una confesión del crimen.

Y yo seguía irritada por el cambio radical en su voz, tan distinta a la que empleaba para hablar conmigo. Era una mujer diabólica.

Gabriel le preguntó cómo había terminado dedicándose a los libros. Alice le contó que se había retirado temporalmente tras un tropiezo con un timo con obras de arte en Bélgica, y que se había mudado a San Francisco para sondear el mercado. Aquí detectó una estafa con libros raros, y llegó al BABA siguiendo su rastro. Tras unos meses de cuidadosa planificación y varios intentos de ganarse una reputación en los círculos artísticos, finalmente llamó la atención de Layla Fontaine.

Me pregunté si cometer asesinatos había sido una forma de ganarse una «reputación» a ojos de Layla. Tomé nota mental de preguntar a la inspectora Lee si había algún asesinato reciente sin resolver que pudiera estar relacionado con la organización delictiva de Layla.

Alice prosiguió alardeando de lo seriamente que Layla se la había tomado. La importante directora ejecutiva había acogido a la «joven Alice» bajo sus alas, y la había introducido en el BABA para que aprendiera todos los aspectos del negocio. Así, Alice podría ser su socia en la vertiente legal y en la ilegal.

—Por desgracia, la familiaridad alimenta el desprecio —lamentó Alice—, y cuanto más conocía a Layla, más me daba cuenta de que nunca podría trabajar con ella a largo plazo. Esa mujer era un dolor de muelas.

«Mira quién habla».

—No solo era una pésima gestora que necesitaba desesperadamente mis conocimientos —dijo Alice—, sino que además lo sabía. Pese a todo, cuando le dije que quería la mitad del negocio, no estuvo dispuesta a pagar el precio.

—Así que tenía que dejarlo del todo —acabó Gabriel.

—Sí, tenía que irse. Ahora yo estoy al mando y las cosas van a cambiar de verdad.

—Pero ¿cómo vas a seguir adelante con el negocio con la policía husmeando a tu alrededor?

Alice rio.

—Deja que me preocupe yo de eso. A mí sí me funciona la cabeza.

Imaginé cómo se le erizaba el vello a Gabriel ante el comentario. Pero su voz sonó tranquila cuando dijo:

—Corre el rumor de que tus socios están cayendo como moscas. ¿De qué va todo eso?

—Es el precio de hacer negocios en tiempos difíciles.

—¿Y tú? ¿Tú de qué vas? —preguntó Gabriel—. ¿Te haces pasar por una chica inocente, Mary Grace?

—Aquí me lo he montado bien —dijo con un tono de voz que rebosaba sarcasmo—. Creen que soy tan dulce como el merengue. Soy una manitas confeccionando libros y todas esas cosas, y también tengo un prometido maravilloso. Mira.

—Bonita joya —dijo Gabriel, y pude imaginarme a Alice pasándole por la cara su hermoso anillo de diamantes.

—Sí, me gusta —dijo, y se rio.

—Doy por sentado que tu prometido es tan falso como ese anillo verdadero.

Ella se limitó a reír de nuevo.

Así que no existía ningún Stuart, y no me cabía duda de que había robado aquel espléndido anillo en alguna parte. ¿Qué más mentiras nos había contado? Probablemente tendría un sistema digestivo perfectamente sano. Todos sus problemas de salud no eran más que productos de su fértil imaginación. Se había reído de nosotros desde el principio. Por alguna razón, que no sufriera del estómago me dolía más que el resto de las mentiras.

Me pregunté por qué la policía no se presentaba ya a detenerla. ¿No había dejado claro que había matado a Layla y al señor Soo? ¿Es que hacían falta más pruebas?

—Vamos al grano, Mary Grace —dijo Gabriel—. Quiero participar. Conozco los libros infinitamente mejor que tú. Haré de intermediario o de vendedor.

—Es un ofrecimiento interesante —dijo ella despacio.

—No es ninguna oferta, son las nuevas condiciones. Y repartiremos los beneficios al cincuenta por ciento.

—¿Qué? —A eso le siguieron varias obscenidades. La oí empujar sillas. Supongo que no le había hecho gracia la oferta.

—¿Algún problema? —preguntó Gabriel.

—Sí, uno, y eres tú, malnacido. Te daré el veinte por ciento, y ya puedes dar las gracias. No estás en condiciones de exigir nada. Fui al hospital después de dispararte. Sé que todavía estás débil.

—No tan débil, princesa. Puedo inculparte de esos asesinatos, por no mencionar tu tentativa de hacerme un agujero en la cabeza. Te reconozco que eso me molestó. El cincuenta por ciento es mi última oferta, o llamaré a la policía.

La tensión era palpable. Alice había tenido el atrevimiento de ir al hospital después de dispararle, y eso a Gabriel no le había gustado. Si su osadía había llegado a ese extremo, no se detendría ante nada para conservar su parte de los beneficios de la red de venta de libros.

Ahora me preocupaba que Alice llevara su arma encima. Yo sabía que Derek estaba escuchando y que seguramente compartía mi preocupación. ¿Estaba reuniendo a la policía para que se preparara para intervenir? Tal vez Gabriel les había dicho que esperasen a que la sacara tanto de quicio que lo apuntara con un arma. Esa posibilidad no me hacía ninguna gracia.

No me cabía duda de que una bala perdida podía atravesar el pladur que me separaba del arma de Alice. Hecha un manojo de nervios, revisé el armario en penumbra. Fue entonces cuando reparé en el montón de libros colocados precariamente en el estante que había encima de mí. A la menor sacudida, me caerían en la cabeza. Si Alice empezaba a disparar, no tendría que preocuparme por las balas: me tumbarían aquellos libros.

Con sumo cuidado, estiré la mano y empujé el montón de libros hacia atrás para que no se me vinieran encima. Sobre el libro que estaba en lo más alto, habían puesto una piedra pesada y afilada, que empezó a tambalearse y acabó por caerme encima. Alargué las manos para agarrarla pero solo conseguí desviarla. Chocó contra la pared y golpeó contra el fondo del armario.

—¿Qué coño ha sido eso? —balbució Alice.

Al cabo de unos segundos, la puerta del armario se abrió de golpe y yo me encontré con los ojos centelleantes de Alice Fairchild. Gabriel estaba tras ella, horrorizado.

—Vaya, vaya, mira a quién tenemos aquí —dijo Alice, y se volvió para fulminar con la mirada a Gabriel—. Es tu amiguita. ¿Ha sido idea tuya?

—Apenas la conozco —dijo Gabriel, que me agarró del brazo y me sacó del armario—. ¿Qué estás haciendo ahí dentro?

Para cuando me hube sacudido el polvo de los pantalones y Gabriel me hubo empujado dentro del taller, Alice había sacado un arma y me apuntaba con ella. Gabriel se apresuró a interponerse para protegerme.

—¿Sigues haciéndote el héroe, Gabriel? —dijo ella con desprecio, y movió el arma hacia las sillas alineadas a lo largo de los ventanales—. Sentaos ahí, los dos.

Nos movimos en esa dirección.

—Baja el arma, Mary Grace —dio Gabriel—. ¿Vas a seguir matando a cuantos trabajan aquí?

—Si no me queda más remedio. —Me clavó la mirada—. Brooklyn, ¿qué hacías en el armario?

—Al salir del lavabo oí ruido aquí dentro. Vine a comprobarlo. Entonces entraste tú y empezaste a hablar. ¿Estafas con libros? ¿El asesinato de Layla? ¿Qué está pasando aquí, Alice?

—Cállate. —Pasó por delante de mí—. Tengo que pensar.

Preferí tomarme como una buena señal que tuviera que pensar antes de disparar. Lancé una mirada furtiva a Gabriel, que estaba apoyado en el mostrador lateral con los brazos cruzados con fuerza sobre el pecho, apretando la mandíbula. Me fulminó con la mirada y yo no pude reprochárselo. Ambos sabíamos que Derek estaría ahora como loco. Esperaba que irrumpiera en el taller en cualquier momento.

—Escucha, Alice —dije—. Conozco a la inspectora de policía encargada del caso, puedo hablar con ella. Podrías negociar con fiscalía...

—Cállate, Brooklyn —dijo—. De ninguna manera voy a ir a la cárcel.

Mientras ella caminaba, una vaharada de incienso vino hacia mí, avivando mis recuerdos. Incienso era lo que Karalee dijo que había olido la noche que atacaron a Minka. Incienso. Recordé un pequeño bote de espray de aroma de pachulí sobre el lavamanos del lavabo. Alice había acudido al lavabo constantemente. Aquella noche debió de utilizar el espray.

La puerta se abrió de golpe, pero no era Derek ni la policía.

Era Minka.

—¿Está aquí mi abrigo?

Alice se dio la vuelta, apuntando directamente a Minka con su arma.

—Maldita sea, ¿dónde ha puesto Ned nuestros abrigos? —preguntó Minka, y entonces se fijó en el arma—. ¿Qué...?

—¡Minka! —grité—. Alice es quien te atacó. Te golpeó con un martillo y te dio por muerta.

Alice se dio la vuelta y me empujó.

—Te he dicho que cierres el pico.

—¿Fuiste tú? —dijo Minka, cuyos ojos se le salían de las cuencas.

Alice se volvió hacia Minka, agitando la pistola.

—¡Cállate tú también! ¿Qué os pasa, zorras? Id a las sillas y sentaos. Necesito pensar.

Minka jadeó y repitió:

—¿Fuiste tú?

—¡He dicho que te sientes ahí! —Alice movió el arma hacia mí, pero a Minka no le importaba. Terca como ella sola, dio un paso adelante y golpeó a Alice en la cara.

—Oh —exclamé, encogiéndome. Yo también había recibido un gancho de izquierda como ese. Minka golpeaba con fuerza.

Alice se tambaleó, aturdida. Entonces se recuperó, levantó el arma y apuntó directamente a Minka.

—¡Hija de puta!

Pero Minka era como una bestia enjaulada a la que acaban de liberar. Saltó sobre Alice y chilló:

—¡Podrías haberme matado!

—Stone —gritó Gabriel—, entra ya.

Al cabo de unos segundos, Derek irrumpió en el taller, pistola en mano, seguido de cuatro o cinco agentes. Me vio y gritó:

—¡Ven aquí!

Pero yo estaba atrapada. Minka se había encaramado a la espalda de Alice, que pateaba en todas direcciones. No podía pasar por allí.

Minka agarró un gran mechón del pelo de Alice y tiró con todas sus fuerzas. Alice chilló mientras su cabeza cedía hacia atrás y entonces dejó caer el arma.

Gateé para recuperarla, y luego retrocedí para evitar que Minka me diera una patada en la cabeza.

Gabriel se acercó e intentó agarrar a Minka, pero era imposible controlar a aquellas dos mujeres enzarzadas en un cruento combate.

Alice no paraba de dar vueltas y corcovear, forcejeando para quitarse a Minka de la espalda, pero era como intentar arrancar una lapa. Minka no la soltaba. Juntó las manos alrededor del cuello de Alice y empezó a estrangularla. Eso fue el colmo. La rabia de Alice llegó a tal extremo que por fin se quitó a Minka de encima.

Minka salió despedida contra mí y la pistola se disparó.

La bala hizo añicos una ventana. Alice chilló y se agachó.

Gabriel dio un salto y tiró a Alice al suelo. Uno de los policías agarró a Minka, pero al segundo se arrepintió porque Minka seguía desbocada. Su puño golpeó la oreja del policía. El agente retrocedió tambaleándose y lo reemplazaron otros dos. Finalmente pudieron reducirla.

Derek se abrió paso entre aquel amasijo de cuerpos y agarró el arma que había caído al suelo. Se la guardó en el cinturón de los vaqueros y luego me levantó en brazos.

—Más tarde tendremos una larga conversación —susurró contra mi pelo.

—Lo entiendo —dije estremeciéndome—. Pero, por favor, sácame antes de aquí.

CAPÍTULO VEINTIUNO

L a policía insistió en que nos quedáramos. No me importó porque quería ver con mis propios ojos cómo Mary Grace Flanagan, alias Alice Fairchild, salía de allí esposada con destino a una larga estancia en la cárcel. Disfruté del detalle de que, cuando se la llevaban, iba gruñendo y forcejeando, y ya no era la princesa recatada que había fingido ser el mes anterior.

Y hablando de gruñir, Minka seguía quejándose a todo aquel que quisiera escucharla. Le dijo a la policía que pensaba presentar cargos e insistió en que hicieran fotos de la herida en su cabeza para utilizarlas como prueba.

La puerta estaba abierta y a través de ella llegaba el ruido de la fiesta al final del pasillo. ¿Había oído alguien el disparo o la ruptura de la ventana? Esperaba que no. Sería una pena que a la gente le asustara venir al BABA, ahora que la verdadera amenaza había desaparecido.

—Stone.

Los dos nos dimos la vuelta. Gabriel le tendía la mano y Derek se la estrechó con firmeza.

—Gabriel. Buen trabajo.

—Es posible —dijo. Parecía más tranquilo. Sus ojeras delataban cansancio, pero se lo veía más fuerte físicamente. Se había comportado heroicamente, conduciendo a Alice a una trampa perfecta, y se había puesto delante de mí cuando ella blandió su arma. Ahora miró hacia el umbral vacío y enseñó los dientes.

—Mary Grace hará que su abogado la suelte en cuestión de horas y volverá a desaparecer.

—Más le valdría no hacerlo —dije.

Gabriel me miró.

—Te la jugó, ¿verdad?

Me encogí de hombros intentando deshacerme de la persistente sensación de traición.

—Puede que me fiara un poco más de lo debido, pero no volverá a pasar.

—Brooklyn —dijo, y acercó una mano para acariciarme la mejilla—, ser confiada te sienta bien.

Negué con la cabeza, sin acabar de creerle, y lo abracé con todas mis fuerzas.

—Gracias por salvarme.

Rio sin ganas.

—Casi hago que te maten.

—Me refiero a la primera vez. En Filmore.

Me dio un breve abrazo e inspiré su distintivo aroma a tierra y especias. Entonces me aparté y me acerqué a Derek, que me puso la mano en la espalda.

—¿Necesitas que te lleven a Dharma, Gabriel? —preguntó Derek.

—Lo tengo solucionado —dijo Gabriel, y entonces me guiñó un ojo—. Ahí arriba tenéis un pueblo precioso, nena. Es posible que me quede por aquí. —Me lanzó una sonrisa seductora y se alejó caminando. Se detuvo en el umbral, dio media vuelta y levantó el brazo para enseñarme que todavía llevaba la absurda pulsera de sanación de hierbas de mi madre. Intercambiamos sonrisas y susurré una breve oración para que, en efecto, se quedara por aquí.

—¿Estás bien? —preguntó Derek, acercándome a él con un abrazo protector.

—Sí —dije mirando fijamente al umbral, ahora vacío—. Derek, ¿conocías a Gabriel antes de todo esto o son imaginaciones mías?

Esbozó una mueca mientras me apartaba el pelo de la cara.

—Tienes mucha imaginación.

Eso no era precisamente una respuesta, pero lo dejé pasar por el momento. La policía seguía reuniendo pruebas. Uno de los detectives forenses metió la pistola en una bolsa de plástico y se la llevó. Hacía un rato, había visto a Ned y a Naomi pasando por delante de la puerta abierta acompañados por agentes, que se los llevaban para interrogarlos. Y Minka seguía quejándose.

Lancé a Derek una mirada suplicante.

—No la aguanto más. ¿Podemos irnos, por favor?

—Creo que ya es seguro salir.

Pero nos detuvimos cuando la puerta del aula se abrió de par en par y Naomi entró corriendo. Cuando me vio, me dio un abrazo cariñoso.

—Oh, gracias a Dios, ¡estás a salvo!

—Gracias, Naomi.

Entonces vio a Minka y se quedó boquiabierta. Fue directamente a ella y le dio un abrazo de osa, de los que hacen crujir los huesos.

—Oh, Minka, ¡acabo de enterarme de todo! ¡Han detenido a Alice gracias a ti! ¡Y le has salvado la vida a Brooklyn!

—Apártate de mí —se resistió Minka, empujándola.

—Pero ¡si eres la heroína del día!

—¿Es que no te callas nunca? —se quejó Minka—. Espera un momento, ¿qué acabas de decir?

—He dicho que eres la heroína de...

—No, antes de eso.

—¿Te refieres a que has salvado la vida de Brooklyn? —preguntó Naomi—. Me lo han contado todo. Podrían haberte disparado, pero eso no te ha detenido. Y Brooklyn está viva ¡gracias a ti!

—No sigas por ahí —Minka me lanzó una mirada asesina—. Yo no le he salvado la vida.

—¡Claro que sí! —exclamó Naomi y volvió a abrazarla—. Eres una heroína.

—¡Deja de decir eso! —chilló Minka, y se soltó de Naomi.

—Pero Minka, es...

—¡Cállate! —Minka se tapó las orejas con las manos para no tener que oír aquellas insoportables palabras; luego volvió a gritar—: ¡Cállate, cállate, cállate!

—Dios, Minka, grita un poco más alto —dije frotándome las orejas—. Me parece que todavía no te han oído en Canadá.

Me amenazó con un puño.

—¡Cállate tú también!

—Míralo por el lado bueno —dije quitándole importancia a la situación con un gesto de la mano—. Ahora estamos en paz. Yo no te debo nada y tú a mí tampoco.

—Bueno, eso también es verdad —dijo Naomi alegremente.

Llevada por un impulso, abracé a Naomi. Aunque aspiraba a ser una vil estafadora como su tía, nunca lo conseguiría. Tenía demasiado buen corazón para que le saliese bien.

—Gracias, querida.

Naomi sonrió con indecisión y me soltó.

—Lamento todas las discusiones. Te venderé el *Oliver Twist* por un precio justo en cuanto la policía me lo devuelva.

—Oh, eso es maravilloso —dije satisfecha. Aquello me hizo sentir que le poníamos punto final a esa historia. El libro sería un recuerdo apropiado de la organización de estafadores que todos habíamos ayudado a desmantelar.

—Te lo mereces —dijo, y luego sonrió a Minka—. Parece que todo acaba bien.

—Lo que tú digas —replicó Minka, y a mí me espetó—: y a ti no te debo nada.

—Por mí de acuerdo. —Me parecía más que apropiado volver a ser enemigas... ¡como si alguna vez hubiéramos dejado de serlo! Miré a Derek mientras entrecruzábamos nuestros brazos.

—Creo que aquí hemos acabado.

Naomi ladeó la cabeza y estudió a Minka.

—Mira, Minka, he intentado muchas veces ser amable contigo, pero finalmente he descubierto cuál es el problema.

Minka fingió interesarse.

—Oh, por favor, dímelo.

Naomi se llevó una mano en la cadera.

—No eres más que un mal bicho. Y estoy harta de tratar con malos bichos.

La risa de Minka sonó ronca.

—Lo que tú digas, doña patética.

—Pues muy bien. Puede que sea patética, pero tú estás despedida. —Naomi se dio la vuelta apoyándose en las puntas de los dedos de los pies y salió.

Y la gente enloqueció de alegría. Bueno, al menos yo, para mis adentros. Después de todo, Minka todavía estaba rabiosa, y yo no quería convertirme en una diana para su ira mayor de lo que ya era.

Y nunca se lo reconocería a ella, pero me había hecho mucho bien verla subida a Alice Fairchild como una estrella del rodeo. Siempre guardaría buenos recuerdos de Minka LaBoeuf agarrada a aquella rubita psicópata como el mal bicho que era.

Resultaba casi surrealista ver que la fiesta seguía animadísima. La gente reía, brindaba y confraternizaba entre las estanterías de libros y las vitrinas de exposición.

Mientras avanzaba del brazo de Derek, vi a Gunther Schnaubel haciéndole gestos mientras se abría paso entre la gente. ¿Qué querría ahora?

Karalee se acercó corriendo y me abrazó.

—Te has hecho con los cuchillos de Peachey. Felicitaciones.

—¿Ya han anunciado los ganadores de la subasta?

—Hace un rato —dijo—. En realidad no debería felicitarte porque pujamos la una contra la otra en casi cada lote.

—Vaya, lo siento —dije sin ser sincera pero procurando parecer amable.

Ella sonrió.

—No pasa nada. Yo he ganado el otro cuchillo de Peachey.

—¿El ergonómico?

—Sí, es muy elegante.

—Me encantaría probarlo algún día —dije.

Hablamos más sobre la subasta y sobre el material de encuadernación y las clases, una conversación de gente civilizada. Entonces pasamos a Alice y Layla. Karalee quería saber qué había pasado y yo quería contárselo, pero no podía concentrarme porque Gunther estaba hablando con Derek, planeando su vuelta a Londres la mañana siguiente.

Me dolía el pecho. Derek se marchaba y todavía no habíamos disfrutado de un rato a solas. Y además, ahora se había enfadado conmigo por haberme metido a escondidas en el armario contraviniendo sus órdenes. No parecía especialmente molesto, pero tampoco había dicho que en los próximos días fuéramos a irnos juntos a una paradisíaca isla desierta.

Incapaz de seguir oyendo su conversación sobre el viaje, agarré la mano de Karalee.

—Vamos a ver quién más ha ganado en la subasta.

—Muy bien —dijo alegremente.

Cogí casi al vuelo una copa de champán de la bandeja de un camarero y miré sin ver la lista de ganadores.

Derek se iba mañana.

Di un largo trago del líquido burbujeante. Sabía desde el primer día que él se marcharía, y había decidido ser fuerte. Podría manejar la situación. Sonreiría y le desearía buen viaje de vuelta a casa, de regreso a donde pertenecía. Y luego yo seguiría con mi vida. Tenía amigos, un trabajo espléndido y una familia maravillosa. Lo echaría de menos, claro, pero sobreviviría. Es posible que durante un tiempo lo pasara mal porque, después de todo, me había acostumbrado a tenerlo cerca. Nos habíamos convertido en amigos íntimos. Muy íntimos. Todavía no lo bastante, pero me gustaba mucho. Podría decirse que me gustaba más que cualquier otro hombre que hubiera conocido.

Pero se trataba de una costumbre peligrosa a la que tendría que poner fin. Debería resultar bastante fácil. Después de todo, era poco accesible geográficamente, por decirlo de algún modo. Nos separaban miles de kilómetros y un océano entero, y eso nadie podría cambiarlo. Me había curado antes de otros malos hábitos. Podría hacerlo de nuevo. Y lo haría, sin duda. Con el tiempo.

Karalee se alejó para hablar con otros y me quedé sola bebiendo champán.

—Aquí estás, Brooklyn.

Me di la vuelta para saludar a Cynthia Hardesty.

—Me he quedado de piedra con lo de la tímida Alice —reconoció—. Pero tengo que decírtelo: tampoco así lloraré demasiado a Layla.

—Lo entiendo —dije. Y yo coincidía con ella, pero no pensaba decirlo en voz alta.

Con la fiesta todavía a todo gas, los rumores corrieron como la pólvora. La policía había intentado ser discreta, pero con la pelea entre Alice y Minka, y luego el disparo y los interrogatorios, no era sorprendente que la noticia se hubiese difundido.

Ella continuó:

—Ya le habíamos dicho a Naomi que queríamos que fuera la directora *de facto* durante los próximos tres meses.

—Bien.

—Veremos cómo lo hace. Luego tomaremos nuestra decisión definitiva. Tengo la impresión de que lo hará bien.

—Creo que tienes razón —dije, y era verdad. Naomi había resultado irritante, pero también había estado sometida a mucha presión. Tal vez, sin Layla de por medio y con Alice encarcelada, tendría la ocasión de brillar con luz propia.

—Nos vemos mañana en clase —dijo Cynthia, y se dio la vuelta para saludar a otra amiga.

Guau, ¿la clase era ya mañana por la noche? Había perdido por completo la noción del tiempo desde la última vez que habíamos estado en el aula. Pero entonces pensé que la enseñanza sería una buena manera de llenar mi tiempo en el futuro inmediato. Tal vez podría dar clases todas las noches. Así no sentiría la ausencia de Derek con tanta intensidad.

Ned se acercó y levantó la barbilla a modo de saludo.

—Eh.

—Hola, Ned. ¿Cómo estás?

Miró por la sala hasta que dio con uno de los agentes que se había llevado a Alice.

—Ella era mala.

Yo estaba pensando en Alice, así que tardé un poco en captar el sentido de las palabras de Ned.

—Espera un momento, ¿hablabas de Alice cuando dijiste eso mismo el otro día?

—Eh...

—¿De Alice?, ¿no de Layla?

Arrastró los pies, nervioso porque había levantado la voz.

—¿Y no pudiste darnos el nombre? —le reprendí—. Nos habrías ahorrado un montón de problemas.

—Eh... —dijo, y su boca dibujó una sonrisa torcida—. Eres muy lista.

Alcé la mirada al techo. Sí, listísima.

—Nos vemos, Ned.

Antes de que pudiera marcharme, oí:

—Miau.

Bajé la mirada y vi al gato Baba, otra criatura que veía cosas. Pero suponía que este tampoco iba a hablar.

—Eh, colega, estás aquí —dijo Ned—. No sabía adónde te habías ido. ¿Tienes hambre? Yo también. —Se agachó y recogió al gato, que se arrimó a su cuello extasiado—. Sí, eres mi amigo, ¿verdad que sí? —Ned sostuvo al gato en el aire y lo miró—. Sobre todo cuando quieres que te den de comer.

—Miau.

—Pues vamos a zamparnos algo. —Se abrazó al gato y levantó la mano para despedirse de mí; luego se fue por el pasillo.

Yo también me fui, sacudiendo la cabeza. Ned hablaba con el gato más que con los seres humanos. Tal vez conocía algún secreto que los demás ignorábamos.

—Te estaba buscando —dijo Derek, pasándome un brazo alrededor de la cintura. Me apreté contra su pecho macizo y sentí el cuero suave de su cazadora en mi mejilla. Su intenso aroma masculino llenó mis sentidos. Inspiré hondo antes de interrumpir el contacto físico.

—¿Preparado para irte? —pregunté animadamente, resuelta a no parecer idiota delante de él. Haría que nuestra última velada juntos fuera al menos divertida. No quería llorar, ni montar una escenita, ni hacerlo sentir incómodo. Le desearía lo mejor y lo dejaría ir. Punto y final de la historia. Todo pan comido.

Nos dirigimos a la puerta principal. Yo miraba a mi alrededor, buscando algo de lo que hablar. ¿Por qué de golpe me sentía tan tonta?

—¿Has hecho las maletas? —pregunté.

—No.

—Oh. ¿Has comido algo?

—No.

—¿Quieres pasarte por tu hotel?

—No.

—Bien, lo que te parezca.

Abrió la puerta y salí a la calle, donde me recibió la gélida brisa vespertina. El agua estaba cubierta por la bruma y el crepúsculo sumía la ciudad en sombras. Me estremecí y él me atrajo hacia sí mientras nos dirigíamos al Bentley.

Apoyé la cabeza en su hombro e intenté sonar despreocupada.

—Justo cuando me estoy acostumbrando a tenerte cerca, llega la hora de que te marches.

—¿De verdad?

—De verdad ¿qué?

—¿Te estás acostumbrando a tenerme cerca?

—Bueno, sí —le palmeé el pecho—. Pero no pude evitar oír tu conversación con Gunther. Sé que te vas mañana.

—Vaya, no me digas.

—Sí, por eso te he preguntado si habías hecho las maletas.

—Ah. ¿Y cómo te sienta que me marche?

¿De verdad tenía que preguntarlo? Respiré hondo y opté por un tono amistoso e informal.

—Te echaré de menos, claro, pero sé que tienes que volver. Tienes que gestionar tu negocio, y estoy segura de que tu familia te echará en falta.

—Sí, estoy seguro de que me añoran tremendamente.

—Y la gente de tu empresa también te echará en falta.

Sus labios dibujaron una sonrisa.

—No me cabe duda de que esas ochocientas doce personas me echan de menos todos los días.

—Pues ahí está. —Qué chica más valiente era. Entonces me di cuenta de lo que había dicho y me quedé boquiabierta—. Un momento. ¿Has dicho que tienes más de ochocientos empleados?

Se encogió de hombros.

—Hay mucha demanda de seguridad.

—Ya veo.

Me estudió mientras sacaba una cajita delgada de su bolsillo interior.

—Deja que te dé mi tarjeta de visita para asegurarnos de que mantenemos el contacto.

«Mantenemos el contacto».

A ver, ¿por qué tenía que decir eso? Sentí que se me cerraba del todo la garganta y se me humedecían los ojos. Era una reacción física al tiempo. Nada más.

—Sí, me gustaría —dije en voz baja, odiando que mi voz temblara. Me guardé la tarjeta en el bolsillo de los pantalones, luego aparté la mirada, incapaz de mantener el contacto visual, poco dispuesta a parecer más idiota de lo que ya me sentía.

—Sí, a mí también me gustaría —dijo él.

Me aclaré la garganta.

—Recuerdo que, cuando llegaste, dijiste que estabas decidido a no volver a verme, así que lo entenderé si lo haces.

—Así que lo entenderás si lo hago.

Sé que mi sonrisa era vacilante, pero me obligué a seguir.

—Resulta difícil estar en contacto cuando hay tanta distancia entre nosotros, pero si en algún momento vuelves a San Francisco, sería un placer que tomáramos un café.

¿Podría haber sonado más boba? Las lágrimas me nublaban la vista, pero yo le echaba la culpa al aire frío.

—Así que sería un placer.

—Sí, lo sería. —Me di la vuelta para secarme los ojos.

Me cogió la barbilla en la mano para obligarme a mirarle.

—¿Te encuentras bien?

Me sorbí la nariz, me sequé las lágrimas y sonreí forzadamente.

—El frío me humedece los ojos. Nada importante. Bueno, es tu última noche en la ciudad. ¿Quieres hacer algo especial?

—Unas cuantas cosas —admitió sin dejar de mirarme—. Pero, Brooklyn, no me ha gustado el modo en que has rechazado mi sugerencia de que nos mantengamos en contacto. Ni siquiera has mirado mi nueva tarjeta de visita, y quiero que sepas que he pagado bastante por ella.

Decepcionada, lo fulminé con la mirada.

—¿Te has enfadado conmigo porque no he mirado tu tarjeta?

—Pues sí. Te la has metido en el bolsillo sin hacerle ningún caso. Eso me ha ofendido.

No podía creerlo. ¿Quería que discutiéramos?

—Estás bromeando, ¿verdad?

—Lee la maldita tarjeta, Brooklyn.

—Por el amor de Dios. —Frustrada, me sequé unas lágrimas de rabia. Se me estaba rompiendo el corazón ¿y él quería que leyera su estúpida tarjeta de visita? ¡Menudo egoísta! La saqué del bolsillo y me obligué a examinarla. Mis ojos se abrieron de par en par y volví a leerla.

—¿Es esto..., estás... es esto una broma cruel y de mal gusto?

—Por favor, no, no es ninguna broma. —Abrió de un tirón la puerta del pasajero del Bentley pero me impidió que entrara en el coche—. ¿Por qué iba a bromear sobre esto? Estas tarjetas son carísimas. Material de primera, grabado por los proveedores de artículos de escritorio de la reina Isabel II. Me costaron un ojo de la cara, pero mereció la pena, o eso creo. ¿Y me preguntas si es una broma? Por supuesto que no...

—Cállate —susurré, y pegué mis labios a los suyos.

—Muchacha maleducada —murmuró contra mi boca.

Me reí. Se me debió de caer al suelo su carísima tarjeta grabada a mano mientras rodeaba su cuello con mis brazos, pero daba igual. Ya había memorizado la dirección de Nob Hill donde se instalaría la nueva sede central en San Francisco de Stone Security.

—Me has preguntado si quería hacer algo especial esta noche —dijo—. La respuesta es sí.

—¿Y qué es?

—Eres tú —dijo en un murmullo.

Encantada, le sonreí.

—Entonces, vamos a casa.

EL GLOSARIO DE BROOKLYN

Partes del libro

Articulación: Zona exterior del libro, en el punto entre el corte del lomo y la tapa dura que corresponde con la charnela interior. Su flexibilidad permite que el libro se abra y se cierre.

Cabeza: Parte superior del libro.

Cabezada: Pequeña tira de tela ornamental pegada de la cabeza al pie del interior del lomo, utilizada para dar un acabado pulido al libro.

Cartones: Hechos habitualmente con cartón rígido (o, más raramente, madera) y cubiertos con diversos materiales (tela, papel, cuero).

Charnela: Interior de la tapa del libro. Es la línea delgada y flexible donde la guarda y la guarda volante se encuentran y la parte del libro que puede dañarse con más facilidad.

Cintas de lino: Tiras de lino cosidas a los pliegos y utilizadas para mantenerlos unidos. Las cintas discurren perpendiculares al corte del lomo y están pegadas entre las tapas de cubierta y las guardas.

Combado: Término que indica la forma que adquiere el papel después del plegado. Por lo general, los cortes plegados de una pila de papel serán más gruesos que los cortes exteriores. Consolidar y redondear el cuerpo del libro limitará el combado y permitirá que el libro adquiera una forma lisa y uniforme.

Corte: El corte frontal del cuerpo del libro está en el lado opuesto del borde del lomo. El corte es, por lo general, suave, pero puede ser tosco o áspero. El corte puede ser dorado o, en raras ocasiones, pintado. La pintura de corte se hizo muy popular en el siglo xvii, cuando se pintaban escenas religiosas o pastorales en él para embellecer el contenido del libro. La pintura resultaba invisible hasta que las páginas se desplegaban en una dirección concreta.

Cubierta: Tela, papel o cuero utilizado para cubrir los cartones.

Cuerpo: Las secciones de hojas o pliegos de papel cosidas a través de sus pliegues en cintas de lino.

Grano: Dirección en que se alinean las fibras del papel. Cuando la dirección del grano discurre en paralelo al lomo, los pliegues de papel serán más rectos y fuertes y las páginas se mantendrán estiradas.

Guarda volante: Primera de las dos páginas en blanco de un libro; no va pegada a la tapa de la cubierta. Estas páginas protegen las páginas interiores del cuerpo del libro.

Guardas: Primera y última hojas del cuerpo del libro. Van pegadas al interior de las tapas.

Lomo: Canto posterior de un libro, donde se pegan o cosen las páginas.

Pie: Parte inferior del libro en la que este se apoya cuando se guarda de pie en una estantería.

Pliego: Un cuadernillo de papeles plegados y cosidos para formar el cuerpo o las páginas del libro.

Otros términos de encuadernación

Cadeneta: La cadeneta se refiere al primer y al último orificio (que habitualmente se encuentran en cada extremo de la página) donde empieza y acaba (o vuelve al principio) el cosido que une las páginas de un pliego. La cadeneta se refiere también a la puntada utilizada para coser una página de un pliego a la siguiente, uniendo esta a la anterior, así como las cintas de lino al cuerpo de texto.

Conservación: El cuidado y preservación de libros, a menudo a una escala que abarca un amplio número de volúmenes, como toda una biblioteca o los archivos de una institución. Los conservadores tendrán en cuenta los efectos dañinos del tiempo, del uso y del entorno (incluyendo la luz, el calor, la humedad y otros enemigos naturales del papel, la tela y el cuero) y procurarán aplicar sus conocimientos de encuadernación, restauración, química y tecnología a la restauración y protección de la colección a su cargo.

Consolidación: Una vez el cuerpo del libro está cosido y prensado, el lomo se debe consolidar (es decir, comprimir en una prensa) y cubrir con adhesivo (cola blanca). Cuando la consolidación se ha completado (la cola está seca), el cuerpo se redondea empujando y golpeando sus secciones, primero de un lado y luego del otro, con un martillo de encuadernador.

Redondear o **bornear:** El proceso de martillear o manipular el lomo del cuerpo para darle forma curva después de pegarlo y antes de enlomarlo. El redondeo disminuye el efecto del combado y ayuda a mantener el libro erguido en una estantería.

Restauración: Proceso de devolver, en la medida de lo posible, un libro a su estado original. Un especialista en restauración de libros prestará mucha atención a los materiales y técnicas en uso en la época en que el libro se confeccionó, e intentará seguir esos mismos criterios para coser, encuadernar y reconstruir el libro. Se diferencia del arreglo del libro, que no incluye la restauración ni la conservación, sino que se centra estrictamente en devolver el libro a su nivel funcional básico (que puede implicar o no el uso de cinta adhesiva).

Algunas herramientas básicas de encuadernación

Cola blanca (acetato de polivinilo): El adhesivo preferido en la encuadernación. Es líquido y flexible y crea un pegado permanente. Al secarse es incoloro y su pH es neutro, por eso se recomienda para el trabajo de archivo.

Martillo de encuadernador: Herramienta utilizada para redondear el lomo de un libro. El martillo de encuadernador es más pequeño y ligero que uno de zapatero, y tiene una superficie grande, plana y pulida.

Plantilla de perforación o **cama para punzar cuadernillos:** Herramienta con forma de V con una delgada apertura en la parte inferior para sujetar pliegos y practicar agujeros en ellos.

Plegadera de hueso: Herramienta utilizada para realizar marcas hondas en pliegos de papel y alisar superficies que han sido encoladas. Suele estar hecha de hueso y tiene la forma de un depresor lingual de madera.

Prensa de libros: Existen diversos tipos. Un tipo pequeño de prensa de madera puede utilizarse para sujetar el cuerpo del libro mientras se encola. Con un libro recién acabado, una prensa grande de metal ayuda a reforzar, enderezar y unir el libro.

Punzón: Herramienta utilizada para hacer agujeros para coser en pliegos de papel.

AGRADECIMIENTOS

Quiero expresar mi gratitud y reconocimiento al conservador de libros Jeff Peachey por concederme generosamente permiso para utilizar su nombre y sus herramientas de encuadernación en mis libros.

Muchas gracias también al maravilloso San Francisco Center for the Book, donde se acoge con los brazos abiertos a los amantes de los libros como yo; su amable personal y sus magníficos profesores no dejan de animarnos. Cualquier parecido entre el SFCB y mi propio BABA de ficción es pura coincidencia. Una vez más, vuelvo a estar en deuda con la artista de la edición Wendy Poma por su ayuda e inspiración.

Agradezco a mi grupo de amigas, Susan Mallery, Maureen Child, Christine Rimmer y Teresa Southwick, su amistad, consejo y apoyo. Mi mayor agradecimiento asimismo a mi agente literaria, Christina Hogrebe, de la Jane Rotrosen Agency, por su guía y entusiasmo, y a la editora ejecutiva, Ellen Edwards, por su estímulo e incuestionable habilidad con las palabras.

Por último, estoy en deuda con los bibliotecarios y libreros de todo el país que hacen correr la voz de que Brooklyn y los encuadernadores son personas de lo más interesantes. Gracias a todos.

COZY MYSTERY

Serie *Misterios de
Hannah Swensen*
Autor: Joanne Fluke

 1   ⌂ 2

Serie *Misterios felinos*
Autor: Miranda James

🐾 1   🐾 2

Serie *Coffee Lovers Club*
Autor: Cleo Coyle

☕ 1

KATE CARLISLE

Kate Carlisle, autora superventas del *New York Times* nacida en California, trabajó muchos años en televisión antes de dedicarse a la escritura. Su fascinación de toda la vida por el arte y el oficio de la encuadernación la llevó a escribir la serie *Bibliophile Mysteries*, protagonizada por Brooklyn Wainwright, cuyas habilidades de encuadernación y restauración la llevan invariablemente a descubrir viejos secretos, traiciones y asesinatos. También es la autora de *Fixer-Upper Mysteries*, protagonizada por Shannon Hammer, una chica de un pequeño pueblo que trabaja como contratista de obras especializada en la restauración de viviendas.

Descubre más títulos de la serie en:
www.almacozymystery.com

Serie
MISTERIOS BIBLIÓFILOS

1

2